U0606726

爱你 怨你 思念你

我的北大荒

刘进元 著

作家出版社

刘进元

作家文摘报社原社长。有十年在北大荒下乡经历。1972 年开始发表作品，1990 年加入中国作家协会。发表小说、散文和报告文学数十篇，出版作品集《乡恋》《白毛》《碎片流影》。近年主要从事话剧和影视剧创作。话剧《全是北京人》《我的西南联大》《牌坊》已公演。影视剧《四合院》《香格里拉》及“大匠春秋”系列之《牌坊风云》《秘典迷踪》《西苑日落》等已上映。

爱你，怨你，思念你。
来到我的北大荒，眼前和心中一片苍茫。

以前这条路以红色砂石铺成，我在上面走过十年的青春岁月。

“追逐春风千万里，比翼飞向北大荒”，有一些歌我们终生难忘。

零下三十度修水利，是我们的必修课。

四十年后踏进久违的草甸子，闻着熟悉的味道，她们仿佛又回到青春时代。

麦收时节，收获劳动成果对每一个人来说都是高兴的事。

这是到北大荒后我住的第一栋宿舍，门洞后面有许多令人啼笑皆非的故事。

大礼堂是农场的标志性建筑，如今已经消失在岁月的迷雾里，这是我最后一次见到它。

南横林子是横卧在完达山中的一片森林，挺拔威武的白桦树是无数北大荒人的身影。

着黑衣者是赵光久，人们一定会记住这个好人。

命运多舛的周达，你在天堂还好吗？

大宝的故事够写一部长篇，我和你五十多年的交情想掰也掰不了啦！

岁寒三友：从左至右是吴长宝、张悦和我。青春岁月演绎出多少荒唐的日子。

阿利的眼神执着而迷茫。

来自不同的城市，时代的命运让我们一起为北大荒贡献了青春。

我忘不了史方老师（前排右），他是在黑暗中为我点亮一盏灯的人。

我的老班长蔡志(中)，他参加过抗日战争、解放战争和朝鲜战争，是名副其实的功臣。

王吉祥（中）是知青的好朋友，他把青春、终身和子孙都贡献给了北大荒。

我怀念傻大哥张洪明（右），此时我好像听到我们最后分手时的一声声鸟鸣。

卢洪官极聪明却没有文化，他竟然想给初生的儿子起名叫“三江口”！

张正南年轻时闯关东，参加过抗联，在特殊的年代成了“大叛徒”，一直默默无闻地在北大荒生活。

瞄准，那里有一只狍子！

黄子是一只好狗，一直陪着人到野狼出没的荒野去送夜班饭。

重逢，欲语泪先流。

四十多年后，我终于登上了珍宝岛，
身边是当年埋设的两千多颗地雷。

李仲麒先生、聆听女士提供了部分照片，在此表示感谢。

目 录

第二辑

甲乙丙丁

第三辑

酸甜苦辣

代后记

一片苍茫（代自序）

《心经》中说："菩提萨陀，依般若波罗蜜多故，心无挂碍。无挂碍故，无有恐怖，远离颠倒梦想，究竟涅槃。"

但是，真正做到心无挂碍难矣。

北大荒就是我心中的"挂碍"，是一辈子也放不下的心结。

北大荒的岁月，对于我来说不是传奇，不是颂歌，不是英雄史诗，也不是蘸满苦难的泥沼大酱缸，它只是一段生命经历，是我们这一代人的宿命。像这个时代的大多数人一样，在那段生活的历程中，有欢乐，也有痛苦；有热情，也有严酷；有幸福，也有苦难；有初恋，也有失恋……有些人说起知青，便会联想起一切与苦难相关的语汇，似乎历史把所有苦难都投放到了知青身上，他们的苦难也仿佛特别"高贵"。其实不然。与知青们同时代的人，有多少没经历过那个时代的磨砺呢？另有一些人说起知青，则会把一切与美好相关的品质同他们联系起来，好像知青岁月就是桃花源中人的生活。这更加大谬不然。时代的烙印会打在每一个人身上，只看这几十年，我们的国家和民族经历了那么多事件、那么多痛苦、那么多变化，知青们又怎么会生活在桃花源里呢?

上山下乡对这一代人的影响因人而异。有些人因此而丰富了人生阅历,磨炼出坚毅的性格;另一些人也许因为连串的苦难而丧失了面对未来的勇气,造成一生的悲剧。过去的岁月已经过去,韶华已老,青春不再,“此情可待成追忆,只是当时已惘然”。青春无悔和青春有悔,注定要被永久地争论下去。不过,如果没有那些年在北大荒的经历,也许我和我的荒友们都不会是现在的样子。我将在这里努力追寻当年足迹,去回忆山河、岁月、荒友,特别是已经逝去的青春。

但记忆是不可靠的,总是既清晰又模糊。一百个人经历过的同一件事,当回忆它的时候,会有一百种不同的描述。比如,我们的北大荒岁月最冷的一天,我记得是零下41℃,别人却说是零下38℃或者零下43℃。

然而,大家对索伦河的记忆却非常一致。索伦河有两条:大索伦河和小索伦河。它们相隔十几里,几乎齐头并进地从完达山流出,进入平原以后就失去了约束,由南向北一路上吊儿郎当,撒泼打滚,在荒原的深处注入挠力河,然后折向东方汇进乌苏里江。最初我在一本写农场开发史的书上看到,“索伦”是满语“荒凉”的意思,后来又听说是满语“狩猎的围场”。其实这两种说法是一个意思,不荒凉哪儿来的那么多野兽,上哪儿去狩猎呀?这就如同以前听说挠力河是满语“禽鸟众多之地”,现在又有人说是“河床流荡不定”,河床流荡不定必然形成大片湿地,那当然就会禽鸟众多。挠力河也叫诺罗河、诺雷河,或者那拉河,生活在这一带的女真人部族指河为姓,自称

“那拉氏”，后来他们同叶赫部融合，形成了赫赫有名的叶赫那拉氏。那一带的许多地名都和满语有关。比如完达山，是“梯子”的意思。完达山南麓有个虎林县，来源于满语“稀忽林”，是“沙鸥云集之所”，跟老虎没有任何关系。山的北麓就是当年我们农场所在的宝清县。以前，我认为“宝清”是地道的汉语，可它却是满语“宝其赫”的音转，原意是“丑陋”，也有说是“猴子”。

我不知道这些名称的最早来源，但它们必有来历。

对北大荒是“亘古荒原”的说法我是一直怀疑的。离我所在的农场生产队一百多里地有个七星泡镇，还有一条七星河，这“七星”二字从何而来？以前不知道，甚至连在那里出生长大的老“坐地户”周殿阁也不清楚，但近几十年的考古工作者发现，在七星泡镇附近的炮台山，有一处距今一千七百多年的汉魏时代的北斗七星祭坛。七星泡镇和七星河必然与这七星祭坛有关，只不过由于岁月久远，人们把那段历史渊源渐渐忘记了。隔七星河相望的凤林城遗址，种种考古发现证明那是具有国家性质的一座王城。整个挠力河流域被发现有一千多处古代遗址，老祖宗们早就在这一带的黑土地上渔猎耕种了，当然，那时挹娄人的生产生活方式还相当原始。我想，北大荒的“大荒”应该是从清朝对“龙兴之地”的封禁开始的，溯源追根不过三百多年历史。伪满时期，日本侵略者对这片肥沃的土地垂涎三尺，组织移民，向这里派遣“开拓团”，建立集团部落，试图开垦荒地，使之成为他们的永久殖民地。随着抗日战争的胜利，侵略者的美梦破灭了。

1956年，这片无边无际的荒原点燃了熊熊的烧荒之火，拖拉机拖拽着五铧犁翻起了草甸子下的腐殖土，油黑的浪花翻滚着连成了片，然后一片又一片地扩展开去，一个由铁道兵八五〇二师创建的“八五二农场”出现在北大荒。

农场建立九年之后，十六岁的我与这块土地结下了不解之缘。经过十年的朝夕与共，我离开了，却又一次次地回到这里，徘徊不舍。

大索伦河不大，宽处不过十几米。小索伦河真小，我们五六个人曾经并肩坐在河里，用后背筑起过一道“肉坝”，逼迫河水溢出了河床，漫向辽阔的荒草甸子。记忆中的两条索伦河，河床边簇拥着一蓬蓬茂密的柳茅子灌木丛。柳茅丛的旁边铺开一望无际的荒草甸子，长着没腰齐胸的羊草、小叶樟和三棱子草。低洼处是沼泽湿地，这里的草稀疏矮小一些，塔头墩子（高出沼泽水面几十厘米甚至一米的草墩，一种千年甚至几万年才能形成的植物“化石”）星罗棋布，上面一簇簇柔软的乌拉草显得格外招摇。湿地中多有马兰花，或者应该叫紫鸢花，蓝紫色的花朵点缀在塔头墩子之间，让人有一种梦幻般的感觉。野芍药隐藏在草丛里，这儿一棵，那儿一棵，姹紫嫣红。有一年初夏，我从草甸子里挖了几棵野芍药，把它们栽种在宿舍前的空地上，但两天以后这些花就枯萎了。

行走在无边无际的草甸子里，常常有出其不意的事情发生。正走着，突然前面扑噜噜一阵响动，一只鸟从草丛中冲天而起，一边在空中盘旋，一边鸣唱。这是叫天子，也就是云雀。这种鸟跟麻雀长得差不多，个头儿比麻雀大。它开始缓慢地鸣叫，叫声婉转悠扬，悦耳动听，而后，随着叫声渐渐急促，鸟儿也越飞越高，悬停在空中成了一个小黑点，突然，鸣叫声变得嘹亮高昂，它猛地收紧翅膀，一头从空中扎下来，只刹那间，就在草甸子里消失得无声无影。有时，你走着走着，感觉好像突然被火烫了一下，抬眼看去，草海突然变了模样，面前出现一片火红的野百合花，风吹过来，无数沉重的花头摇晃着，像一片滚动着火的海洋。萱草——也就是黄花菜——更是常见，女知青们会在它没有开放前去采摘，然后用开水焯过，晾干后趁探亲的机会带回城市。在草甸子里间或有一小片树林，生着榆树、柞树、桦树、杨树、白桦、山楂树和山丁子树。那时的北大荒水果是稀罕物，好几个秋天，我们几个年轻人蹚过草甸子，步行好几里路，到索伦河边的小树林里采摘霜打过的山楂和山丁子，那股酸甜的味道几十年后仍然在齿间流连。

就在这片土地上，我见过狗熊、狍子、野鸡、大雁、天鹅、狼、狐狸……狍子不是一只两只，而是几十上百只蹿跃在草甸子里；大雁不是一队一队，而是遮天蔽日的一大片，盘旋在暮色四合的天空。给深夜在地里干活儿的拖拉机手送夜班饭，走在充满恐怖神秘的无边黑夜里，时常会有一对绿幽幽的小灯跟在身后不远，那是一头狼，我不停地用饭勺敲打水桶，弄得人和狼两头害怕。

这片原野上更多的是被开垦出的土地。

在这片土地上，春天，我站在暴土扬尘的播种机上播过种；夏天，我挨着蚊叮虫咬给农作物锄过草，收割过小麦；秋天，我淋着冰冷的雨水割过大豆，站在没膝积雪里掰过苞米；冬天，我顶风冒雪修过大大小小的水利工程，在深山老林中用“快马子”（又叫“二人夺”，即钢锯）伐过木。我在这片土地上流过汗，淌过血。我把人生最好的十年留在了这片土地上。

在生命的旅途中，在这片土地上，我与许多人不期而遇，一起度过无数难忘的日子。他们当中有1956年的老铁道兵战士、山东移民，1958年的转业官兵，1959年的山东支边青年和上海支边青年，以及肇始于1963年的各个城市的知青，还有从全国各地“闯关东”而来的盲流。我和其中不少人结下了终身友情，他们是我永远的荒友，我们一起书写了沉甸甸的北大荒垦荒史。

返城之后，我常常在睡梦中回到北国边陲的小村落，与那些熟悉的人一起生活工作，醒来后便蒙蒙眬眬地陷入颠倒梦想，很长时间不知身在何处。这些年我十多次重回北大荒，目睹了她几十年间沧海桑田的变化。时光荏苒，白云苍狗，这片土地的变化让我有时兴奋，有时茫然，有时高兴，有时忧伤。特别是当年朝夕相处的人渐渐老去，甚至逐年减少，不由得让我感慨人生无常，世事无常。

爱你，怨你，思念你。想起我的北大荒，眼前和心中一片苍茫……

《心经》曰：“揭谛，揭谛，波罗揭谛，波罗僧揭谛，菩提萨婆呵！”经历吧，经历吧，全然地去经历吧，经历过了才能超越，超越了才能安住于自在——这就是大智慧！

第一辑

春夏秋冬

初到北大荒

火车哐当一声就停了。

我被巨大猛烈的震动弄醒，看看车厢四周，多数人还在睡着，车厢顶上吊着的马灯噗噗地冒着火苗，一时间，我弄不清自己是在什么地方。火车头喘着粗气，车厢外传来人们的喊叫声。我揉揉眼睛，一下记起今天是 1965 年 9 月 6 日，也记起了这列火车，似乎知道了现在是在什么地方。

这一年我十六岁，在到达了北大荒的火车上。这是一条农垦系统自己修的铁路，那时这里还不通正规的客车，来往的人们都是坐这种用货车改装的小火车。

这个地方叫“迎春”，是这条铁路线的倒数第二站，再往前就是终点站“东方红”。迎春站很小，却是个“大站”，之前停车的不少地方不叫“站”，而叫“乘降所”，根本没有站台。十年之后返城，我也是在这里坐上火车，踏上回北京的路途。

我提着一个很小的手提箱跳到地上，站在迷蒙的黎明前的黑暗中。四周都是人，他们大声地说着话，手电光柱扫来扫去，远处有昏黄的电灯在闪烁。我不知道该做些什么，只是随着大拨的人往前走。渐渐地，眼前出现一排卡车。

“上车吧，还有五六十里就到家了！”到北京接我们的王干事精神百倍地说。

汽车开动了，穿过一个尚未完全苏醒的集镇，很快进入了山林之中。这时天有些泛亮了，白茫茫的晨雾弥漫四周，缭绕在山峦和树林之间。我们站在卡车上，迎着颇具寒意的晨风，面对着这片陌生的天地。

大约一个小时后，到了八五二农场。按照安排，一放下行囊，大家就马上进到作为农场党校的圈房子里睡觉。将近三天以来，在火车上不得休息，这会儿躺在大炕上，我瞬间就进入了梦乡。

一觉醒来，已经快到中午了。据说还有半个小时吃饭，我就一个人走出了圈房子。所谓“圈房子”，就是一栋凸字形四面长长的草房，中间围出了一个很大的天井。这种草房在当地叫“拉合辫”房，在以后的岁月里，我也盖过“拉合辫”房，却一直没有弄明白它是鄂伦春语，还是满语、赫哲语、俄语，或者干脆就是形象化的汉语。问过不少人，都回答不出来，也许这将是我终生的疑问。一走出圈房子，面前是一片令人惊心动魄的森林。这些树几乎都是一个品种，我虽然从来也没有见过，但一下就知道了它们的名字：白桦。笔直挺拔的树干，在阳光下闪耀着雪白的光辉，上面黑灰色的斑块像睁着无数只眼睛，一蓬蓬巨大的树冠，在秋风中抖动着黄绿相间的叶子，发出海潮般的哗哗声。这片森林给我的印象只能用一个词来形容，那就是“壮美”！白桦林中掩隐着几栋用原木搭成的“木克楞”房子，它们很像俄罗斯小说中的林间小木屋。后来知道，这是农场几个师级领导的家。圈房子的西边是一座高大的现代化建筑，那是农场的俱乐部。我循着小路向林中走去，迎面走来一只狗，我有些害怕，它却向我友好地摇着尾巴。一进入森林，我立刻觉得自己变得十分渺小，以至于胆子也一下变小了。高大的白桦树下，是一丛丛灌木和一蓬蓬野草，我想象着那里面随时都会蹿出什么野兽，因此觉得头皮发奓。还好，远处有人在喊："哎——吃饭喽！"我给自己找到了台阶，转身向来的方向走去。

八五二农场总场的所在地叫"南横林子"。十年之后，在我回到北京的岁月里，一想起北大荒，首先出现在脑海中的就是这片叫南横林子的白桦林。它是我们农场的象征，也是我们农场的骄傲。这里曾作为电影《北大荒人》的外景地，崔嵬、张平等著名电影艺术家在这片林子里度过不少日日夜夜。八十年代初，这里还是另一部电影《我们的田野》的外景地，影片中那片令人难忘的白桦林就是我们的南横林子！我去看这部片子，一半因为它是写北大荒知青的，另一半就是为了去看那片白桦林。后来在《北京晚报》办的电影座谈会上，为了那片白桦林我说了一段话："作为知青，我们和新中国一起经历无数苦难，同时也一起经历了锻炼。因此，我们可以说，在今后的生活中，无论是那片白桦林，还是长安街，都是我们的田野！"回北京以后，我多次重返农场，这片白桦林越来越稀疏，规模越来越小，它被伐得七零八落，再也不见了往日激动人心的壮美。我为此而怅然若失。

我们在总场学习了四天，离开的前一天，傍晚时分，我和几个人一起顺着大路走到白桦林的西面，被眼前的景色惊呆了——放眼望去，前面是一片无边无际逐渐升高的慢坡，慢坡的顶端停着一轮巨大无比的太阳，它血红血红的，正像毛泽东的诗中所说：苍山如海，残阳如血。我们站在路边，注视着渐渐下坠的夕阳。逆着光，山林大地都像剪影一般，一队南飞的大雁嘎嘎地叫着，扇动翅膀穿过落日，直飞入绚丽灿烂的晚霞中去。天边有几朵火红的云彩，像一炬炬燃烧的火把。太阳落到慢坡的后面，天色一下暗了下来，周围水墨似的山影渐渐淡了。世界变得无比的寂静，身后白桦林中刚才还啁啾鸣叫的鸟儿也停止了歌唱，甚至连风声都没有，我们的身后只有一片静穆的白桦林。

在那个时刻，我懂得了美。

9 月 11 日中午，跟着来接我们的五分场于秘书，大家坐卡车到了五分场。一到场部，我们先在一个叫“小饭馆”的饭馆吃了顿饭，那是一场很丰盛的宴会。然后，我们到场部办公室的草房子开会，场长陈海日和书记史瑞轩都讲了话。由于要同刚刚混熟的新朋友分手，我前一天夜里几乎没有睡觉，渐渐开始打盹，根本没听到两位分场领导说了些什么。后来有人叫我，我听见于秘书说：“刘进元，你分到五队。来，认识一下，这是你们的赵指导员。”我冲赵指导员点了一下头，他冲我笑了笑。和我同时分到五队的还有两个人：常万福和柏林。

散会以后，我把铺盖和小手提箱装上马车，然后也把自己装到马车上。赶车的老板儿一甩大鞭子，马车跑动起来。上了大路以后，顺着一条红砂石公路一直往北，我随车颠簸着，奔向我命中注定要生活十年的地方……

十六岁的我内心一片茫然，怯生生地看着这片陌生的天地。四匹马拉着两个轱辘的车一路小跑，马蹄踏在砂石路面上，发出清脆的响声。我是第一次坐马车，颠簸在坑坑洼洼的路上，有种飘飘欲仙的感觉。已经是黄昏了，金红色的夕阳悬挂在树林的上方，把缠绕在林间的晚雾染成了玫瑰色。树林里有一种不知名的鸟在叫，声音特别嘹亮，我猜想它的个头儿也一定特别大。突然，一只黄色的动物从树林中蹿出，跑到前面的公路上停了下来，向我们张望。

“鹿！”我惊讶地大叫，“一只鹿！”

赵指导员笑了，用一种我听不大懂的口音说：“那不是鹿，是狍子。傻狍子！”刚才，他一直在跟常万福说话，我却没有注意他的口音。后来我才知道，他是浙江人。那狍子瞪着一双惊恐的眼睛看着我们，一动也不动。我想也许能抓到它吧。可是，它却突然蹿下了公路，朝着另一边的树林飞也似地跑去。它跑的姿势真是棒极了，一蹿一蹿的，长着一块白毛的屁股撅得老高，像飞起来一样。

“这东西，有的是！”马车老板儿说，“这是一只孤的。经常能见到一群一群的，几十上百只。”

我不由得心里充满了向往。

过了慢坡和树林，前面就是一片平平坦坦的大平原。路两边的耕地一望无际，有的种着庄稼，有的光秃秃的。赵指导员说，高的庄稼是苞米（这我知道，北京叫玉米或棒子），矮的是大豆，也就是黄豆；那些没种庄稼的是麦翻地，麦子收完了，地也就翻过耙平了。他还说，再有十天半个月就该秋收了，掰苞米，割大豆。

马车在公路上拐了一个S形的弯，赵指导员指着前面，说：“到了，还有三里多路就到家了。”

这时我才意识到，我要有另外一个“家”了，心里不觉有一些惶恐和失措。

马车慢了下来。路两边各有一排碗口粗的杨树，之后我知道了，这两排杨树简直就是我们生产队的标志。那时在整个农场，只有我们生产队才有林荫道！暮色中，我看到前面有些房子，路上还有些影影绰绰的人。

车在那群人面前停了下来，最先上前的是一个个子很高的人。他把我们三个人一个一个地拉下车，笑着说：“来啦？欢迎，欢迎！大家在这儿等了半天了。”

赵指导员介绍说，这是李队长。

李队长叫李安厚，赵指导员叫赵相银。来迎接我们的还有副队长骆文仲、张智庆。

“来啦，小哥儿几个！”一口纯粹的北京话。

“别他妈傻啦，二哥，帮忙搬东西吧！”又是极地道的北京话。

“孙子，谁他妈傻啦？我这不是拿着两个行李呢嘛！”仍然是一点儿不错音的北京话。

李队长对我们说：“这几位也都是北京青年，前年来农场的。”他又对那几个北京青年说：“你们先把东西拿到屋里，然后再自我介绍一下。”

那几个北京青年手提肩扛着东西在前面走了。我们跟在他们身后，向路边的第一栋房子走去。

这是一栋砖、石、瓦和“拉合辮”混合结构的房子。地基是石头垒的，垛子是砖砌的，墙是“拉合辮”的，房顶上铺着瓦。开着三个门，我们被领进中间的门。进门是个小外屋，靠里又有三个门，李队长说：你们住西边那间。正说着，西边屋里出来一个人，个子很矮，却穿了一件很长的中山装：“欢迎，欢迎！到里面来，到里面来！”

李队长指着那个人说：“他叫隋学滨，跟你们三个新同志一块儿住，照顾一下你们，也带一带你们。好了，进屋吧！”

我们进了屋子，那几个北京老乡也跟了进来。

李队长在外面大声说：“你们说说话，歇一会儿，然后一块儿到食堂吃饭。我们先回去了，晚上再来。”我实在太累了，连屋里是什么样也没看，就赶紧打开行李，想休息一下。正在这时，窗外传来一阵钟声。

“走，三个小同志，咱们吃饭去吧。”隋学滨说。

我无力地站了起来，要跟他走。一个北京老乡却说：“小隋，你他妈的别装孙子了，这仨小哥们儿交我们了，你该干什么干什么去。瞧你那个德性！”

隋学滨不高兴，却没敢说话，夹着饭盆出去了。

我们听话地跟着几个北京老乡吃饭去。太累，一切都没在意，只记得吃的是小麦米干饭和熬西葫芦。

那几个北京老乡是吴长宝、张悦、赵光久、佟连友和刘国栋。回到宿舍，老乡们和我们三个人热情地说话，我却穿着衣裳就睡着了，什么也没听见。

有一些歌终生难忘

有一些歌终生难忘。这些歌都是在北大荒唱的。

我刚到北大荒的那年冬天，在小孤山水利工地，几千人——或许上万人——鏖战在冰天雪地的荒原。那天早上一出工棚，天就阴沉沉的，空气中似有一丝暖意。到了下午，天上不知不觉飘起了雪花。这种雪只有在北大荒才能见到。没有风，大片大片的雪花忽忽悠悠地垂直下降，在半空中搂着，抱着，粘裹成一团团，让你觉得身边的空间毛茸茸、胀鼓鼓的，好像整个世界都被雪花壅塞了。大家很兴奋。一来是因为下雪，虽然下雪在北大荒并不新鲜，但是每当大雪降临，人们还是非常欣喜。二来是因为雪后的“烟儿炮”，民谚说：风三儿风三儿，一刮三天儿。老职工说，大雪之后要刮三天大风，风卷着积雪横扫大地，周天寒彻，奇冷无比，不能出工，只能躲在工棚里休息了。我们的工棚也叫地窨子或地窝子。平地挖一个长方形的坑，深一米，宽五六米，长二十米、三十米，甚至更长，要以住多少人来决定。然后在坑上支起一排排人字形木架，上面铺上树枝和小叶樟，再盖上土，一头或两头留个门，外部建筑就算完成了。内部装修更为简单，中间留一条通道，两边地面铺上厚厚的树枝和小叶樟，这就是地铺，睡人。通道上放一个或两个平卧的油桶，这是炉子，有专人添木柴烧火。工棚里住几十个人甚至上百人，总之，各生产队凡是来水利工地的人，不分性别全都住在一起，只在男女之间插一排苞米秸，算是象征性的界线。后来，大批知青来到北大荒，农场的文明程度有所提高，男女界限逐渐分明，工棚住宿开始按性别分隔。我们脚下的这片土地，春秋时为肃慎，汉晋时属挹娄，是满族的发源地。挹娄就是满语“叶鲁”的一音之转，是穴居人的意思。史书上记载挹娄人“常为穴居，以深为贵”，看来我们是传承了古代挹娄人的生活习俗。

大雪下了一天一夜，积雪没膝。第二天早上，我被一种山呼海啸般的声音惊醒。这声音其实早已进入我的梦中，但直到我醒来后才感觉到它的恐怖。不用仔细分辨，这是风的声音，只不过它的声势超出了人的想象。工棚在摇动，身体下的大地也在颤动，每一阵风吼逼近时，我都觉得这工棚马上就要塌了。很冷，冷极了，刺骨的寒风从四面八方钻进工棚，像锥子一样扎进被窝，刺痛我的身体。除了风声之外，工棚里出奇的安静，没有一个人起床，大家都蜷缩在自己的被窝里，不知道是在享受不用出工的安逸，还是在忍受寒冷给身体带来的痛苦。虽然是初次经历，但我不用向任何人请教就知道，在工棚外面闹腾的正是“大烟儿炮”。

终于有人带头起床了。

冰雪遮盖着伏尔加河，
冰河上跑着三套车，
有人在低声唱着忧郁的歌，
唱歌的是那赶车的人……

突然，赵光久用他宽厚的中音唱起了歌。这支忧伤苍茫的俄罗斯歌曲特别受我们这些城市青年喜爱。按说我们并没有那么深刻的忧伤，但这种情绪很对我们内心的那种“味儿”。后来老职工批判我们时说得很对：这是小资产阶级情调。我和另外几个北京青年也和着唱起来，沉浸在自己营造的氛围里。唱完这支，又接着唱另一支，还是俄罗斯的：

茫茫大草原，
路途多遥远。
有个马车夫，
将死在草原……

工棚里七八十号人，只有我们几个在唱，别人都在干自己的事：抽烟，喝酒，打牌，扯淡，捉虱子……俄罗斯和苏联卫国战争时期的歌曲，对于北大荒知青来说有特殊的意义，不仅我们爱唱，后来来的大批知青也爱唱。这恐怕不仅仅因为这里离俄罗斯大地很近，应该还有更深层的原因，只是我说不清。之后的岁月里，许多知青因为唱这些歌受过批判，然而作为整体的他们却矢志不渝，一直将自己的音乐爱好定位于这些歌曲。

我们在劳作之余，或是忧伤，或是愉悦，或是失落绝望，或是憧憬未来，都会在田野、在炕头、在公路上、在草垛旁随口哼起这些歌，比如《喀秋莎》，比如《小路》，比如《莫斯科郊外的晚上》……这就如同在那个剿杀文化的年代，知青们顽固地暗中传阅着《上尉的女儿》《复活》《安娜·卡列尼娜》《静静的顿河》《青年近卫军》《叶尔绍夫兄弟》《远离莫斯科的地方》。虽然“防修反修”似乎深入人心，“社会帝国主义”成为最主要的敌人，但是，我们抵挡不住那些老俄国和苏联作家作品的诱惑，私下认为那是文学的真正高峰。当然，除了这些作品，还有雨果、巴尔扎克、司汤达、杰克·伦敦、海明威、梅里美、乔治·桑……我曾经为了买伊凡·沙米亚金的《多雪的冬天》和三岛由纪夫的小说，专门跑去几百里之外的佳木斯走后门，当时这些书在内部发行，供一定范围的人“参考”。

还是说唱歌。

我们也唱其他歌曲，其中最喜欢唱我们的“场歌”，它有一个很好听的名字：《春归雁》。这是一支四分之三拍的歌曲：

天高云淡雁成行，
展翅飘飘归故乡。
追逐春风千万里，
比翼飞向北大荒。
转眼不觉山河变，
看不见家乡在何方……

据说这支歌是我们农场文工团自己创作的。它的旋律婉转优美，是一支非常好的圆舞曲。但在“文化大革命”中它也受到了批判，被定性为“靡靡之音”“修正主义歌曲”。然而，知青们不管那么多，这支歌一直在我们当中流行传唱，以至于回到城市后，我们可以凭着这支歌找到在八五二农场生活过的荒友，就像凭着《国际歌》能找到无产阶级的战友一样。

这些歌给我们暗淡的生活底片增添了一点儿明媚的亮色。

有一年我参加营里的宣传队，写表演节目。当时大家选了一首在全国传唱的歌曲，名字忘了，但有几句歌词却记着：“欢乐的伽倻琴在海兰江边回荡……”是歌颂毛泽东的。可营里审查节目的宣传干事却说这支歌不好，是四分之三拍的，有些“软”，最好不要演出。当时大家都没说话，等回到住宿的招待所之后才开骂：妈的，这叫什么事啊？软？这歌不就是因为软才好听吗？骂着骂着，不知是谁唱起了《春归雁》：

天高云淡雁成行，
展翅飘飘归故乡。
追逐春风千万里，
比翼飞向北大荒。
转眼不觉山河变，
看不见家乡在何方……

软就软吧，索性唱些更软的。于是，我们在招待所房间里一支接一支地唱了起来：“我们的田野，美丽的田野，清清的河水流进无边的稻田，无边的稻田好像起伏的海面”，“让我们荡起双桨，小船儿推开波浪，水面倒映着美丽的白塔，四周环绕着绿树红墙”……夜色深了，我们小声地唱着：

一条小路曲曲弯弯细又长，
一直通向迷雾的远方。
我要沿着这条细长的小路，
跟着我的爱人上战场……

一条路让人情思不断

这条路以浅红色砂石铺成，镶嵌在北大荒多彩的大地上，它承载着我十年的青春岁月，即使是几十年之后，还时常出现在我的梦中。我来来去去经过它，有时步行，有时骑马，有时坐“尤特兹”（UTOS，罗马尼亚产的轮式拖拉机），有时坐爬犁，有时坐马车，有时我干脆躺在路边的砂石堆上……

2006 年 8 月底，我回北大荒参加八五二农场建场五十周年庆祝活动。从佳木斯坐汽车到宝清，一路都是柏油或水泥路面，车子风驰电掣一般，让人感受到北大荒的巨大变化。可是，车过宝清县城后却遇到了麻烦。按说汽车应该走杨大房（朝阳乡），然后进入农场地界，不想水泥公路只到县城东的挠力河大桥为止，杨大房一带正在修路，汽车走不了。同车的人说，这条路修了两三年，修修停停，总也修不好。我问原因，他说按规定新公路每五十公里设一个收费站，这路是地方出钱修的，收费站却设在农场界内，等于自己花钱别人收益，因此，农场负责的水泥路去年就修好通车了，这一二十公里通向农场的地方道路却迟迟不能完工。没办法，汽车只能绕行万金山、尖山子，然后进入农场。我听着听着，突然兴奋起来——这样走，不正好经过我的五分场五队，经过我梦中常常出现的那条路吗？

车过挠力河，上了万金山，仍然是平坦的水泥路面。可一到尖山子（三分场场部），公路忽然变得坑坑洼洼，汽车东倒西歪地行驶，发动机发出阵阵呻吟声。过了尖山子，可以看到我待过十年的连队了，路况却更加不好，不禁让人想起以前的一句顺口溜：车到八五二，钢板断一半；车到八五三，两头一起颠。经过我的五分场五队时，天已经黑了下来，除去几盏闪烁的灯光，天地都被沉沉的暮霭笼罩，什么也看不见。黑暗使人的思想活跃，我的心情激动不已，车轮下就是那条让我魂牵梦萦的路啊！

三十多年前这条路比现在平整，天天有道班专人维修，虽然说不上坦荡如砥，却也差强人意。这条路不是八五二农场的主路，只是一条支线，路的南头是五分场场部，与宝清县城到总场的主路相连，向北通向三、七分场和五分场的两三个连队，是它们的运输命脉。属于我们五队的路差不多有五六公里，路两旁就是我们经年累月劳作的黑土地。十年间，我几乎每天都在这条路上活动，熟知它的每一个细节。比如连队南边曾经铺过二百米的柏油路面，是老场长黄振荣搞的试验——他想把农场的每一条路都修成这样。但是，“文化大革命”来了，老场长死了，柏油路没有铺成，这二百米路成了最难维护的地段，还不如砂石路面。从五分场场部到五队正好十公里，那时路边没有防风林，左右一望就是天边，只有到了我们五队住区附近，公路两边才各立着一排特立独行的杨树，那是我们的老队长李安厚带人种的。老队长大个子，一脸络腮胡须，是 1958 年从解放军后勤学院转业的军官。他平时粗粗拉拉，却时常流露出一些让人意想不到的浪漫。从分场方向回来时，只要看到这些杨树，我们就觉得到家了。

有一天我到分场办事，往回走时已经是黄昏了。临上公路，基建队的一个老职工见我要一个人走二十里的夜路，就把一只刚刚断奶的小狗送给我，说："揣着它，路上做个伴儿。"我把小狗揣进怀里，在昏暗的暮色中上了路。北大荒这地方，常常走一二十里路遇不到一个人，黄昏时分更是如此。我倾听着脚下发出的沙沙声和路两边树林里传出的鸟叫，感到天地间格外的静谧。天很快黑下来，鸟儿停止了鸣叫，我不时跟怀里的小狗说话，好壮壮胆。其实这不是我第一次独自走夜路，可这次心慌得厉害。还好，虽然没有月亮，天上的星星却大得出奇，亮得出奇。小狗似乎在我怀里睡着了，一点儿动静也没有。走了大概五六里路，突然，一颗绿色的信号弹从东边树林中升起，嗖的一下照亮了天地，眼前的一切瞬间清晰可辨。我停下脚步，愣愣地盯着缓缓降落的信号弹，心中一片茫然。片刻之后，信号弹熄灭，黑暗又笼罩了一切。"苏修特务！"我心里一紧，快步跑了起来。此时我觉得四周到处是危险，说不定从哪丛榛柴棵子中就会蹿出一个苏修特务来！小狗也被吓坏了，在我怀里不停乱动，吱吱地叫着。终于，我跑累了，心情也平静下来，想起有人说过，那些信号弹都有定时装置，是早就埋设好的，于是喘着粗气放慢了脚步。可就在这时，不远处又一颗信号弹腾空而起，眼前再次雪亮一片。我不想跑了，停住脚看那信号弹缓缓落到树林里，嘴里吐出在北大荒学会的一句话："该死该活屌朝上！"之后不紧不慢地走起来。那一阵农场范围内经常有信号弹在夜空中升起，把本就紧张的气氛渲染得愈加紧张。许多连队搜索过信号弹来源，组织过人抓"苏修特务"——后来我竟被怀疑成发信号弹的人，这是另一个话题了——但从来没听说过这些信号弹疑案被侦破。

我终于看到了连队的灯光，看到了路边熟悉的杨树。后来那只狗长大了，陪我度过了好几年艰难的时光。

1969 年 3 月初，春天还没有来，北大荒仍是冰天雪地。珍宝岛打仗了，我奉命值夜班，巡视公路，如果有上前线的军车发生故障，就立即通知待命的拖拉机前去救援，并给解放军送上开水。一连好多天夜晚，我一只手提着马灯，一只手拎着大木棒，在公路上来回走动。二十多里之外的东南方向是国防公路，一盏盏车灯在那里闪烁，飞速地向边境方向移动。我时刻做好准备，可是没有一辆军车经过这条支线公路。珍宝岛两次冲突之后，形势开始缓和，我也懈怠下来，值班时总是泡在伙房，偶尔才到公路上张望一眼，远方也很少再有闪烁移动的汽车灯光了。

但是，"苏修亡我之心不死"，战备还在继续。有天一大早，全体人员到场院集合，用麻袋装上大豆——男的六十斤，女的四十斤——背着上公路，要拉练去分场。远道无轻载，二十里路啊！出发时队伍整齐，歌声嘹亮，可走了不到三里路，这支队伍就溃不成军了。有人站住脚喘气，有人干脆在路边或坐或躺。偏偏领导在这时吹响哨子，大喊：“苏修来了！疏散！”于是大家纷纷背着大豆跳到公路沟里，趴在草丛中。终于二十里路走完，把大豆送到加工厂榨油，汗水淋漓、疲惫不堪的我们又踏上回程之路。

这条路并不总是这样动荡不安，它也充满了青春的甜蜜，在不少知青心中留下了永生难忘的记忆。他们刚来时还是懵懂的孩子，但孩子总要长大的，没几年，青春的躁动就开始了，有人偷偷谈起了恋爱（领导不让谈啊！）。我们五队地处平原，没有山，也没有树林，于是每当夜幕降临，情侣们就按事先约定的，悄悄地分头走上公路，聚首后再并肩沿着公路走下去。据说有人一直走到十二里之外的二队，然后又走回来。恋爱中的情侣走路速度不快，估计这一程下来得三四个小时吧。这条路上常常不止一对情侣，难免会遇上，不过路上没灯，只要月光不强，即使近在咫尺也看不清对方是谁。他们当中有的成了夫妻，孩子都早过了当年他们轧公路的年纪；有的分了手，但他们应该永远也忘不了北大荒的这条公路。

我也有一段关于这条公路的青春记忆。一个春天的下午，我从分场办完事回连队，刚上公路就碰到一个同连队的女知青。也不用商量，我们相伴而行。没走多远，天上就飘起了雨丝。那个女知青从随身的书包里拿出粉红色的塑料雨衣穿在身上。我没带雨具——在北大荒的十年里我从来就没有过雨伞或雨衣——就那么在小雨中淋着。我们俩保持一定的距离，一边赶路，一边不咸不淡地说些无关紧要的话。路边麦地里刚长出的麦苗一片黢青碧绿，远处的树林笼罩在蒙蒙的雨雾中。走着走着，她忽然站住，脱下了雨衣，说：“你别这么淋着了，咱俩一起披吧。”我犹豫着，她却十分坚定地催促：“怕什么呀，又没有人！”于是，我俩并肩扯起雨衣，罩在两个人的身上，在雨中行进……渐渐地，我浮想联翩，心猿意马，有些把持不定。可我在心里一再警告自己：不许乱想，不许乱想，不许破坏人家纯洁的善意！之前我们还在聊天，此时却一句话也不说了，就这样沉默地同披着一件雨衣并肩走了十几里路。不用说，就在看到连队路边的杨树时，我放开了手里扯着的雨衣……

这次回农场，我当然要回连队看看。汽车从总场出发，在五分场路口拐上这段路，车身开始上下颠簸左右摇摆。公路两边是我离开北大荒后才栽种的宽宽的防风林带，已经成材的树木挡住了我的视线，再也不能像以前那样一眼望到天边了。啊，三十多年过去了，怎么这条路反而不如以前呢？我看到了我的连队，却没看到那些熟悉的路边杨树。同行的人告诉我，那些树太老，树干都空了，前些年就伐掉了。

我看着眼前的路，心里问：怎么会是这样呢？

几年之后，我再次回北大荒，这条路已经铺上了水泥，平坦顺畅，从分场到五队开车十分钟就到了。

怀念草甸子

现在的北大荒偶尔还可见零星的沼泽，却也不是以前那种水泡子了。大片大片的草甸子更是几乎无迹可寻，能开垦的土地差不多都已经成了田地。福兮？祸兮？仁者见仁，智者见智，全在于所处的不同立场。当年，为了解决吃饭问题，人们向荒原进军，据说这一行动始于 1947 年；然后就是 1956 年铁道兵转业，山东移民开荒队和北京青年垦荒队到来；1958 年，丨·万官兵开发北大荒；1959 年，山东和上海支边青年新一轮“闯关东”；1963 年开始，北京青年参加边疆建设。以上都可看作是为了解决中国的粮食短缺问题。后来就不一样了。“文革”中，知识青年到农村去，接受贫下中农的再教育——五十四万知青到了北大荒。于是，荒地越来越少。可以肯定的是，粮食的确增产了许多，不过也有另一种说法：三江湿地是世界三大湿地之一，如果得以保留，它能产生的效益是现在的数倍！

那时，每块开垦出的土地几乎都毗邻着大片大片的草甸子，一直延伸到远方。比如我生活了十年的生产队东西六七里以外各有一条河——大索伦河和小索伦河，两河之间容易开垦的草甸子成了耕地，不好开垦的就还是草甸子。北大荒的草甸子和内蒙古的草原不同。我去过内蒙古，虽然没到过草原，但从照片和影视上看，草原的草不过刚没脚踝，而北大荒草甸子的草是蛮不讲理的，低者齐腰，高者没顶。草甸子上主要有三种草：小叶樟、羊草和三棱子草。“东北三样宝”之一的乌拉草少见，否则也就不会成为宝了。乌拉草经捶打后楦棉鞋，有极好的保暖作用。三棱子草可代替乌拉草楦棉鞋，但效果差了许多。羊草最多，也长得高，是喂牛马的上好饲料。以前北大荒的房子是“拉合辫”的—— 一把把小叶樟在泥里滚过，然后在立柱间缠绕，一片片连接而成墙壁，屋顶也用小叶樟苫成。苫屋顶是个技术含量很高的活儿，我只打过下手，没动手苫过，在这里说不清楚，不说也罢。每个秋天我们都去草甸子里打草，秋高草肥，正好准备牛马冬天的饲料，场院上也会用不少，打草苫子。

还是说草甸子。

北大荒春天的脖子短，我一直没注意过春天的草甸子什么样。那时正是春播时节，人们在紧张地忙碌着。头一年的草怎样变绿，新长出的小草怎样破土，怎样生长，我心里没数，当我看到它们的时候，已经是一片汪洋的草海了。夏天小麦快成熟时，草甸子正是茂盛期，南风吹过，草甸子像海一样波涛滚滚，一直翻卷到天边。这个时候走在草海中，脚下松松的、软软的，那是无数盘结于大地上，在悠长岁月中枯萎腐烂的草的遗骸。人踩在上面，深一脚，浅一脚，有一种坐船的感觉，天地都旋转起来。你望向前方，猜不出草里会隐藏着什么。也许是几只惊恐万状的狍子突然蹿出来，像箭一样逃向远方，把你吓得心口咚咚乱跳；也许是一阵吱吱的叫声把你吸引过去，只见草丛中几只淡黄色的小狼崽冲你龇牙咧嘴，还好，母狼出去觅食了；也许你蓦然觉得刚刚走过的地方有些异样，便回头去看，果然，那里的草绿得发黑，形成一个圆圈，再看那草圈上长着一株株雪白的蘑菇，这就是北大荒最有名最好吃的花脸蘑了。草甸子里最常见的是停在空中扇动翅膀的叫天子，也就是云雀。这种鸟叫声婉转悠扬，悦耳动听。它边叫边飞，越飞越高，渐渐成了空中的一个小黑点，突然，鸣叫声变得嘹亮激越，它收紧翅膀，一头从空中扎下来，坠落在草甸子里，无影无踪。行走在草甸子里，让人兴奋，让人恐惧，让人警惕，当然也让人快乐。有时走着走着，你会觉得像被火猛然烫了一下，于是停下脚步，站在塔头墩子上向前一望，不由得愣住了：黄绿色的草甸子在这里突然断开，眼前是无数通红通红的百合花，轰轰烈烈地开向天边，像一片熊熊燃烧的火海。草甸子里凡是草长得矮的地方一定是沼泽，一脚踏下去，水没脚踝甚至过膝，于是人不敢往前走了，怕失足跌进鬼沼，再也出不了草甸子……

就是这样美丽神秘的草甸子，在那个时代逐年地减少——火柴轻轻一划，豆大的火苗颤颤巍巍地舐上草叶，整棵草燃烧起来，火苗渐渐变大，一阵风吹过，火舌舔着了旁边的草，突然，火焰疯狂了，翻卷着，扭动着，顺着风势扑向草甸子深处。火，呼啸着，呐喊着，惊天动地。没过多长时间，大草甸子就变成了一片火海。等到烧荒的火熄灭以后，一台台红色的“东方红”拖拉机就挂着铁犁开进了原野。拖拉机喘着粗气向前爬行，尖尖的犁铧刺入大地，由千万年腐殖质构成的北大荒黑土就此翻身，一条条、一趟趟、一片片地袒露开来，成为静躺在天空下的庄稼地。播种，收割；播种，收割……生地变成了熟地。地力下降时就大量使用化学肥料，农作物长了杂草、闹了虫害，就用飞机撒各种农药……这些年，土地的颜色变浅了，原来肥得冒油，现在显得枯锈；原来土质松软，现在板结成块。于是，原本成群结队的狍子成了稀有动物，秋去春来的大雁不再停留……

我跟着老连长烧过荒。

那是秋天的一个傍晚，大豆已经摇铃，还没有开始收割，老连长领着我来到东边的一片草甸子。夕阳把草梢映得金红一片，像烧着一把灿烂的火。老连长站在刚刚翻出的防火道上，弯腰抓了把土向空中一扬，试了试风向，就从上衣口袋里拿出打火机，先点着一支烟，再把打火机交给我，说：“点火。”我有点儿犹豫，问：“没事吧？”他笑了，说：“西北风，火朝东南烧，防火道都打好了，啥事没有。点吧，烧一夜，趁着秋收还没开始，明天早上就可以翻地开荒了，又是一千多亩好地啊！”我在草甸子边上蹲下身，摁下打火机，把火头凑向草丛。枯黄的草叶被火一舔，立刻就烧着了，小小的火苗在风中扭动四散，点着旁边的草，大火熊熊燃烧了起来，借着风势迅速向草甸子深处蔓延。霎时间，我的面前一片火海，热浪把我向后逼退几步。身旁的老连长脸上露出满意的笑容。

西边的太阳下山了，把山顶的云彩映得像烈焰一般。东边，烧荒的大火呼号着、翻卷着向天边烧去，像一幅轰轰烈烈的日落景象。

那时的我什么都不懂，老连长也不懂，他只知道要多开荒。我们的国家也不懂，发誓要把北大荒建成北大仓，生产更多的粮食。过了好多年，我们都懂了，湿地是地球的肾，它对保持生态平衡和降低污染起着至关重要的作用。

草甸子越来越少，举目望去，北大荒满眼都是耕地。

于是，我回到北大荒时，坐着汽车跑了一百多里路到雁窝岛，去看珍贵的草甸子和湿地。

快艇在曲折蜿蜒的河道上疾驰，犁开的波浪向两岸翻涌，不时惊起一只只野鸭、天鹅或白鹭，它们拍着翅膀盘旋在空中，又匆匆落回苇塘和草甸子深处。

终于，快艇停下来，我踏上久违的草甸子，立即闻到一股多年前就熟悉的味道，不禁沉醉其中——是草的清香，还是水的醇香？那是一种水草与泥土混合而成的特别味道。这里是沼泽，生的多是小叶樟，草叶的深沉绿色之中透着三分明黄，在阳光下闪着活泼的光芒。我试图向草甸子深处走去，可没走几步脚下就洇出了一汪汪清水，弄湿了鞋。我只好停下来，站在塔头墩子上极目远眺。远方开阔空旷，无边的草海浩浩荡荡，天空中低低垂落着朵朵白云。

白云在天空流浪，草甸子向天边铺排开去……

在水利工地上

“起床啦！起床啦！”

我被人叫醒，脑袋从被窝里伸出来，手由枕头下摸出眼镜戴上，首先映入眼帘的是脑袋旁边一个特大号的馒头。据说它是用八两白面做的。不洗脸，不刷牙，用刚出被窝有些变味儿的手捏着一块咸菜，开始吃这个硕大的馒头。地窨子里一定充满了难闻的味道，但我闻不出来，同住的几十个人也一定都闻不出来。我们已经在这个地窨子里待了十几个钟头，如入鲍鱼之肆，久而不闻其臭。

12 月份，我们在六分场的小孤山兴修水利。

这是整个农场的冬季水利大会战。几千人，也许是上万人，在一片白雪皑皑的荒原上摆开长长的战线，开出一条十几米宽的河道，以备排涝。

十六岁的我，已经是一个完整的劳动力了。

每天早上，吃完那个用八两白面做的大馒头，穿上棉裤棉袄，往腰上煞根绳子，我随着人们走出地窨子，到工地上干活儿。我还没有锻炼出来，不会打炮眼，不会刨镐，只能去抬大筐。我有一个不变的抬筐伙伴：张悦。他是两年前从北京来的，比我大五岁。现在我可以说，在我几十年的人生中，这是一个少见的大好人，可当时我并不认为张悦有多好，只觉得他少言寡语，忠厚老实。四十多年过去了，生活中经历的人和事越来越多，我这才发现，忠厚老实是多么难能可贵的品质！

闲话少说。我和张悦抬大筐，筐里的冻土块装得满满的，一根杨木杠子穿过系在筐上的绳索，他永远在前头，我永远在后头。一上肩我们就开始爬坡跑路，没跑几个来回，全身都冒汗了。这时可不能偷懒，零下三十多度，只有使劲干活儿才不会觉得冷。忽然，远处传来一阵口哨声，抑扬顿挫中我能听出“刘进元”三个字，我知道那是在工地另一边抬筐的吴长宝正跟我起哄打招呼。于是，我也撮起嘴唇，吹出了“吴长宝”三个字的音。张悦是个基本不说话的人，听我和吴长宝这样你一声我一声用口哨联络，只是眯着眼笑。

工间休息，人们跺着脚，抽着烟。张悦把杨木杠子搂在怀里，抽着自卷的旱烟，不停地跺着双脚，身子一晃一晃的。

“土豆，”我问，“你是怎么到这儿来的？”

“土豆”是他的外号。

“初中毕业以后，我到一家金属构件厂当学徒工，每月挣十六块钱。按说挺好吧？可是那点儿粮食定量不够我吃的，老是觉得不饱。后来农场去招人，别人跟我说北大荒有的是粮食，能天天吃饱饭，我就报名来了。”

“这回吃饱了吧？”

“两年多了，没挨过饿。”张悦喷了一口烟，说，“可是刚来那年吃了好几个月的头疼粉。”

“头疼粉？”我不解地问。

“我×！说是从美国还是加拿大进口了一批麦种，有毛病，长出的小麦每颗麦粒里都有一个小虫子，咱们也不知道，磨成了白面，吃了以后就头疼，还恶心，吐。大家管这种面叫‘头疼粉’。”

后来我才知道这是小麦得了赤霉病。

“眼镜！”吴长宝走了过来（我刚到生产队没几天，人们就给我起了个外号叫“眼镜”），“敢跟我打赌吗？”

“敢！”我也不问赌什么，就说了大话。

“真的？”

“真的！”

“好。谁输了谁掏晚上的饭票！”

“行！你说赌什么吧？”

吴长宝坏笑了一下，说：“你敢用舌头舔一下这根铁丝吗？”

我心里想，这有什么呀！也没说话，就拿起那根铁丝伸出舌头去舔。张悦急忙说：“哎哎，别！”可是已经晚了，我的舌头碰到了铁丝——好像有什么不对，我急忙把铁丝往外一拉。这下坏了，我说不清是舌头还是整个口腔一阵剧痛，血滴到了雪地上。

“我让你舔你还真舔呀！”吴长宝有些惊慌。

“大宝，你真他妈坑人！”张悦骂道。

我疼得直流眼泪，却强装好汉，含含混混地说：“晚饭你掏饭票啊！”

从那事以后我才知道什么叫滴水成冰。

下雪了。我敢说，除去北大荒，你在中国其他地方再见不着这么大的雪。没有风，大片大片的雪花忽忽悠悠地垂直下降，整个世界都被雪花塞满了。

能见度很低，工地上的一切都影影绰绰。我特别欢势，兴奋地打量着雪中的世界。张悦抱着杠子看我，挺温情的样子。我说："这雪可真是没治了，真棒！"他说："下雪好啊！一下完雪就该刮风了，大烟儿炮。风三儿风三儿，一刮三天儿。能躺在工棚里睡觉啦！"我问他什么叫"大烟儿炮"，他说：下完雪一刮风你就知道了。

大雪下了一天一夜，地上的雪积到膝盖。回到工棚，吃罢晚饭，人们都是很高兴的样子。

我虽然不明白大家为什么这样高兴，却也跟着兴奋起来。几个北京老乡凑到一起，开始漫无边际地海聊。旁边几个姑娘叽叽咕咕地小声说话，听不清说些什么。这几个姑娘并不是来串门的，她们就住在这个工棚里。分给她们的铺位靠着门，和男人们并排。刚一住下时，有一排苞米秸将男女隔开，后来不知为什么，苞米秸越来越少，最后连一点儿象征性的都没有了，她们就这样和男人们紧靠着睡觉。不过，众目睽睽，男女双方一直相安无事。

大宝对我说："明天在家里睡大觉吧，后半夜准起风，三天大烟儿炮。高兴！"

老听人说起"大烟儿炮"，我真想见见它到底是什么样。

第二天早上，我在大地的颤动中醒来，耳边是山呼海啸般的可怕声音，刺骨的寒风从四面八方侵入工棚，我躺在被窝里却像置身于冰窖当中。从睡梦里醒来的人们都一动不动，不知在等待什么。

终于还是指导员第一个起了床，把作为火炉的油桶烧得通红，工棚里有了一丝暖气儿后，大家才从被窝里爬了出来。

有人要出去解手，朝西的门却推不开了——狂风已经把门洞填满了雪。好在还有一个朝东的门，那里背风，可以勉强打开一条很窄的门缝。我穿好衣裳，随着出出进进的人出了门。好家伙！外面一片天昏地暗，狂风卷着积雪在天地间奔跑，像魔鬼一样到处肆虐，留下它的痕迹，然后又突然把这些痕迹抹去，在一瞬间让世界变了一副模样。我背着风掏出撒尿的家伙，立刻感觉那里像被割了一刀，生疼。大家都是在工棚门口撒的尿，一块黄色浑浊的冰在白雪世界里显得非常扎眼。偶然抬了一下头，才知道太阳已经老高了——它挂在风雪迷茫的天空中，死气沉沉的。

在大烟儿炮面前，太阳是死的。

在水利工地上有两件事对我的影响很大。

第一件事。有一天看《东北农垦报》，上面登着一张照片：一个人在冰天雪地中光着膀子抡镐干活儿。一小段文字介绍说，他是八五二农场的北京知识青年。大宝说："这孙子我认识，跟我们一块儿来的，外号叫'侯老帽儿'。"也许当时有不少人觉得"侯老帽儿"在出风头，在犯傻，可我一直很佩服他这股劲儿——冰天雪地光着膀子，那可不是玩儿的！在后来的岁月里，虽然我没有像"侯老帽儿"那样，冰天雪地光膀子干活儿，但我可以无愧于心地说，在大多数情况下，我干活儿是卖力气的。有人管我们叫“傻青”，然而在那些日子里，英雄主义一直是我们这些北大荒知青的盲目信仰。

第二件事。刮大烟儿炮之后的一天，我们一半是为了早日完成任务，早点儿撤回生产队，一半是为了抵御寒冷，正在拼命地干活儿，忽然响起了一片哨声。大家停下手，接着有人来通知说，农场文工队来工地慰问演出了。一时间，人们都异常兴奋。

生活在城市里的人绝对体会不到北大荒人那种对文化的渴求。到农场三个多月了，我没看过电影，没看过书，更没看过演出。生产队订了几份报纸，但看到时都已经是过时的新闻了。到水利工地后，有一天晚上六分场场部放映电影《李双双》，因为有人来工棚找我玩儿，我没有看成。据大宝他们说，看电影的人很多，可是没有看好——天太冷，大家一边原地跑步一边看，光能看见影儿，却听不见声音。当然，文化生活也不是一点儿都没有，每天早上，工棚里的喇叭都要反复放同一支歌，是贾世骏唱的：“毛主席的书我最爱读，千遍那个万遍呀下功夫。深刻的道理我细心领会，只觉得心眼里头热乎乎……”由它负责叫我们起床，把我们送出工棚，送到冰天雪地中去。这支歌给我的印象太深了，以至于过了几十年，有时我早晨醒来，耳边仿佛还回荡着它：“哎——好像那旱天下了一场及时雨呀，小苗儿挂满了露水珠呀，毛主席的雨露滋养了我呀啊，干起了革命劲头儿足。”

我们是在自己亲手筑起的排水干渠大堤上看的演出。天太冷，像那天晚上看电影一样，大家原地跑步看演出。节目可以说很单调，但人们兴致盎然：这毕竟是活人在给我们演出呀！第一个节目是男声独唱，唱歌的人是个胖子，叫杨纯古，他是个男高音，嗓子极好，唱的第一支歌就是《毛主席的书我最爱读》！我觉得他比贾世骏唱得好，因为他是一个大活人。后面一个节目是单弦，表演者是个女同志，叫秦金兰。最后上场的女演员叫祁德珍，她也唱歌，唱的是电影《英雄儿女》的主题歌："风烟滚滚唱英雄，四面青山侧耳听……"演出很快就结束了，但这三个演员却一直记在我的心里。几年之后，杨胖子当了文化干事，我们打过不少交道。祁德珍现在在美国，知青们聚在一起时常常说起她，不知道她生活得怎样。秦金兰现在仍在农场，前些年我回农场时见过她，她已经退休了，晚上在农场的职工文化活动中心做些辅导工作。这三个人都是从部队转业到农场的，据说，祁德珍是一个非常出色的志愿军文工团员。

那天看完演出，晚上回到工棚，工地上的几面红旗一直在我的眼前飘动。那晚，我偷偷写下了我在北大荒的第一首诗：

在白皑皑的雪原上，
有几面红旗在呼啦啦地飘，
那几面红旗，
像一丛丛火焰在雪原上燃烧……

记吃不记打

我是个记吃不记打的人，许多有关北大荒的记忆都和吃有关。我要是不把这些记忆写出来，那不是糟践材料吗？贪污和浪费是极大的犯罪，这是伟大的至理名言。

且听我慢慢道来。

与我年纪相仿的人都有挨饿的记忆，1959 年之后的那几年真是不堪回首，一说起来就眼泪泡着心。到了北大荒以后，我不再挨饿，但正值青春年少，活计累，油水少，就把馋虫勾了出来。于是我就成了凶猛的饕餮，有了丰富且多彩的关于吃的故事。

刚到北大荒的头一个月，天天吃小麦米饭和熬西葫芦，有时也喝大麦米粥，虽然能吃饱，但这张嘴却逮着什么都想叼住咬一口。那年的深秋是饕餮们的盛大节日——从佳木斯狩猎合作社来了三个猎手。他们早出晚归，在大小两条索伦河之间打猎。每天他们都满载而归，只十来天时间，食堂外面的墙上就钉满了一张张狍子皮。那时北大荒的狍子真多，一群一群地在草甸子里奔突，夜间常常会在公路上见到它们，瞪着双眼呆呆地站在路中间，不知何去何从，总是听说汽车轧死狍子的事。因为数量多，狍子肉就极便宜，一斤才两毛钱。九十年代我在北京吃过一次狍子肉，十八块钱一斤！猎手和我们住在同一排宿舍，我天天可以吃到不花钱的狍子肉。大块的肉烀在铁锅里，蒸腾起一股股诱人的香味，熟了，便捞到碗里，动手边撕边啃，大快朵颐。我一直不吃羊肉，嫌膻，可狍子肉比羊肉膻得多，我却能吃，不知是怎么回事。一天，我们在老六号地掰苞米，突然听到锣声，有人喊："打着黑瞎子啦！"出了苞米地，听人说头天晚上猎手在这里下了地枪，刚才去查看，地上躺着一只死的，另一只受伤跑了。过了没多久，东北方小树林里两声枪响，便有人传出话来："另一只也打死了！"晚上回到生产队，伙房里已经有了炖肉的香气，两张熊皮黑乎乎地钉在墙上。家属们排着队从猎人手中领肉，不用交钱，猎人今天高兴，把熊肉白送给大家吃——熊胆和熊皮已经是相当大的收获了。伙房开饭了，单身汉们端着饭盆一个个兴高采烈：肉没有定量，每人还分了一块熊掌！那是我第一次也是唯一一次吃熊掌，黏糊糊，咬不动，像没炖烂的猪蹄。从伙房到单身宿舍，一路上大家相互祝贺："吃国宴啦，吃国宴啦！"其实，熊肉并不好吃，肉丝很粗，烀不烂，有一股极浓的腥味。

北大荒有个顺口溜：棒打狍子瓢舀鱼，野鸡飞到饭锅里。那是说以前，后来就不是这样了。这种情形我赶上一个尾巴。

那时的北大荒，冬天是不"猫冬"的，领导会找出干不完的活儿让大家干。脱谷，选种，倒囤，这是非干不可的；伐木，打石头，修水利，现在来看就未必一定要干。我的观点是，如果那时少伐些树，现在北大荒会有更多更大片的森林；少挖些沟，现在北大荒可能少了些耕地，却能多不少沼泽湿地——不说这些了。在干活儿的时候，最常见的是野鸡。也许在草丛中，也许在雪堆里，也许在粮囤后，也许在豆秸垛旁，突然就会扑啦啦飞出一两只野鸡，在白雪背景上闪耀着绚烂的羽毛。野鸡一般飞不远，总能逗起人们去抓的欲望。我抓过好多次野鸡，但从来没有抓到过。我吃的野鸡都是别人用枪打到或下药毒死的。在北大荒更容易吃到的飞禽是大雁。春天，无边的原野上升腾着氤氲缥缈的阳气。开始播种了，大雁也从南方飞了回来。湛蓝的天空中飞过一队队雁阵，留下不绝于耳的嘎嘎叫声。有一年春天的傍晚时分，遮天蔽日的大雁从西南方向飞来，齐刷刷地落到刚刚播种下大豆的四号地，大家说这下坏了，大雁能把豆种差不多吃光。有人主张马上补种，老连长决定看看出苗情况再说。过了些日子，豆苗长出来了，并不比其他地号差，到秋收的时候四号地的产量最高，大家说，那一夜大雁在此休息，肯定留下许多雁粪，给地施足了肥。每当大雁回归，就成了一些人的猎物，他们或者用枪，或者用药，想方设法地把它们弄进锅里，然后吃进肚腹之中。听说也有空手抓大雁的，那是一个富有童话色彩的故事，我放到另外的时间再讲。

在北大荒十年，我从来没吃过大雁肉，不是没机会，而是因为父亲曾经的一席话。临下乡前，父亲跟我长谈了一次，涉及许多内容，其他的没有记住，偏偏就记住了关于大雁的事。父亲说，他的祖父讲，有一年春天或者秋天，深夜，院中响起一声声大雁的哀鸣，一阵弱似一阵，最后归于沉寂，早起到院中一看，两只大雁绞颈而亡，其中一只身上带伤。显然，这是一对眷属，伤者坠地，另一只想带它飞起，却无力回天，终于同归于尽。父亲说：大雁是义鸟，你到北大荒以后，那里会有许多大雁，但你不许吃大雁肉！他特别强调，这个“义”字是情义的义。后来我多次听过类似的大雁传说，知道这是一个传播已久的故事，并不一定是我曾祖父的亲历，但我记住了父亲的话，一直没吃过大雁肉。

不过，我却吃过一口天鹅肉。那年正是春播时节，连队的大能人老聂忙里偷闲，下夹子打大雁。头天晚上，他在七支沟附近下了夹子，第二天早上去看，老远就见晨雾中一个雪白的影子在下夹子的地方上下跳动，走近一看，才知道那是一只被夹住的天鹅！他将天鹅乱棒打死，双手拽着它的脚——它的头几乎拖到了地上——把它背回家。晚上我路过老聂家门口，他请我吃天鹅肉。我只吃了一口，肉丝很粗，像牛肉一样。现在想起此事，心里极不舒服，那时我们是多么愚昧，根本就不懂得应该保护这些珍稀动物。老聂去年死了，他的肺有问题，被折磨了好几年。去年夏天我们见过面，他很少说话，只是笑。他老了，大概有七十岁。

我们生产队地势低洼，是两条相距十多里的小河夹着的一片平原。春天下桃花水，或者夏秋两季逢大雨，河水常常漫过河床，顺着排水沟倒灌。这时，就连公路沟里也会有鱼出现。那些早有准备的老职工就忙开了，有的拿抄捞子捞，有的下裤兜网堵，或多或少总有收获。知青们不行，没有工具，只能吃蹭儿。我曾经跟着几个老职工到尖山子下的水泡子去打鱼。那个泡子不算小，是小索伦河涨水形成的。老职工都有一身在北大荒练出来的生存本领，撒网打鱼就是其中一项。我学着他们的样子，站在齐腰深的水里撒旋网，却总是撒不开，渔网出手后成了一个大疙瘩，根本网不上鱼来。等回到生产队吃鱼时，我总是不好意思放开肚子，毕竟我一条鱼也没打上来。

不过，有一次我自己亲手弄了好多鱼，请大家暴吃了一顿。

那天休息，正值夏天，与我同岁的老职工子弟张启凤拉我去小索伦河摸鱼。这是一条卧在荒原上的无拘无束的河，最宽处也不过七八米，褐色的水流不疾不缓。找到一处有漩涡的河面，张启凤给我讲了摸鱼的技巧，我们就脱掉衣裳下了水。第一步是在齐腰深的河水里胡乱扑腾，尽力把水搅浑，正应了“浑水摸鱼”这句至理名言。鲫鱼好摸，它一碰到人的手就一动不动，活像块木片，可一旦出水就会拼命打挺，挣脱人手跳回到水里。时间不长，我们两个已大有收获，二三十条巴掌大小的鲫鱼被甩到岸边的草丛里。张启凤说：“摸几条鲇鱼吧！”我知道鲇鱼有牙，怕挨咬。他告诉我，鲇鱼是头朝里躲在洞里的，掏鲇鱼洞时别害怕，摸着鱼身后，顺着向前摸到鳃就停下，然后用手指抠住鱼鳃把它拽出来就行。我学着他的样子，在水中河床上摸索着找鱼洞，心里不免有些害怕，担心会被躲在洞里的鲇鱼咬到手。陡峭的河床上纠缠着粗粗细细的树根草根，我终于在这些树根草根之间摸到了一个洞。张启凤告诉我，大胆地掏，抠住鱼鳃时别害怕。我蹲下来，把身子完全泡在水中，伸直胳膊把手探进洞里，突然碰到了一个滑溜溜的有弹性的东西，我心里一惊，这是条鲇鱼！按照张启凤刚刚教的，我屏住呼吸，手贴着鲇鱼身子从尾部向前滑，直到摸着它硬硬的鱼鳃。鲇鱼好像不知道危险已经来临，轻轻地摇摆着身子，没有要逃走的意思。我歪头看张启凤，他也找到鱼洞了，正全神贯注地掏呢。我定了定神，拇指、食指和中指形成钳状，猛地抠进鱼鳃。鲇鱼剧烈地摆动着身体，拼命挣扎。我死命掐住鱼鳃，将胳膊从鱼洞中抽出，一条差不多两尺长的鲇鱼随着我的手臂冲出水面。那边张启凤也举起一条稍小一点儿的鲇鱼，高兴地在河水里跳跃，溅起一片水花。

我们背着装了六条鲇鱼和二三十条鲫鱼的麻袋回到生产队，在宿舍门口支起大铁锅，炖了一锅至今还能闻到鲜香味儿的杂鱼，请宿舍的单身汉们大吃了一顿。

那一年我和张启凤摽在一起，一到休息日就四处乱跑。有一回我们跑到草甸子里，在齐胸高的羊草中发现一种蘑菇，它们一株挨着一株长，伞盖上闪着幽幽的淡蓝色光泽。听说凡是彩色的蘑菇都是有毒的，我们转来转去不敢下手。蘑菇长得不少，在草甸子里形成一个直径好几米的圆圈。我想，不吃进嘴里，拿几个蘑菇总不能中毒吧。就采了几个蘑菇拿回生产队。刚一到住区，迎面碰到马号的老郭，他是1956年的老开荒队员，我上前请教这是什么蘑菇。老郭看了一眼，大惊失色，用一口河南话大声说："哎呀，我的天爷呀，这蘑菇有毒，可千万不能吃！"正说着，吴志坚从我们身边路过，看见我手里的蘑菇，再一听老郭的话，立刻瞪起眼睛，撇着嘴说："你不懂，这叫花脸蘑，是最好的蘑菇！"老郭还要争论，吴志坚却从我手里拿过一个蘑菇，咔嚓咬下一块，大口嚼了起来，边吃边说：

“花脸蘑是从烂草里长出来的，没有就没有，一有就长成一个蘑菇圈！猴头蘑好不好？可没它好吃，也没它贵！”吴志坚的老家在富锦，是土生土长的北大荒人，我相信他的话，更何况他正生吃这蘑菇呢。我和张启凤到场院上拿了条麻袋，又返回草甸子，背了一麻袋花脸蘑回来，还是支起大铁锅，炖了一锅蘑菇，请大家吃了一顿。花脸蘑真是鲜，可惜当时没有肉，虽然好吃，却不能解馋。

想解馋是因为馋，馋是因为荤腥少。那时在北大荒吃饱肚子是不成问题的——不分男女，每个人每月的粮食定量是四十五斤，可其实根本不受定量限制，大家都放开肚皮吃；豆油是每人每月一斤，也不算少了。肉却没有定量，也就是说，不能保证按时吃上肉。随着荒地的开垦，野兽越来越少，打猎的也不来了。排水沟越挖越多，河道疏浚，水泡子和沼泽基本消失，鱼也不像以前那么好弄了。夏秋两季，各种蔬菜下来，虽然鲜美可口，但日复一日地素炒，就着大白面馒头，还是不能让人心里——也就是肚子里——有底。特别是冬天，公家的菜窖太小，放不了多少菜，大量的菜就堆放在礼堂里，天寒地冻，所有的菜都冻成一个冰坨，用大铁柜渍的酸菜也冻在冰里，素炒或者熬煮冻白菜、冻萝卜、冻大头菜、冻土豆……尤其是素炒冻酸菜，那种说不出来的味道真是让人没有食欲，难以下咽。

于是，大家千方百计地解馋。

有一年春天，小麦播种完了，大田播种还没开始，生产队放了一天假。头天晚上在宿舍里，大家沉浸在终于要放假的兴奋当中，聊着聊着，聊到了吃，聊到了馋，便有人提议明天去宝清县城“吃一顿”，响应者达七八人之多。第二天天一亮，一群人吃了个头天从伙房拿的凉馒头，就走上了通往县城的公路。初升的太阳照耀着田野，一股股虚无缥缈的阳气从黑土地中升腾起来，幽蓝色的远山便在阳气中袅袅婷婷地扭动身姿。野草破土而出，给枯黄了半年多的世界点缀上星星点点的嫩绿。此去县城六十里，大家说说笑笑，四个半小时就晃悠到了。一进县城，一伙人直扑饭馆，围坐成一桌七嘴八舌地点菜。待菜都上了桌，十几个菜铺排开来，竟然都是肉！一声“下家伙”，七八双筷子上下翻飞，好一场狼吞虎咽，如风卷残云一般，不消半个小时，所有的肉都进了肚子。多年之后，无论如何努力回忆，我也想不起那些肉的味道，只记得确实十分解馋！

还有更简单的解馋方式。肚子里没油水的时间长了，我会趁着去分场的机会，到小商店花两块钱买一个猪肉罐头。这种罐头是一个矮墩墩的玻璃瓶，猪肉沉在瓶底，白花花的猪油浮在上面，占了瓶子一大半。到小饭馆借把菜刀撬开白铁皮的瓶盖，然后把整瓶东西倒进碗里，稀里呼噜，只几分钟就能把油腻腻的猪肉和猪油吃个一干二净。

所有的人都馋，所有的人都盼着麦收誓师大会。那时的农场一多半耕地都种小麦，麦收是一件大事，是一场关键性的战役。像从前打仗一样，临战之前要好好吃一顿——麦收誓师大会之后的会餐！它标志着麦收正式开始。有一年麦收誓师会餐，天黑后几十桌酒席在礼堂里摆开，喜欢酒的人大碗喝酒，划拳声、“打杠子”声此起彼伏。我不会喝酒，就尽量控制自己少吃那些上了桌的菜，虽然那里面也有肉——我专注地等待着那一大碗红烧肉的到来。终于，礼堂里弥散开诱人的肉香，红烧肉来了！可是，就在红红亮亮的大碗红烧肉摆到桌子上的一刹那，电灯突然熄灭了，礼堂里黑咕隆咚，只听得人声鼎沸，勉强能看到黑影晃动……终于来电了，礼堂重放光明，然而人们突然发现，有些桌上的红烧肉已经不翼而飞！三十多年后，终于有人承认，是他伙同一个上海知青看准时机拉下电闸，趁着黑暗挨桌把那些香喷喷的红烧肉倒进早已准备好的脸盆，端回宿舍藏了起来，偷偷地大吃了好几天！

北大荒最冷最严酷的日子，是冬天刮烟儿炮的时候。大雪过后，狂风骤起，搅得雪粉飞扬，周天寒彻。领导不再安排活儿，人们躲在屋里不敢外出。可每当这时，我和吴长宝就会用绳子煞好棉袄，系紧皮帽子，推开门走进大烟儿炮里。风实在太大，天实在太冷，周身就像没穿衣裳被寒冰包裹着一样。我们顶着狂风艰难地走向农具场和场院，在大烟儿炮中寻找被冻死的鸡——我们知道每次刮烟儿炮时都会有之前外出觅食的鸡冻死在那里。拖拉机旁，粮囤边，白得晃眼的积雪中露出一簇鲜艳的羽毛，踢开积雪，只见一只鸡蜷缩着身体，冻得梆硬。这时我们是多么高兴啊！把死鸡拿回宿舍，用冷水缓开，再用开水烫一下，拔去羽毛，开膛破肚……当鸡肉的香味在小屋中弥散开来，虽然屋外大烟儿炮山呼海啸，我们也会觉得世界竟是这样美好！

北大荒有好吃的蔬菜和水果。这儿的旱黄瓜较水黄瓜短而粗，颜色也浅一些，有攀在架上的，也有匍匐在地面的。摘下一根咬一口，一股清香立刻在口腔中弥散开来。油豆角是东北的特产，体量比关内的豆角宽，口感绵软润滑，与沙沙粉粉的土豆一起烀，堪称绝配，如果再有点儿五花肉，简直是人间至味了。那时北大荒的水果少，但槟子、香瓜和冻梨真是好吃。槟子也叫虎拉槟，是沙果和苹果杂交的品种，个头儿比苹果小，颜色紫红，香气扑鼻，酸甜可口。香瓜在收获季节堆成一座座小山，老远就能闻到浓郁的香味。特别是地名叫“一撮毛”的三分场六队的三白瓜，白皮白瓤白籽，稍微用力一捏就碎成几瓣，汁水流到手上黏黏的，能拉出丝来，甜得像个小蜜罐。冻梨只在冬天才可以吃到，以冻的秋子梨最为好吃。成熟的秋子梨本来是浅黄色的，冻后就成了黑褐色，一个个跟铁球似的，梆硬。吃前把它放到凉水里化冻，缓开后剥掉冰碴，大冬天咬上一口，冰牙的果肉又酸又甜，梨汁沁人心脾，不但有助消化，还可以解酒。

斗转星移，日月穿梭，北大荒的许多往事都已在记忆中浅淡，可这些关于吃的回忆却越来越清晰。

关于穿着

东北有三宝：人参鹿茸乌拉草。乌拉草也叫靰鞡草。北大荒也有三宝：镰刀水鞋破棉袄。

北大荒开发初期，还保留着原始状态，草甸子接天连地，间或有沼泽和小树林，野兽出没其间。手里拿一把镰刀，可以随手割草砍树枝开路，也可以给自己壮胆。沼泽多，路不好走，无论阴晴都要穿着高靿水靴。后来路修好了，除雨天外，一般日子可以不穿高靿水靴，最常穿也最方便的鞋叫“水袜子”。水袜子与“袜”无关，是一种胶鞋。早期多为黑色平纹布帮、胶底、五眼系带儿，也叫“劳改鞋”，大概和早期北大荒的“劳改分子”多穿这种鞋有关。后来改为草绿色或土黄色的鞋面。这种鞋最大的好处是晴雨皆宜。下雨，穿着它蹚水踏泥，因为是平纹布帮，湿了后干得快，第二天就可以再穿。我在北大荒时，春、夏、秋三季都穿水袜子。冬天，我一直穿棉胶鞋，也叫棉靰鞡。早年间东北的靰鞡是用兽皮做的，里面垫靰鞡草以保暖，这种鞋就叫“靰鞡”。至于靰鞡草是怎么得名的，我猜想一定是满语。棉胶鞋也要垫草才能保暖，不一定是靰鞡草——这种草少——也可以垫三棱子草、小叶樟和羊草，甚至可以垫苞米皮。也可以不垫这些而垫毡垫，但我觉得不如垫草保暖。虽然棉胶鞋已经是现代化产品，但还是沿用了“靰鞡”这个古老的名字。那时北大荒从领导至农工冬天都穿棉靰鞡。有人在北京委托行买了双大马靴，虽然漂亮，但据说不太暖和，走路也不方便。生产队的武继林有一双“毡疙瘩”——高鞡毡靴，我试着穿过，暖和倒是暖和，但由于鞋底圆咕隆咚的，走起路来东倒西歪，总要摔跟头似的。

下面说“三宝”中的破棉袄。

棉袄且破，为什么成了宝？因为新棉袄舍不得胡造，不能成为宝，破棉袄却可以毫不吝惜，不分时间不分地点地派上各种用场。冬天，风天，穿着御寒，抗冻挡风；下雨天，披在身上遮雨蔽水；累了，往地上一铺，就是褥子，阻挡寒气湿气……破棉袄的好处说不完。十年间，我穿过三件破棉袄——当然，开始穿的时候也是新的，过了一段时间才成了破棉袄。我的破棉袄不敢说是世界第一，却可以说是五队（我的那个生产队）第一，最破的时候甚至连布丝都几乎看不见，简直就是一个棉花套子！别人也穿破棉袄，但一般都在破损处打着各种补丁，有人甚至在黑棉袄蓝棉袄上打白补丁。也有老职工家的大嫂帮我的棉袄打过补丁，但我生性“狼虎”，邋遢不堪，同时有一种怪异的想法，认为穿这种没有布面的破棉袄自成一派，是一种风格，于是我的破棉袄就成了生产队第一。受经济条件限制，当时十之八九的北大荒人都没有大衣，零下三十多度的严寒天气，也只是里面穿一件绒衣，外面穿一件棉袄而已。既然是破棉袄，就要破到底，连扣子都没有才算“正统”。穿时把棉袄两片对襟向当中一缅，然后拦腰系一根麻绳或草绳，好处是不往怀里灌风，所谓“勒根带儿，加一件儿”。我常用一根带皮的电线勒棉袄，电线往腰间一拧，不容易松动。

有人曾经在三九天不穿棉袄。那时知青从北京探亲回来，说委托商店卖呢子大衣，七八成新，二三十块钱一件，于是一位“闯关东”来的山东人便托知青给他买了一件。那天早上，小北风飕飕的，严寒逼人，我们拿着各种工具站在公路上，等待着集合去西边草甸子放炮挖排水沟。突然大家眼前一亮：他穿着黑呢子大衣，扛着筒锹走上了公路。呢子大衣有些小，下摆刚刚过膝，紧紧地裹在他身上。人们看着他，先是惊讶，然后爆发出一片笑声，弄得他很不好意思。第二天他没再穿呢子大衣，估计是冷得受不了，或者是有些羞涩吧。

北大荒的冬天是要穿棉裤的。光穿棉裤还不行，要打上绑腿，才能真正御寒。绑腿就是两寸多宽五六尺长的一条布带子。用棉裤的裤脚缅住棉靰鞡的鞝儿，然后把绑腿一圈一圈地从脚腕处向上缠，技术好的可以一直缠到膝盖下方，显得精神挺拔，技术不好的缠得窝窝囊囊，甚至脱落下来，长布条堆在棉鞋上。缠上绑腿不但御寒，还可以防止积雪灌进鞋里。绑腿有好多种颜色，蓝、黑、绿、白，穿着黑棉裤打着白绑腿，在当时并不以为怪异。大宝的棉裤在五队非常有名——屁股处破了，露出一块白棉花，永远吊在身后，晃晃荡荡，像一条绵羊尾巴。

春秋两季，白天可穿夹衣单衣，视温度决定里面穿不穿绒衣。男的多穿中山装或劳动布工作服，差不多都打着补丁。女的则穿中式衣服多一些，因为能选择鲜艳一点儿的颜色。夏天，北大荒的天气也热，穿衬衣或背心，男人穿的往往破了也不补，露着肉。那年不知是谁发明的，日本进口的化肥袋子拆开可以做披肩，于是，在场院干活儿的人，不分男女，每人都披着一个白色披肩，上面有两个大字：尿素！

穿衣裳也分地域。一般来说，北方知青的衣着破损程度要高，即使打了补丁也是乱七八糟，五花八门；上海知青的衣着则要干净整齐得多，打的补丁也规规矩矩，平整熨帖。上海知青们刚来时，中山装或者夹克里面露出一截干净挺括的衬衣领子，而且经常更换，让人羡慕不已。住在一个宿舍时间长了，才发现那原来不是衬衣，只是一个套在胸上的假领子！另外还有婚否的区别。成家立室的男人穿着干净利落，因为老婆总想让自己的男人像个样子。没结婚，特别是没有女朋友的，穿着破烂邋遢，无所顾忌。女人正相反，结了婚拖家带口的无所谓整齐干净，没结婚的姑娘们则尽量穿得花枝招展——当然，要在革命化的世俗允许之下。

那时的北大荒，男人可以光膀子，却不能穿短裤或秋裤出门，女人也没有穿裙子的，人们认为那样不文明。有一年夏天下大暴雨，因为长时间没洗澡，我和另一个北京知青只穿着裤衩冲到雨中将全身淋湿，然后进宿舍打上肥皂，把全身上下使劲搓了又搓，再扑到雨里冲洗了一番。不想，被老职工家的大嫂们看见了，说我们耍流氓。

现在不一样了。由于大量使用农药，蚊子、小咬和瞎虻少了，人们的思想观念也变了，男人们穿着短裤，女人们穿着花花绿绿的裙子，在生产队破旧的房子前走来走去，显得有些不搭调。冬天，也不再穿以前的破棉袄了，各式各样的羽绒服把雪原装点得挺漂亮。

关于皮帽子

北大荒的冬天最缺不了什么？

——皮帽子。

也许现在有了其他替代品，但那时是绝对不能没有皮帽子的。北大荒真是冷，如果不戴皮帽子，首先受不了的就是耳朵——它不是被冻得通红生疼，那还不叫冷，而是呈半透明的乳白色，血液完全不流通，梆硬，没有知觉。听说那样的耳朵一碰就掉，但我没亲眼见过。

那年上山下乡，离开北京之前，发了我们每个人一套棉衣棉裤、一床棉被，还有一顶皮帽子。当时黑龙江生产建设兵团还没有成立，棉衣棉裤的面和皮帽子的壳都是蓝平纹布的。

只说皮帽子。

9 月中旬到了北大荒农场，到 11 月初快上大冻，就开始戴皮帽子了。这时我才知道，凡是北大荒人，无论男女老少，每个人都有一顶皮帽子，而且这皮帽子不简单，有许多讲究。大多数北大荒人的皮帽子是狗皮的，也有少数人是狐狸皮或者“孬头”皮的，而我这顶皮帽子却一时不知道是什么动物的皮毛。它以褐色为主，有白色和黑色的规则条纹，有点儿像老虎皮。可是，能发给我虎皮帽子吗？我配戴虎皮帽子吗？我自问自答：不能！不配！与众人研究的结果是，这是一顶猫皮的帽子。猫皮就猫皮吧，保暖就行。可是，当真正的北大荒冬天来临，像刀子一样的小风刮起来，这顶帽子就显得太单薄，那点儿猫毛的保暖作用有限，即使放下帽翅，系紧帽带儿，我的耳朵还是冻得生疼。再戴上别人的大狗皮帽子一试，才知道什么叫暖和。

第二年冬天将近，我下决心买一顶狗皮帽子。可那天到了分场的小商店一看，柜台上只有一顶皮帽子，狗皮倒是狗皮，却是天蓝色的布壳配雪白的皮毛，显得那么扎眼，那么隔路，那么不搭调！我这人生活上不讲究细节，也不懂什么难看好看，再加上懒得费事，就交上六块钱，把这顶狗皮帽子买了下来。还别说，冬天来了之后，这顶帽子真顶了大用，我的耳朵在它的保护下没再冻疼，只是那反差鲜明的配色让人耻笑。二三百口子人，只有我一个人戴白狗皮帽子，还是天蓝色的壳。好多人站在一起，大家都把自己捂得严严实实的，分不清哪个是哪个，只有我，别人肯定认不错——这顶帽子太显眼啦！

那时我年轻，有点儿虚荣心，过了一年，我决心换掉这顶皮帽子，就又去分场商店。这回好了，柜台上有不少皮帽子可供挑选。我选了又选，挑了一顶自认为是狐狸皮的帽子，既厚实又好看，花了我整整半个月工资。冬天来了，戴上这顶皮帽子，除去毛有点儿扎脖子之外，可以说我的生理和心理双方面都得到了满足。可是，没等到三九天，皮帽子上的毛就开始一绺一绺地往下掉。我奇怪别人的狐狸皮帽子怎么不这样，有人告诉我：你那叫什么狐狸皮呀，那是狐狸尾巴！我说呢，摸着别人的狐狸皮帽子，手感细腻光滑，而我这顶帽子的毛直扎脖子！经过一个冬天的磨砺，这顶帽子的毛基本掉光，只剩下光板儿了。

以后的那些年，我一直戴着一顶黑灯芯绒面灰毛的狗皮帽子。

我一直想有一顶“孬头”皮的帽子，却总不能如愿。“孬头”的学名叫貉，有个成语“一丘之貉”就是说它。《大清会典》规定，这种皮毛“官三品褥用”，由此可见，“孬头”其实不孬。我没见过“孬头”，只看过它在雪地上留下的锁链似的脚印。据老职工说，这东西像小狗那么大，尖嘴，短腿，行动迟缓，遇危险时便仰面朝天，做龇牙咧嘴状，其实并不咬人。还说，见到“孬头”上前抓就是，不用害怕，但千万不要用脚踢——它的两条后腿之间有一层薄膜（其实根本就没有这么回事），一踢，薄膜破裂，它就跑得飞快了。冬天在雪原上行走时，我总是东张西望，看到锁链似的脚印就兴奋异常，希望能抓到一只“孬头”，用它的皮做顶帽子。但是，十年时光，我却连它的影子都没有看到过！

“孬头”皮密密的绒毛呈灰黄色，有一寸半到两寸长，其间有高出绒毛半寸的黑色针毛，用这样的皮毛做的帽子叫“孬头帽子”，拔掉针毛后做的叫“貉绒帽子”。我喜欢“孬头帽子”，针毛挓挲着，显得威风凛凛，电影《智取威虎山》中杨子荣就是戴的这种帽子。“貉绒帽子”一般要配上羊皮壳，戴上文质彬彬，与我的农工身份不符。

曾经有人要送我一顶“孬头帽子”，我却没要。

那是个冬天，被“清理出阶级队伍”的老铁道兵战士陈树贤想不开，在大年初三晚上跳井身亡。当时的我年轻胆大，下到井里把他捞了出来。事后，老陈的妻子拿着他的遗物—— 一顶“孬头帽子”来找我，说：“多亏你把死鬼捞出来，我也不知道该怎么谢你，这顶‘孬头帽子’你就戴着吧。”我千推万辞，终于没要那顶帽子，不是我不喜欢，而是有点儿害怕——见天儿顶着一顶死鬼戴过的帽子，太不吉利，万一我也出什么事呢。

冷的记忆

北大荒的冬天真漂亮！有时想再去看看，那里的朋友便说：来呀！我说太冷，有点儿害怕。朋友说：现在没有你们在的时候那么冷了，来吧！但想想还是打怵，一直没敢在冬天回北大荒。

北大荒的冬天到底有多冷呢？夏天最高气温和冬天的最低气温能相差七十多度！八五二农场大约地处北纬 46°，与北纬 53° 的漠河相比，在黑龙江还真不算太冷的地方。

听说过关于冬天冻死人的传说——正值大烟儿炮，有人走在荒原上，走着走着，被冻得产生了幻觉，眼前出现一堆烧得旺旺的火，于是他挣扎到火堆旁，半蹲下身伸出手烤火，后来，他就保持着这样的姿势被冻死了。不少人都说过类似的事，但我没有见过，别人也没有亲眼见过。

北大荒的冬天和秋天是交织在一起的。10 月初，大豆摇铃，玉米成熟，枫树柞树的叶子红了，白桦白杨的叶子黄了，第一场雪也就来临了。

有一年 10 月，一场连绵的秋雨下了十来天，田地里一片汪洋。那一年正好赶上兵团领导盲目指挥，搞什么“用革命化打败机械化”，高喊“小镰刀精神万岁”，放着拖拉机、康拜因不让用，全体人员拿着镰刀下地，在雨水中收割大豆。天上下着雨，地上蹚着水，全身上下精湿，没有一处干爽的地方。最难受的是早上，从用体温焐热的被窝里爬出，穿上没有烘干的半湿的衣裳，把脚伸进冰凉的湿鞋里，拔凉拔凉的寒气从脚心直蹿头顶，一种说不出的滋味袭满全身心。大豆没有收完，第一场大雪就毫无良心地来了。没有风，大片的雪花从灰色的天空垂直降落，一天一夜雪才停。人们背着苞米筐踩进一尺多深的积雪去掰苞米。积雪没膝，雪下是没有上冻的泥泞，用尽全身的力气才能拔出一只脚，另一只脚还陷在泥雪中，每迈一步都十分艰难。人们伸出冻得僵硬的双手剥开苞米皮，拧下苞米扔进背着的筐里。汗水和雪水雨水混合在一起，冰冷和燥热也混合在一起。

11 月中旬上大冻，要到四个半月以后才开化。最冷的时候是 12 月和 1 月，这个时间段要修水利，伐木，打石头，选种，积肥。

下雪天是不冷的。北大荒的雪一场接着一场，有时飘雪花，有时撒雪粒，也有时雪在空中抱成团，一团一团地从天上降落。这时不但不冷，甚至有一丝温暖的感觉。但雪一停，特别是一场大雪停了以后，声势浩大的北风骤起，把还没来得及冻住的雪卷扬起来，像无数狂暴的野兽，在辽阔的原野上横冲直撞。这就是让人胆战心惊的大烟儿炮。当地的农谚说：风三儿风三儿，一刮三天儿。大风要刮三天才会停止。心再硬的领导在刮烟儿炮的时候也不会安排户外的工作，人们躲在礼堂里开会学习，听领导讲大好形势，或者在宿舍里扒麻，打麻绳，搓苞米粒。每当刮大烟儿炮，我和大宝都会冒着严寒去农具场和场院，捡没来得及回窝而被冻僵的死鸡，从来没空手而归过。

一般来说，阴天才会下雪，但北大荒晴天也会下“雪”。早上一出门，天蓝得透明，没有一丝云彩，阳光很好，也没有风，但空中却有无数亮晶晶的东西荡荡悠悠地飘洒下来，每一片都闪烁着太阳的光芒。

北大荒人时常会冻白面孔、鼻子或者耳朵，那是因为天太冷，这些裸露在外的部位血液不流通所致。有一年水利大会战，北京老知青周达放下手中的镐，去旁边的草甸子撒尿。他站在草丛中半天也不回来，我问他在干什么，他回头说：“我找不着它了！”哈哈，他撒尿的家伙被冻得缩藏了起来！北大荒人常说：今天真冷，冻得蛋疼。是的，北大荒最冷的时候确实冻得人蛋疼。

1970 年冬天，蛤蟆通水库大会战之后，回到连队没几天，老连长找到我说：咱们连拆掉的地窝子还有些砖和木头，你带人去拉回来吧。第二天一早，我带着几个知青坐在拖拉机拽的拖斗上，向将近一百里之外的蛤蟆通水库出发了。

阴天，小风刮着，雪不说正经下，也不说不下，只是飘落着稀稀拉拉的小雪花。我们穿着棉袄，腰间系着皮带或煞着绳子，外面再套上棉大衣，皮帽子的帽翅也勒得紧紧的，一起龟缩在拖斗里。公路已经成了一条雪胡同，两旁是推土机推出的一人多高的雪墙。没走多远，我们便被冻得站了起来，在拖斗上跺脚。轮式拖拉机的最高时速是二十公里，但在这样的路上它跑不了那么快。我们被冻得受不了，便跳下拖斗，在雪路上跟着拖拉机跑一会儿，等身上暖和了，再回拖斗上站一会儿，冷了再下来跑。就这样，四个小时以后，我们到了水库工地的地窝子遗址。大家的肚子早饿了，就地生起火来，把带来的馒头烤热，就着冻成冰块的咸菜吃完午饭，马上动手拆砖，拆棚架，装车。装好车，已经出了一身汗，不待喘匀气，便穿上大衣，开始返程。

拖拉机拐出库区的树林，顶风而行，坐在木头堆上的人立刻感到一股刺骨的寒意。红色的拖拉机和它身后的拖斗，在茫茫的雪原上就像两只渺小的甲壳虫，顺着公路缓缓地爬行。身上没有干透的汗被寒风一吹，像冰一样刺痛着骨肉，我们已经没有力气再下车跑步，一个个萎缩在木头堆上，任凭自己被活活冻僵。路没走到一半，天就黑了下来，我已经感觉不到冷，看看别人，有的闭着眼睛，有的呆呆地望着远方，没有人说话——大家已经被冻得张不开嘴了。终于，拖拉机停下来，周围有了灯光，映出一栋栋房屋的轮廓。已经等候多时的老连长在路边向我们挥着手，大声喊："冻坏了！快下来，快下来！"可是，我们委在拖斗上动弹不得——大家都被冻僵了。

将近五十年过去了，我已经记不起当时是怎么下的车。那次同行的王志川说，他是被我一脚踹下去的，可是我那时还能蜷起腿再伸出去踹他吗？我们被人扶着挪回宿舍，没脱棉衣，盖上被子，在炕上缓着……还好，居然没有一个人被冻坏，第二天大家又生龙活虎了。

那时的我们真年轻，傻小子睡凉炕——全凭火力壮。年轻就是好啊！

单干户宿舍

这里说的“单干户”同互助组合作化运动没有关系。

在北大荒最底层的生产队，也就是后来兵团时期的连队，大家管结了婚有家的人叫“双干户”，有时也叫“家属”；管没结婚单身的人叫“单干户”，有时也叫“跑腿子”。还是叫“双干户”和“单干户”的时候多。至于更高层次的分场总场机关怎么个叫法，我就不太清楚了。

那时关于“家”的概念很淡。结了婚，分了住房，甚至有了孩子，人们住的地方也很少被称为“家”，而是叫“家属房”，或者“双干户宿舍”。单身就更无所谓“家”了，他们住的地方当然就叫“单干户宿舍”。

五队的第一栋“单干户宿舍”是在1964年7月15日盖成的，当时在房子前脸的正下方用水泥“写”下了这个日期。这栋房子由砖、石、瓦和“拉合辫”相结合而成，是五队第一栋用上砖瓦的房子。墙角的垛子用砖石砌成，墙是“拉合辫”，房顶苫着红瓦。“拉合辫”是指在泥里滚过的一把把小叶樟“辫子”，把它们缠绕在木桩上形成墙，以前的草房大多是这种结构。我到五队的第一天就住进了这栋宿舍。每次回北大荒，我都要专门到“故居”看看，它已经变成了“双干户”的“家属房”。红色的瓦是新的，墙上的泥不知道又抹了多少遍，整栋房子歪歪斜斜地站在那里，显示着它四五十年的资历。我站在房前照过好几张相，心里想了许多事情。

这栋房子分别在两头和中间开了三个门，共有大小七间屋。除去东西两头的两间小屋，另外五间我都住过。

我最先住的是中间门靠西的那间屋子，前后有一年多。这屋子冬天透风，夏天漏雨，我和吴长宝、张悦三个人盘踞在那里，碗朝天，盆朝地，好像从来也没有叠过被子，养过一只狗，还养过一只喜鹊，是一个脏乱差的典型，一个“不齿于人类的狗屎堆”。许多年少时的荒唐事都发生在此处，虽然受苦受难，却给我留下了永不磨灭的温暖记忆。中间的小屋大概有八九平方米，是生产队学校的教室，兼唯一的教师阿利的宿舍。阿利是上海人，北京师范大学肄业，因病休学，随第一批北京知青到了北大荒。教室小，学生也少，大约有八九个，却分着好几个班级。阿利让这两个学生看书，那两个学生做算术，另外几个学生就跟着他朗诵课文。吴长宝常常趁他在黑板上写字时偷偷潜入教室，和学生们坐在一起。阿利回过身来看到他，便瞪起眼睛，一只手指着门口，斩钉截铁地说：“大宝，请你出去！”吴长宝也一本正经地说：“阿利，请你出去！”学生们哄堂大笑。在那种环境下，不能说这是故意捣乱，只是荒唐的恶作剧。东边那间屋住着三个人，两个北京青年，一个山东青年。三人中的周达曾在北墙上贴了一位女体操明星的照片，她身姿舒展地做着自由体操的动作，然而有一天下工后，大家发现女体操明星的敏感部位多了一个小洞。一向脾气温和的周达突然暴怒，在屋里大发雷霆。住在其他房间的一个人悻悻然讪笑着走开，大家对视几眼就都明白了——这是他干的。

后来我也住进这间屋。1968 年 5 月 21 日，凌晨两点多钟，我被人从睡梦中叫醒，眼睛被几道雪亮的手电光晃得睁不开。“起来，起来！你们三个都起来！”有人大声命令着，睡在炕上的赵光久、周达和我被人推推搡搡地弄下炕。我们穿上衣裳走到屋外，北大荒夏天天亮得早，东方已呈鱼肚白色。从东头房间出来的北京青年小马和我们站在一起，几个人相互看看，用眼睛彼此打了个招呼。一群戴着红袖章的人围着我们，神情无比严肃。我早在前一天就知道此劫难逃。那天总场开了批斗大会，揪斗了许多人，现场有些人的目光告诉我：下面就该轮到你了！回到生产队，我到处找推子，想剃个光头，以免在挨斗时被人揪住头发，多吃苦头，可惜没有找到。看来这回我的头发注定倒霉了。农场的派性斗争随着省里的形势变化已经明朗，我们这一派大败，对立面大获全胜……被揪出那天的事情就不多说了，反正是一顿好斗、一顿暴打，之后我们被关进了“牛棚”——那间小教室，外面还有人拿着一支 79 步枪看守。常常有不懂事的小孩儿来探头探脑地看热闹，却不敢进“棚”里来。

我忘记是什么时候住进东头的大房间的，可我记住了发生在那房间里的一件事。有一天下工，有人抱回两只浅黄色、毛茸茸的小狼崽，说是在草甸子翻地时翻出一个狼窝，母狼跑了，这两只小狼崽被抓了回来。所有“单干户”都来瞧，商量着怎样把它们养大。可是狼崽子并不理解人的心思，一直不停地嚎叫，冲每一个想接近它们的人龇牙咧嘴。夜里我们把狼崽子用铁丝拴在炕前的木桩子上，整夜的哀嚎使我们没得一分钟安眠。早上，有人说听到了母狼在不远处的呼唤，甚至有人说，看到了在宿舍附近徘徊的狼的身影。于是不知哪位对两只狼崽子下了手，把它们打死了。怕母狼来报复，两只狼崽子的尸体被拉红砂石的“尤特兹”送到了南山。也许因为听不到孩子们的哀叫，母狼并没有来。有人说，不该把狼崽子丢掉，而应该把它们送到索伦乡政府。那时有规定，无论大狼小狼，只要有打到狼的实证，每只可以领到二十块钱奖金。第二天便有人趁着拉红砂石去南山找狼崽子，但踪迹全无，四十块钱白白地丢掉了。

我最后住的是西头的大房间。先是我和吴长宝住进去，后来我们把哪个宿舍都不要的“彪子”张洪明接进来同住。到“清理阶级队伍”时，老复转军人陈树贤被当成“漏网富农”和“还乡团”让“群众专政”了，被迫从家里搬了出来，我和吴长宝又把老陈弄进宿舍，为的是有人给我们烧炕。那些日子我们和“阶级敌人”处得像一家人一样，其乐融融。不想转过年来，老陈胸前的硬纸牌子被摘了，却在他黑棉衣的背后钉了一块白布，上书：漏网富农历史反革命陈树贤。或许是想不开，认为自己被定了案，一天晚上，老陈趁我和吴长宝不在，跟张洪明说出去解手，在漆黑的夜里走到猪号的井边，一头扎了进去。那天夜里，是我下井把他捞了出来。

这栋房子有两间小屋我没住过。住在那里要有资格——得结婚才行。好几对新婚的夫妇都是在那两间小屋里过渡，等分配到房子才搬到“双干户宿舍”的。

后来我还住过许多宿舍，都有不少故事。比如，我住过鸡号，跟几百只鸡住在同一个门洞里。有一年冬天修水利，我负责放炮，成箱的炸药和一盒盒雷管就放在我的床下，而我全然不觉危险，所幸平安无事……这些留待以后再说吧。

印象麦收

8 月初，北大荒看不到尽头的田地里静悄悄的，弥漫着辽阔的寂寥。没有拖拉机，没有康拜因，没有运粮的汽车，也没有兴奋忙碌的人群，当然，也就没有了四十多年前那 8 月的热闹和喧嚣。在我以往的经验里，8 月是麦收的季节，是混合着难以忍受的劳累和收获劳动果实的喜悦的季节，可眼下，我没有见到盼望已久的壮丽麦收景象。老职工告诉我，现在农场的农作物种植结构和以前不一样了。以前是三大作物：小麦、大豆和玉米，其中小麦占了大半壁江山。现在却很少种小麦，玉米、大豆种了不少，靠近水源的分场大多种了水稻，这些都是秋收作物。还有些地里种了万寿菊。总之，地里种什么作物，要看产量高低和市场需要。

虽然这是好事，但是，看着眼前寂寥的田野，我心里想，没有了麦收，这还是北大荒的 8 月吗？

我怀念北大荒的麦收……

小麦种在冰上，收在火上。每年一到 6 月底 7 月初，麦子就开始发黄了。大胡子连长李安厚背着手在麦田里转来转去，回来后告诉大家：三号地的小麦到了腊熟期，十五号地是早熟品种，快到枯熟期了……他一个地号一个地号地查看，揪下麦穗在手里揉搓，然后摊开手掌，吹走麦芒，把麦粒扔进嘴里，咔嚓咔嚓地嚼着，估算着成熟期和产量，眼睛和话语中都流露着兴奋。我们也跟着一起兴奋：要开始大干了！

大干前先要大吃一顿。从开春化冻到晚秋上冻，一共有四个农忙时节：春播、夏锄、麦收和秋收。其间还有施肥，撒药，拿大草，翻地，耙地，冬天还有修水利，伐木，打石头，拉煤，烧荒，等等。一年忙到头，只有在麦收开始前一天，开完誓师大会，全连几百口子人会餐，能集体大吃一顿。对于我们这些平时虽能吃饱，但肚子里没什么油水的人来说，麦收会餐是向往已久的大事。大家的兴奋有一半是因为这个！

麦收誓师大会的主角是大胡子连长。就是在那个特殊的年代，他也很少讲套话，不讲什么“形势一派大好”，只讲现在地里的小麦长得怎么样，哪块地种的是什么品种，哪个地号早熟，哪个地号晚熟，讲大概亩产有多少，一万多亩地一共能打多少吨小麦，讲六台拖拉机、五台康拜因怎么搭配，人工打道要多少人，场院该怎么干……总之，他只讲生产，只讲他这些天心里想的事。讲这些的时候，他有个习惯姿势—— 一手叉着腰，一手掐着烟卷，脑袋摆来摆去。所有的数字、所有的地号、所有的人员都在他心里，真是运筹帷幄，决胜千里之外。大家也爱听他讲，从中体会到一种农场庄稼人的喜悦。

会场的后面就是食堂的厨房，炊事员和帮厨的人忙得热火朝天，饭菜（主要是肉）的香味一股一股飘来，人们一边听着讲话，一边不时向厨房张望。等大胡子讲完，别人再发言时，大家的注意力就全在厨房了。

按惯例，早上天刚亮，张发利就笑模滋儿地带着助手去猪号杀猪了。一般情况下麦收会餐要杀两头肥猪。大家到礼堂集合开会时，杀好的猪已经被一扇一扇地扛到了厨房。炊事员们就在这些猪肉上施展各种本领，煎炒烹炸咕嘟炖，十几样菜几乎都是以猪肉为主料。三年困难时期之后，农场的人没有挨过饿，无论男女，每个人四十五斤定量，都可以吃饱，但平时荤腥少，一旦见了肉就眼珠子发绿，人家都成了饿狼。

誓师大会在一片热火朝天的混乱中结束，大家开始在礼堂内外摆放桌子，心急火燎地准备大快朵颐。所有的人都勤快起来，不停地进进出出。终于，可以端菜上桌了，转眼间，一盘盘、一碗碗、一盆盆散发着肉香的菜肴摆上桌。三四百人的脸上都充满了喜气，或坐或站地围在桌子旁边，等着大胡子连长致词。大胡子连长端起盛满白酒的碗，转着脑袋，咧嘴笑着，高声说几句话。此时场面已经失控，有些人按捺不住，抢先将筷子伸向桌上的肉菜。立时，所有的人都被感染，开始向猪肉进攻！必不可少的炖肉最先被解决掉。那时没什么红烧肉之类的名目，人们只知道炖肉，大块的炖猪肉是最好吃的！绝大多数人都是先拣肥肉吃。当成功地把一大块颤颤巍巍的肥猪肉送到嘴里时，那种满足感真是无法形容，只能说太过瘾了！

等到桌上的菜一片狼藉时，高潮来了。会喝酒的人端着碗，一桌一桌地来回走动，大声叫着板，敬着酒。这时无论用多大的声音说话，身边的人都听不清，只能互相打岔，实在是太闹了！我不会喝酒，天生不胜酒力，几十年来唯一一次喝醉就是在麦收会餐上。那时我还不知道自己不能喝酒，几口下去便烂醉如泥，被人背回了宿舍。

每次麦收会餐，不知有多少人喝得酩酊大醉。

第二天，麦收正式开始了。

生产队有五台康拜因，其中四台是需要用拖拉机牵引的联合收割机，两台烧汽油，两台烧柴油，都是国产的；另一台是苏联制造的自走式收割机，大家叫它自动康拜因。联合收割机因为旁边有一台拖拉机牵引，下地收割前，要先用自动康拜因或人工为它打开一条道才行。

人工打道就是用镰刀割出一条供牵引联合收割机的拖拉机行驶的通道。我长年在农工排，年年都参加打道。北大荒虽说机械化作业程度高，但地多人少，从地这头到地那头足有一两千米，打道这活儿可不轻省。猫下腰去，左手反着握住麦穗以下的部位向前一推，右手用镰刀搂住麦子的根部向后一拉，一把麦子就割下来了。割麦子主要是腰疼得受不了，起身直一直像是断了的腰，一眼看见别人已经蹿到前面去了，不甘心落后，又马上弯下腰接着割，要的就是你追我赶这个劲儿。人工割麦子要打捆，一捆差不多有一抱粗细，一捆捆戳在地上，等着康拜因来时再脱粒。好不容易熬到吹哨休息，人就放倒在麦捆堆上，闭起了眼睛。片刻，又坐起来，摸出揣在身上的小磨刀石，向镰刀上啐口唾沫，噌噌地磨。磨刀不误砍柴工，镰刀快了，割起麦子省劲儿，得便宜的是自己。

麦田里的通道打好，拖拉机就拽着康拜因下地了。排气管喷着黑烟，拖拉机和康拜因一齐发出巨大的轰鸣声，收割台放下，紧贴着地面，割刀来回错动。随着康拜因前进，成熟的小麦一片片地倒在收割台上。片刻，脱下来的麦粒就堆积在粮仓里，康拜因身后吐出一堆堆麦秸。粮仓很快就满了，已经成了土猴儿的康拜因手拉响了汽笛，汽车队来支援麦收的汽车开到康拜因旁，和它保持相同的速度，康拜因手打开粮仓，黄灿灿的麦粒从烟筒似的铁皮管中吐出，落到汽车的车厢里。汽车装满了麦子，猛地一加速，向着场院飞奔而去。

一班人忽然出现在麦田里，他们用火柴点燃一个个麦秸堆，开始烧荒——天黑下露水后就不能收割了，拖拉机连夜翻地。

麦收是一幅浪漫而壮丽的场景。麦田无边，麦浪滚滚，康拜因行驶在麦海上，像军舰巡弋在大海中。此时人们的心情不但喜悦，而且开阔——收获劳动成果对每一个人来说都是值得高兴的事。

麦收时节最热闹的地方是场院。

一万多亩地收获的小麦都陆续运到场院来。除去机务人员和后勤人员，全生产队的人几乎都集中到场院了，总场和分场两级机关的人也来支援麦收。场院上布满了人，有卸车的，有摊场的，有翻场的，有收场的，有扬场的，有扛麻袋的，有入囤的……有的用机械，有的用牲畜，但大多是用人工。

北大荒的夏天三点多钟天就亮了，五点多吃完早饭，太阳升起来，露水干了，人们来到场院，掀开头天晚上盖在麦堆上的帆布，卷起草苫子，开始用木拉板和木锨摊场，晾晒小麦。晾晒时要不停地用木锨翻动小麦，让每一颗麦粒都晒干。

麦子晒干后集成大堆，开始扬场。电动机带动着扬场机一齐轰鸣，负责喂入的人用木锨把麦子推进扬场机，刮板链条卷动着把麦粒刮起，然后从出口喷向空中，形成一条长龙，麦粒不断地落到晒场上。“打落儿”的人戴着宽檐草帽来回走动，挥舞着大扫把，把“麦鱼子”掠到一旁，渐渐地，一座麦粒山耸立起来。扬场刚一结束，入囤就开始了。人们拿着空麻袋排成队，打撮子的人弯腰撮起一撮子麦粒灌进麻袋，一撮子差不多是四十斤，四撮子装满一麻袋。伐麻袋的人揪着麻袋上边的两个角，扛麻袋的人抠着麻袋下边的两个角，两个人同时用力一悠，一百七八十斤的麻袋就上了肩。扛麻袋的一溜小跑到已经架好木头铺好草包的地方，把麦粒倒在草包上。茓囤子是技术活儿，囤子要牢固周正，不跑不漏，要由有经验的老职工来干。一袋袋麦粒倒进囤子里，茓子一圈圈加高，人在平地够不到囤子了，就开始加跳板，一层，两层，最高能加到三层。扛着一百七八十斤的麻袋上颤颤悠悠的三级跳板，不但需要力气，需要胆量，更需要对粮食和劳动成果的热爱。没多长时间，一个五六十吨、七八十吨圆咕隆咚的麦囤就矗立在场院边上了。

中午饭和下午四点钟的加餐都在场院上吃——无数活儿等着干呢。天黑后要下露水了，地里不再有刚收割的小麦运来，人畜齐上阵，开始收场。等把晾晒的小麦都收拢成堆成趟，盖好苫布和草苫子，压上木头，人们才踏着星光月色走出场院。

麦收时正是北大荒多雷阵雨的时节，“龙口夺粮”不是一句空话，而是实实在在与老天的搏斗。本来响晴薄日，阳光炽烈，场院上的麦子已经全面摊开，突然沉雷隐隐，西北天边涌上乌云，北大荒视野开阔，能看到远方乌云下垂落的一层幕布似的雨线在缓慢移动。粮食保管员和有经验的人便开始密切关注乌云的走向，低声交流看法，判断那雨会不会落到这里。农谚说：顶风的雨，顺风的雪。有人抓起把麦麸子一扬，测定了风向，心里大概有了七成把握。当乌云即将笼罩尖山子的山头时，雷声变得清脆，挂在场院做钟的耙片被敲响，瞬间，食堂的钟也急切地响了起来，所有的人——包括打夜班还在补觉的人、放假的学生——都闻声而动，向场院奔了过来，惊心动魄的抢场开始了！一时间人喊马叫，晒场成了战场。有人用马拉板，有人用人拉板，有人用木锨，有人用扫把，把摊晒的麦子向一起聚拢。东南风变得强劲，雷声响在耳边，乌云在迫近，雨线越来越清晰，人们的动作也越来越快。终于，麦子收拢成堆，豆大的雨点也猛然从天上砸下，大家分头拉来帆布，抱起草苫子，把一趟趟聚拢在晒场中间高处的麦子苫盖好，压实。还没容喘上一口气，霹雳炸响在头顶，倾盆大雨浇下来了。人们纷纷跑进仓库，看看场院上的麦子安然无恙，这才发觉自己被淋得透湿。他们把气喘匀了，开始卷烟的卷烟，打闹的打闹，聊天的聊天，好像刚才的与天赛跑不存在一样。

麦收一般要持续二十天左右。小麦都收完后，拉粮的汽车就开进了场院。大家把新收的粮食装进麻袋，再装上汽车，运往这里的人们并不清楚的地方，在那里它们被叫作商品粮。我有时会想，北京家里的亲人所吃的白面，也许就是我亲手收获的小麦磨成的吧？这么一想，便觉得不管怎样的付出都值了。

我的知青荒友们，在那个特殊年代，无论咱们在北大荒经历过什么样的磨难，心灵深处留着什么样的创伤，但青春并非完全虚度，在历史和现实面前，咱们可以把腰杆挺得直直的！

我们的南横林子

说来有些奇怪，无论当年经历过怎样的磨难，吃过多少苦，受过多少罪，大多数知青都把北大荒当作自己的“第二故乡”。上了年纪以后，一种别样的乡愁或浓或淡，渐渐涌上心头，许多返城多年的人不约而同地重回故地，并且把这称作“回”北大荒，而不是“去”北大荒。

我十几次回到北大荒，每次都要到八五二农场盘桓几天。

八五二农场是北大荒一百多个农场中的一个，也是全国最大的农场之一。它坐落在完达山北麓，三江平原腹地，所辖地域南北长五十七公里，东西宽四十六公里，面积一千三百六十三平方公里，现有耕地一百二十万亩，荒地近十二万亩，林地三十七万亩，水面近八万亩。农场下设七个农业分场，另外还有一些工副业单位和中小学校。1956 年，最初的总场场部建在平原上，不久后向南迁移，建在七八里之外的南横林子。

坐汽车由宝清至饶河的公路一直向东，南面是连绵起伏的完达山，北面是一望无际的三江平原，到了一个三岔路口，从这个叫老场部的地方向南拐去，路的一边是低洼的草甸子沼泽，另一边是工程营水库波光潋滟的水面，公路自此渐渐向上抬升，南横林子已经近在眼前。这是完达山北麓的一段丘陵，缓慢隆起的慢岗坡地上覆盖着莽莽苍苍的森林。那是一片杂树林，有杨树、椴树、柞树、水曲柳，最多最显眼的是高大挺拔的白桦，雪白的树干亭亭玉立，头顶着苍翠碧绿的树冠，像绿盔银甲的武士排列在北大荒的原野。这片白桦林曾是电影《北大荒人》和《我们的田野》的外景地。场部就隐藏在这片森林当中。这片森林对我们来说既熟悉又陌生，熟悉是因为它是八五二农场的象征，陌生是因为很少有人真正深入它的内部一探究竟，不知道森林深处是怎样的一个神秘世界。

我刚到农场时，总场的建筑还是以“拉合辫”草房为主。顺着暗红色的砂石公路拐进树林，路南有一长趟新盖不久的二层红砖楼房，东边是招待所，西边是医院。十字路口的东南角有一个对外营业的饭店，名字却叫“三食堂”，凡是来总场的人中午都在这里吃饭。想必还有一食堂和二食堂，但我一直不知道它们在哪里。吃饭要用牛皮纸印的农场内部粮票，其实这只是象征性的，因为每个人手里都有不少这种粮票，我自己最多时有二三百斤。顺十字路口下坡的路南是农场的浴池，我在农场十年，却从来没见过它对外营业，因此也就十年没有在北大荒真正洗过澡。再向前走，南边是中学和小学，北边是木材加工厂。十字路口北面的尽头是机械修配厂。总场最高点是一个广场，广场尽头有一栋三层的高大建筑，它是农场的大礼堂，也有人叫它俱乐部。大礼堂的东边有几栋独立的俄罗斯式“木克楞”小木屋，那是农场师级领导的住房。

刚到农场时，领导安排我们在总场场部学习了四天，印象最深的是在大礼堂三楼大厅听副场长黄根堂介绍农场概况。大礼堂的一楼和二楼是观众席，一排排长椅，能容纳一千多人。舞台很大，挂着深紫色的侧幕条。二十世纪六七十年代，北京的许多剧场、礼堂和俱乐部也不过如此。

我的十年农场生活都是在下面的生产队，距南横林子七十里地，到总场来一趟就像进一次城，觉得哪里都新鲜刺激，便到处瞎逛，进出商店、招待所、邮局，甚至医院的各个科室和病房也要转上一圈。每次必去的地方是大礼堂，因为它是北大荒原野上最宏伟的建筑，也是与城市最为相像的地方。

那时农场有文艺宣传队，我在大礼堂看过他们演出的现代京剧《沙家浜》和《智取威虎山》。我写的节目参加农场的文艺汇演时，我和另外几个人坐在第一排，给台上演出的熟人起哄，以至他忘了台词。有一年放映朝鲜电影《卖花姑娘》，组织全场几万人观看，那真是一场战斗！农场的汽车和“尤特兹”全体出动，人们站在车厢里，从四面八方拥向大礼堂。一场放完，接着放下一场，一批观众退场，另一批观众进场，礼堂外面还站着数不清的人，等着再下一场——八个样板戏和《地道战》《地雷战》早已经让大家倒了胃口，长居在中国的西哈努克亲王带着夫人屡屡出现在彩色纪录片中，在各地逛来逛去，成了每个中国家庭的老熟人，新鲜的《卖花姑娘》赚足了中国人的眼泪，也让我们知道原来世界上还有这么好看的电影。

大礼堂还有一些大大小小的房间用作办公室。我在这里看过农场画家们创作版画，还参加过几次兵团时期的创作学习班，印象最深的是一个曲艺学习班，大家在一块儿学唱单弦：“八达岭下一山村儿，这村儿的名字叫向阳屯儿……”还有一次我被宣传股借调，在大礼堂的一个房间编辑诗集，我和三分场的北京知青苏祥新负责约稿和文字编辑，一位中学老师负责刻蜡版和印刷，最后我们一起把散发着油墨清香的纸张装订成册。这可能是农场的第一本诗集，不知现在谁的手里还保存着它。

大礼堂大约建成于1960年前后，因为它三楼铺设的木地板据说与北京的人民大会堂使用了同一批木材，来源是不远处炮手营森林的红松。这里留下过老一代垦荒者的身影，留下过知青们的歌声，老场长黄振荣在这里宣布过农场的第一次赢利，也遭受过“造反派”的批斗和毒打……它几乎见证了八五二农场的整个历史。

有一次我搭车到总场，办完事从大礼堂出来时，太阳已经西斜。我赶紧走到汽车队前的公路上，等待搭便车回生产队，却不想连续招手截了三辆拉面粉的汽车都不停。身后树林里传来一声声鸟鸣和晚风吹动树叶的沙沙声，眼看着对面的太阳就要坠入苍茫的群山，如果再搭不上车，今晚就得住在这里，明天的上工就要耽误了。正在这时，又一辆装满面粉袋的汽车从南边路口拐出，我想也没想，就把路边的两根木头搬到公路上，拦住了汽车的去路。汽车开到面前停下来，司机摁响喇叭，示意我把木头搬开。我看了一眼司机，认出他是七分场的，这车正好可以路过我的生产队，但司机并不认识我，还是一个劲儿地摁着喇叭。我想挪开路上的木头，又怕在挪开木头的瞬间他一踩油门开车跑掉，便径直走到车后。司机只好自己下车去搬开那两根木头，又坐回驾驶室。我趁他轰油门挂挡时从后面爬上了汽车，坐在面粉袋上。司机一定是从后窗看到了我，气不打一处来，时而把车开得东扭西扭，时而加速猛跑。我不理他，只安坐在车厢的面粉袋上，一路颠簸着欣赏傍晚时分的荒原美景。即将到生产队了，我轻轻地敲了几下驾驶室，示意停车，不想司机却加大油门，把车开得更快了。汽车很快驶过生产队住区，仍没有停下来的意思，我急中生智，抓过一袋面粉放到车边，大声喊："再不停车我就扔下去啦！"司机并不理睬，依然开得飞快。没办法，我一松手，把一袋面粉扔了下去……在我扔下第二袋面粉后，汽车一个急刹车停住了，多亏我事先有准备，紧紧靠着面粉袋，才没有因为惯性从车头上方冲出去。我飞快地跳下车，头也不回地大步向生产队走去，背后传来司机愤怒的叫骂声。

这是我在北大荒干的一件"缺德事"。

2006 年 8 月，我应邀参加农场建场五十周年纪念活动。那是南横林子的一个盛大节日。原先的草房和红砖房已经或正在拆除，一栋栋居民楼拔地而起。通往修配厂的路上停放着一台台世界上最先进的农业机械，昭示着现代化的大农业就在这里蓬勃发展。人们拥向庆典的中心——大礼堂。它的内外装饰一新，据说花费了三百万元。参加过纪念大会，我和多年不见的朋友们漫步在大礼堂旁边的树林里，回忆起当年艰苦的岁月，谈论着农场的沧桑变化，不由得感慨万端。南横林子中的大礼堂就像北京的天安门、巴黎的埃菲尔铁塔、莫斯科的克里姆林宫和纽约的自由女神像一样，是八五二农场的地标性建筑，也是这个农场的历史见证。

可是，它却在几年之后被拆除了！

听说要拆除大礼堂，人们纷纷提出反对意见，希望能把它保留下来，作为八五二农场的永久性纪念。但当时的农场领导却一意孤行，坚持把大礼堂扒掉了，在原址上建起十几层高的居民楼。

北大荒搞小城镇建设是好事，农场的人早就应该住上更好的房子了。但是，难道就非得把过去农场的所有建筑都拆除吗？就不能在新的场部留下一点儿历史标志吗？更何况前几年大礼堂经过大规模的维修和装饰，花费了三百万元，它并不显得寒酸和落后啊！有意义的建筑物从来都是历史的见证，是不可移动的文物，保留并爱护它们是对过往岁月的纪念和担当，更是对前人与历史的尊重。后来我几次回八五二农场，对总场场部的巨大变化感到惊异，为农场人住上了现代化楼房而高兴，但我从来没去过那座新建的高层居民楼，因为它蛮横地霸占了我心中的一个重要位置，使我的那一缕乡愁无处安放。

蚊子、小咬、瞎虻和其他

那些年北大荒冬天的寒冷很可怕，但更让人头疼的是夏天。冷，多穿点儿，干活儿时卖卖力气，顶一顶也就过去了。可夏天的小咬、蚊子和瞎虻三班倒地咬人，让你没地方躲，没地方藏。

蚊子有多少呢？不是一只只，而是一层层、一团团，从春天开化一直到秋天下霜，它们始终活跃在北大荒的所有角落。

干了一天活儿，傍晚吃过晚饭，站在宿舍前想聊聊天，休息一下，忽然就黑压压过来一团蚊子，笼罩在头顶，它们扇动翅膀的嗡嗡声几乎盖过人们说话的声音。接着，数不清的蚊子扑向人们所有裸露的部位，不容分说地把尖尖的嘴刺进人的身体，开始吸吮血液。聊天的人正说得来劲儿，舍不得离开，便挥手一下一下地拍打，像自虐狂一样不停地扇自己嘴巴。不要以为护住裸露在外的脸和脖子就行了，北大荒蚊子的嘴似乎比其他地方的同类要硬而长，能刺透衬衣，咬得人浑身是包！有人受不了，赶紧跑回屋里；有人还想再说会儿话，便找来一抱半干的草，点着后沤出烟，站在呛人的浓烟里聊天。然而北大荒的蚊子居然不怕烟呛，在烟雾中继续向人进攻。最后胜利者总是蚊子，败下阵来的人们只好放下聊得正热的话题，撤退到屋内。

退回屋里就万事大吉吗？蚊子早已从各个缝隙中钻了进来，嗜血的它们寻找着一切可乘之机，人们只好又躲进蚊帐。我们每个人都有一顶蚊帐，把自己的小天地遮蔽得严严实实的，生怕有蚊子钻进来。

小麦收完要抓紧时间翻地，夜班的拖拉机手这时是最受罪的，不但要穿上厚厚的工作服，还得用衣裳把头脸都包起来，只露出两只眼睛。即便这样，一个夜班下来也被蚊子咬得浑身是包。每天早上，拖拉机进行简单保养时，发动机的防护罩上总是糊着一层厚厚的蚊子尸体。

人们一边干活儿一边拍打蚊子，但有时却不能两边兼顾。比如脱土坯，两只手都沾满了泥，蚊子叮在脸上，痒比疼更难受，却不能拍打，一拍就是满脸花，只好强忍着，不停地摇头晃脑，不停地用肩膀蹭脸，不停地抖动全身。

有一回我从分场回生产队，正好有顺路的汽车。公路刚刚新修过，开跃进牌汽车的小方平时开车就快，遇上好路就更无所顾忌，一下把车速开到九十。我站在车厢上，手扶着驾驶楼，只觉得有东西不断地撞到脸上，渐渐地我的视线越来越模糊，还以为是车太快的缘故。等到了生产队，下得车来，发现仍然看不清东西，摘下眼镜才知道，镜片上糊着一层撞死的蚊子。

听说日本人统治时期，抓住反满抗日的人，有时并不动刑或枪杀，而是把人脱光衣服后绑在树上，只一夜工夫，那人就被蚊子吸干净了血，死了。我以为这是最残忍最不人道的刑罚。

那个时期北大荒人的切身体会是：害怕解手。无论是在厕所还是在野地，那几分钟就像受刑一样，老职工说得特别准确：顾头顾不了腚。

比蚊子更讨厌的是小咬。早上太阳一出来，露水还没干，人们就下了地，或锄草，或拿大草，或施肥。这时最早上班的小咬已经在等待他们了。小咬比蚊子体形小多了，而且进攻时毫无声息，根本无法对它进行防范，即便戴着防蚊帽也阻挡不住它的进攻。它专门往人的头发和眉毛里钻，咬得人奇痒难忍却打不着它。一个早晨下来，人们的头皮和眉毛处被咬出了无数的小包，那包几天都下不去，能痒上好长时间。

太阳升高了，起风了，小咬不见了，蚊子便开始了第二轮攻击。

中午的蚊子似乎少了一些，但瞎虻值班的时间到了。送饭的马车一来，人们聚拢在地头，一手拿着两根野蒿草秆当筷子，夹盛在新鲜苞米皮子里的菜，一手掐着馒头开吃，这时瞎虻就嗡嗡地扇着翅膀来了，趁你不留神，撅起屁股不管哪里就是一口，咬得你既疼又痒。阳光越是毒辣，瞎虻越是猖狂。

还有一种特别讨人厌的小虫子，那就是虱子。我敢说北大荒的知青中——女的或许要好很多，她们比较注意个人卫生和集体卫生——男的十有八九都生过虱子。个人卫生再讲究也不行，住着大宿舍，睡在一条炕上，只要有一个人生了虱子，别人就休想幸免。有一年冬天在水利工地，我去旁边的草甸子小解，随手就抓了二三十个虱子。每天晚上在工棚里脱下绒衣绒裤抓虱子，这是我的必修课，但第二天就又发现身上还有不少虱子。我怀疑睡在身旁的张悦是虱子的源头，便动员他也抓一抓，可他说债多了不愁，虱子多了不咬，拒绝我的要求。终于大家都忍受不了了，有人强脱下他的绒衣绒裤，挂在工棚外面的木架上冷冻。第二天早上一看，在阳光的照耀下，那衣裤上面竟隐约有一层灰色的影子在动！

那时兵团内部没有宾馆，只有招待所，卫生条件不好，被褥很少更换，招上虱子是难免的。有一次我去佳木斯参加创作学习班，学习结束后返回，到集贤的福利屯时已经是傍晚，便去三师转运站的招待所住宿。交上五毛钱房费后，服务员递给我一根细铁丝，说："晚上脱光了睡觉，把身上所有穿的都用铁丝捆好挂房梁上。"我问为什么，回答说："这是为你好，虱子太多。"

当时身上生虱子并不是什么丢脸的事，甚至有人管它叫"光荣虫"。有一天开大会，老连长在台前讲话，正讲到兴头上，忽然伸手往脖子后面一抓，捏出一个虱子来，他毫不在意地笑着说："原来是个小动物。"用指甲把它挤死了。

老职工向我传授了抓虱子的三字诀窍：顺缝溜。凡是衣裳的缝隙都是它的藏身之处，而穿久了的绒衣绒裤缝隙多而复杂，是虱子最好的栖身地，不容易被人发现。那么，最好的办法就是用开水烫，或者干脆把衣裳放到开水里煮。有一年我用开水烫过绒裤后，把盆往床下一放，忘了把绒裤捞出来晾晒，半个月后才想起来，那绒裤已经被泡得褪了色，由深紫变成了浅粉。住在鸡号的宿舍时，老王由山东老家探亲归来，带回一包灰白色的药面，说这东西杀虱子一把抓，特别灵。我们同宿舍的人都向他讨了一点儿，效果确实不错，但这药没有长效，不能杜绝再生虱子。

还有一种小虫子让人闻名丧胆，那就是草爬子。它的学名叫蜱虫，是东北地区常见的血吸虫。

顾名思义，草爬子没有翅膀，在草木间爬行。它咬人时把头扎进肉里吸血，由于它能吐出一种类似麻醉剂的东西，被咬的人不易察觉。吸血时它的身体渐渐膨胀，会分泌出神经毒素，使人发高烧，昏迷不醒，全身抽搐，引发脑炎，甚至致人死亡。生产队里一个老职工让草爬子咬了，而且是咬在敏感部位，开始没有察觉，去解手时才发现那里有一个暗红色黄豆粒大的包，以为是感染了，便去找医生要点儿药。谁知那不是感染，而是一个正在吸血的草爬子。医生很有经验，知道不能硬拔出来，因为草爬子的头上有三个倒钩刺，一拔它，头就会留在肉里面，后患无穷，只能动手术挖出它的头才行。医生向机务材料员要了一个铁垫片，把草爬子套住，然后点着烟卷用火烫它。烫了一会儿，草爬子受不了，自己从肉里退了出来。医生说多亏发现得早，如果过一两天才发现，就只能去医院动手术了。

草爬子虽然是北大荒常见的毒虫，但咬人的事并不多见。

返城之后我多次回北大荒，最明显的感觉就是蚊子少了，出门不用再担心被蚊虫叮咬。究其原因有二：一是随着开垦，草甸子湿地越来越少，蚊虫失去了栖息地；二是大量播洒农药，消灭了各种蚊虫。随着经济的发展，北大荒的文明程度、生活质量和卫生条件有了明显提升，虱子似乎已经绝迹。

2017年6月下旬，正是夏至时节，我来到中国最东方的黑瞎子岛。经过简单的边防检查，汽车驶过架设在抚远水道上的大桥，到达岛上公路的尽头，眼前是一片杂草野树丛生的荒甸子，和几十年前的北大荒一模一样。打开车门下车，刚走没几步，一群蚊子就扑了上来，只咬得同行的伙伴赶紧返回了车内。我一边拍打着蚊子，一边坚持走上一个土坡。脚下这片三百三十五平方公里的土地，在历史上是中国的固有领土，1929年被苏联武力强占，2004年西半部回归中国。向东极目远眺，隐约可见黑龙江像一条闪着银光的白练，蜿蜒在辽阔无边的绿色原野上。作为一介小民，我难以大书特书领土得失的感慨，只能在蚊虫的叮咬下回忆当年在北大荒的生活……

我当后勤排长

在北大荒的十年中，我当过一年多的后勤排长。

大约是 1973 年的一天，大胡子连长找到我说：你到后勤排当排长吧。这是我从来没想过的事，但后勤总比农工轻省些，便愉快地答应了。后勤工作管着炊事班、菜组、托儿所、小卖店，乱七八糟一大堆，管事的有后勤副连长、司务长、上士和各班的班长。以前根本就没有后勤排长，我算干什么的呢？答应后便又找连长问，他说：你不是喜欢写吗？去后勤时间方便些。

原来他是有这一番苦心。上任以后才知道，我这个后勤排长是个十分尴尬的角色。

后勤排最重要的工作是伙房。我没到后勤工作以前，每天也要和伙房打交道，一天三顿都要来这里打饭吃。炊事班的人也熟得不能再熟，班长就是我以前的老班长王茂品。我先到了伙房，大家正在准备午饭，和面的和面，洗菜的洗菜，掏炉灰的掏炉灰，打水的打水，忙而不乱。我问王茂品我干点儿什么，他笑着说：“就这些活儿，你插不上手。”看看确实插不上手，我只好出了伙房，到托儿所去。

托儿所是另外一番景象。一进屋就见有的孩子哭，有的孩子闹，有的孩子在玩儿，有的孩子在睡觉。几个大嫂有给孩子擦屎的，有给孩子把尿的，有给孩子喂水的，有教孩子唱歌谣的……大嫂们非常热情，让我坐下来。可我坐下来干什么呢？一个没有结婚成家的大小伙子在托儿所有什么事可干？没有。和大嫂们聊了一会儿天，就告辞出来了。

我只好到菜地去。

菜组的班长也是我曾经的老班长，叫蔡志，一个抗日战争时期就参加县大队的老同志。菜地种着茄子、西红柿、大头菜（圆白菜）、萝卜、黄瓜、豆角、白菜、土豆……有的已经成熟，有的正在生长。菜组的人有的在用锄头锄草，有的蹲在地上薅草。见我来了，正在薅草的老蔡说："老刘兄弟，这草比菜长得快呀。"他比我大二十八岁，可从来都叫我"老刘兄弟"。我问怎么不用锄头锄草，他说有些草贴着菜根，用锄头弄不好就伤了菜，还是用手薅好。我蹲下来和他一起薅草。没蹲多长时间，便觉得两条腿又酸又疼，腰也受不了，想站起来歇歇，但见老蔡还蹲着一步步地向前挪，关节粗大的双手沾满了泥土，一刻也不停，我只好也咬牙坚持。终于到地头了，我们坐在田埂上抽着烟，老蔡边抽烟边用手搓着身边地里的土，和我说起了关于菜的事："北大荒吃菜不容易，就这几个月的好时候，有不少菜可吃。等冬天一上冻，有家的还好说，有个小菜窖，能吃上好菜，单身的就苦了，前些年总是吃冻菜，那味不好下咽啊！这两年好些，老栾当伙房班长，挖了大菜窖，能藏些菜了。可这菜要是种不好也不行，两百来个青年冬天吃啥呀！”是啊，6月底7月初以后，能吃上正经的新鲜蔬菜了，是北大荒最好的时候。这里的冬天来得猛烈，11月10号以后开始上大冻，把一切都冻结起来，没有菜窖，所有食堂吃的菜都堆在礼堂里，土豆、白菜、大头菜、萝卜，冻成了一个大疙瘩，伙房只能用这些来做菜，那真不是味儿啊，不是馊味儿，也不是臭味儿，就不是味儿！等到春天开化，冻的菜就烂掉了，不能再吃，食堂常常吃些盐水泡过的黄豆。其实，北大荒春天的野菜很多，婆婆丁、荠菜、刺嫩芽……漫山遍野都是，但农场的人基本都是从关里来的，不认识这些山野菜，不知道有没有毒，没有人敢去尝试。

如今，春天时在北大荒吃各种山野菜已经成了时尚。

我不能只跟着干活儿呀，便又去找连长讨主意。连长说：快到麦收了，不能只让大家在誓师大会那天吃一顿好的，你得想办法把伙食搞上去。我说搞好伙食就得多吃肉才行。他寻思了一会儿，点头说：“小猪号有三十多头已经育肥的猪，麦收关键时期有二十天，一天杀一头，大家吃好了才能干好活儿，就这么定了！”

按着他的吩咐，麦收开始以后，我每天早上就和负责杀猪的张发利直奔小猪号而去。连里会杀猪的人有三个：张发利、尚德法、武继林，但张发利是喜欢杀猪，爱好杀猪，那是他可以向人们展现自己存在价值的本事。

连里养猪分大猪号和小猪号。大猪号的猪要上交给国家，不能随便宰杀；小猪号的猪是连队集体的，可以杀来给大家吃。

张发利个子不高，人也不魁梧，却是杀猪的行家。我是给他当助手的。来到小猪号，先在大锅里烧上水，我指了指一头估计有二百来斤重的“巴克夏”说：“就是它吧。”张发利也不吭声，一翻身进了猪圈，瞪着眼睛冲着那头准备挨刀的猪就奔了过去。几十头猪嗷嗷叫着四处奔逃，说时迟，那时快，张发利一伸手就抓住那头猪的一条后腿，把它摔倒在地，自己也摔倒在猪圈里。我也马上跳进圈，帮忙摁住了拼命嚎叫挣扎的猪。张发利爬起来，从腰间抻出准备好的麻绳，三下五除二把猪的四条腿拴到了一块儿，和我一起把猪抬出猪圈，放到木案上。猪头伸出木案，正对着放了咸盐的接血大盆。我压着猪的后半身，张发利嘴上叼一尺来长的杀猪刀，左手扳住猪头，用膝盖压住猪的上半身，然后右手抄起刀来，刀尖对着猪的心窝，噌的一下扎了进去。猪垂死哀嚎着，张发利用刀在猪胸膛里搅动几下，拔出刀来，刀口处鲜血奔涌而出，猪发出最后的惨叫，然后不再动了。张发利解开拴猪的麻绳，用刀在猪后腿挑开一个口子，把铁通条伸进去，在猪身上乱捅一气，捅遍后，嘴对着那个口子往里面吹气，渐渐地，猪身子胀得圆滚滚，比活着的时候大了许多。吹好气以后，张发利再用麻绳把那口子扎住扎紧，以防漏气。我到大锅里盛出一桶开水，往猪身上一瓢一瓢浇起水来。张发利用刀把猪毛刮干净，然后破腹开膛，取出五脏，砍下猪头，收拾完肠肚，把杀好的猪劈成两扇，我们一人扛着一扇，颤颤悠悠地送到伙房。

炊事班早就忙上了，见猪肉来了便分外忙碌起来。其实也没什么新鲜的做法，只不过是把肉切成片，放在平时没肉的炒菜里面。说起来一头已经育肥的猪不小，杀好以后总得有一百七八十斤，但麦收时节全连所有劳力都在食堂入伙，加起来得有三百多口人，每个人也不过分到半斤肉罢了，除去早饭没有肉以外，中饭晚饭还有下午的加餐，每顿的肉也并没有多少。即便是这样，大家也是满意的。我同诗人郭小林交流过那时各自连队的生活状态，他听说我们连的情况之后非常吃惊，说他所待的种畜站一年也吃不上几次肉，那时能调到我们连就好了。

从麦收起我在伙房待的时间多起来，和炊事员们一起和面，择菜，打水，掏炉灰，送夜班饭……司务长也乐得少管些事，因为我就住在伙房后面的宿舍，同炊事班打交道方便，他便把库房的钥匙交到我手里。库房的钥匙有三把，我一把，上士一把，炊事班长一把。上士呼进书和我住同一间宿舍，炊事班长老王下班就回家，于是每天晚上夜班炊事员从库房里出油就成了我和小呼的事。后来我发现，有的炊事员专门找我要钥匙出油，开始不明白为什么，后来才知道，我的手比小呼的手松，出油时可以多给一些，上夜班的人吃夜班饭会更满意。有时我明明已经把油给了炊事员，但到晚上十点来钟他们又来敲我窗户，让再给出一次油。我问怎么回事，回答说油让人偷走了。我到伙房去看，放在窗台上的小油桶果然是空的，有人从外面打开窗户把油偷光了。我知道反正是知青干的，无非是想自己炒个菜烙点饼解解馋，便不问到底是谁，打开库房的门再出一次油就是了。

但是，有一次事情却闹大了。

那天我从分场加工厂用马车拉回满满一大桶豆油，足有三百斤，回到连队时天已经快黑了。卸下车后，车老板儿赶着马车急着回马号喂马，我一个人挪不动油桶，便把它立着放在伙房后面的空地上，准备第二天再找人一起搬进库房。第二天早上，一个炊事员跑到宿舍叫我快去看看。我不知道出了什么事，跑到伙房后面一看，本来立着的油桶被放倒，拧紧的桶盖扔在一边，三百斤豆油不翼而飞！我心想这可不只是知青们干的了，他们没有地方把三百斤豆油藏起来。然而，法不责众，连里没有追查这件事，我到分场又拉回三百斤豆油，不敢再放在外面，直接搬进了库房。

那时，农场给每个人豆油的定量是每月一斤，这在全国恐怕也绝无仅有。但三百斤油不翼而飞，营里加工厂不会凭空把定量给补上。我问连长怎么办，他说：不能因为这个就亏了大家，我给你些大豆地，由连里代管代收，收割后拉到宝清去换豆油，还能有不少豆饼喂小猪号的猪。我放下心来，仍然大胆地出油，大家一定都记得，那时隔一段时间伙房就会炸油条烙油饼，这得感谢老连长。

麦收以后，不再每天杀一口猪，但三四天总要杀一口的。有一天，小猪号能杀的猪已经杀光，只剩下些还没有长大的猪崽了，我便带着张发利去大猪号找猪杀。畜牧副连长拦着不让我们进猪圈，派人找来了连长。连长冲我发起火来：“你这是犯法你知道吗？这是国家的猪，能随便杀吗？简直是乱来！”我问食堂没有肉吃怎么办，他沉思一下，说：“这样吧，我给你办个手续，把大猪号的猪调到小猪号来。”看来一切都可以变通。

食堂当时也有些不可告人的小秘密。比如，有一阵炊事员都不吃放酱油的菜，而是另炒一些不放酱油的菜吃。我问为什么，大家只是笑，却不说原因。后来有个炊事员悄悄对我说，前些天库房的酱油缸里淹死一只猫。还比如，我们杀了一头过了生育期的“泡卵子”（老公猪），那肉怎么也炖不烂，从分场下放来的一个经验丰富的厨师说有办法，他偷偷到厕所的尿池抠了一块尿碱放进锅里，那肉果然就炖烂了。这事只有我和炊事班长知道，当时真不敢对外讲，连炊事员们也不知道，否则谁还吃那肉呢。

1974 年秋收，老连长已经调整到三营当副营长有一年了。后勤工作太繁琐，我还是喜欢虽然劳累却简单的农工，便找领导要求回农工排。领导说：等秋收结束以后再说，你先去赶一赶来捡大豆的公社社员吧。

康拜因收割完大豆之后，地里总会有些遗漏的豆棵子，于是生活比农场人苦很多的附近公社农民就到农场的地里捡拾豆棵子，就地用木棒敲打出豆粒，一天下来也能收获二三十斤。按我心里的想法，捡就捡呗，反正扔在地里也白瞎了。可是领导却不这样想，说这是资本主义的发家致富，不能让他们捡！那时候连养鸡都有限制，每家不能超过七只，否则就是“资本主义尾巴”，要割掉。

北大荒的地块小的有七八百亩，大的一两千亩，捡大豆的人呈散兵队形，靠两条腿是追不上他们的。于是我就到马号牵出大洋马，骑着马去驱赶。

我好像天生就会骑马，前几年第一次骑时怕骑不好掉下来，脚挂在马镫上出危险，是骑的光屁股马；先催马慢跑起来，然后拽着马鬃蹿上马背，打马飞奔而去。骑马上瘾，不鞴马鞍毕竟不稳当，我向鄂伦春人鄂连福请教，渐渐地也能骑鞴上鞍镫的马了。后来连里来了两匹大洋马，漆黑的马身，额头有一撮白毛，头高七尺，身长一丈。这两匹马不会拉车，其中一匹似乎有病，基本上是白养着，另一匹就成了爱骑马的知青的坐骑。

来到收割完的大豆地，附近公社来捡大豆的农民已经星散在地里了。见农场来人了，有的人就开始向地头跑，我催着马瞄准一个目标追了上去，吆喝着让他们离开。赶走这个，再去追下一个，而刚才离开的人又回到地里。我就这么骑着马在地里跑来跑去，和他们打游击，几天下来屁股被颠得生疼。有一天，我去追赶一个捡大豆的人，跑近一看是个三十来岁的妇女。她背着小半口袋大豆，见跑不掉了，就停了下来，央告着："知青兄弟，行行好吧，俺们社员不像你们农场职工，有工资挣，不少吃不缺穿，就让俺多捡点儿呗。"我说不行，让她赶紧走。她却突然解开腰带，一把褪下棉裤，把大白屁股对着我："我就不走，就不走！"没辙，她不走，只好我掉转马头走开了。

11 月初，领导通知我可以回农工排了。当天，农场南横林子中学的一批高中毕业生分配到了连队，由我带领他们到四号地打夜班，给割晒放倒的大豆脱粒——为了和老天抢时间，根据农作物的后熟效应，在农作物还没有最后成熟时先用康拜因割倒，放在地里晾晒，待最忙的时候过去后，再由康拜因来拾禾脱谷。以前只知道小麦有后熟效应，可以进行割晒，前两年老连长琢磨，大豆是不是也能割晒呢？便小面积试验了一下，果然成功了。我们是天黑以后到大豆地的，由于下了场雪，豆棵子已经冻结，得由人工用二齿钩和筢子把豆棵子挑到康拜因收割台上。那天夜里真冷，把这些刚毕业的中学生冻得够呛。这其中就有著名经济学家、现在的中国人民大学校长刘伟。

第二辑

甲乙丙丁

好人赵光久

四十多年的交情可不算浅。

跟赵光久认识的时候我才十六岁。他比我大八岁，一直像兄长一样看待我，照顾我。我们在北大荒一起经历了单纯而复杂的岁月。他像我一样——或者不如说我像他一样，虽然青春时期历经磨难，但对北大荒那片土地，对那里的人，总是一往情深。

他比我早到北大荒两年，刚认识他的时候，觉得他是一个可以依赖依靠的大哥哥。那年冬天在水利工地，白天抡一天铁镐，抬一天大筐，晚上躺在工棚的地窨子里，聊着聊着，他就会用浑厚的男中音唱起来："冰雪遮盖着伏尔加河，冰河上跑着三套车……"或者："茫茫大草原，路途多遥远，有个马车夫，将死在草原……"我们几个加入进去，沉醉在歌声营造的氛围当中，心里也充满了莫名的苍凉。有些领导和职工看不惯这些，就组织人开会批判，说我们是小资产阶级情调。那是我第一次跟他一起挨批判。但领导对他还是留有情面的，因为大家都知道，他舅母是北京的一位副市长，不看僧面看佛面嘛。第二年春天，他不当农工了，到了机务排，而且是在最先进的自动康拜因上工作。一般来说，“上机务”就是掌握现代化机械，得政治上比较可靠的人才行。整个生产队有五台拖拉机、五台康拜因，其中仅这一台苏联产的自动康拜因——自走式的收割机，这真是对他的极大信任。

不料，北京邓拓、吴晗、廖沫沙的“三家村”出了事，北京市委成了“针插不进，水泼不进”的“独立王国”，赵光久的舅母当然也难逃厄运。群众运动没有理智，我们由于给领导提过意见，在批判北京“三家村”时被捎带上，成了“邓拓之流的小黑帮”，而且是“以赵光久为首”。几个月之后，随着北京形势的变化，被打成“反革命”的蒯大富他们翻了身，不可一世，我们这几个“小黑帮”也稀里糊涂地被平反。一切照旧，只是赵光久有了一个外号：扤大衣。因为他回北京探亲时带回一件质地相当好的礼服呢面的皮大衣，常常只穿着一条短裤套上它，在宿舍里边踱步边挠被虱子咬得发痒的身体。

赵光久的舅母成了“黑帮”，但他没有受太大的影响，可是，另一个差点儿当了他舅母的女人让他遭了大罪，以致他的亲人含冤离世。

这个差点儿成了他舅母的女人就是江青。

那时江青已经是中国的第一等红人，是“文化大革命”的旗手。一天晚上在宿舍里，赵光久说：其实江青没什么了不起，她要是不跟我舅舅分开，现在就是我舅妈。还说江青原来叫蓝苹，是个电影明星。渐渐地，他又说起了他家跟江青的关系。赵光久的父亲赵太侔早年毕业于北京大学，后留学美国，学习西洋文学和戏剧，是中国现代戏剧和戏剧教育的创始人之一，两度做过山东大学校长。1932 年，他第一次担任山东大学校长时，曾帮助过身处困境的江青，让她在山东大学旁听，并通过梁实秋安排她到学校图书馆工作，每月可得三十元工资。后来，江青与赵光久母亲俞珊的弟弟俞启威（黄敬）相识，并恋爱同居。再后来，俞启威因从事革命活动被捕，江青远走上海，二人也脱离了同居关系。抗战期间，赵太侔到了重庆，在国民党政府教育部和编译局任职，抗战胜利后第二次出任山东大学校长。解放前夕，他拒绝国民党的要求，坚决留在大陆，把山东大学完整地交给共产党政权，建国后在山东大学任教授。山东大学从青岛迁往济南，他留在青岛，任海洋学院外语系教授。1968 年 4 月，赵太侔含冤而死。关于他的死有两种说法，一是说跳海自杀，二是说人们在海里发现装有他尸体的麻袋。关于第二种说法还附带一条信息：那几天江青正在青岛。现在我们知道，凡是之前跟江青有关的人，知道她历史的人，一个个都非死即伤。

赵光久小的时候，由于父母分开，他住在国民党交通部长俞大维也就是他舅爷家，解放后又住在当共产党部长的黄敬舅舅家。可以说，他从小生活优越。然而在北大荒时，他什么苦都能吃，什么罪都能受，一点儿没有娇生惯养的样子。他身体棒，膀大腰圆，干活儿特别卖力，一个顶两个。麦收时在场院上干活儿，最累的不是扛麻袋，不是扶马拉板，而是打撮子——用撮子把麦子往麻袋里装。我们用的撮子像个大簸箕，铁皮制成，一撮子下去，能盛整整四十斤小麦。赵光久打撮子可以二十分钟不抬头，皮肤上冒出的不是汗，而是白色的泡沫！

那个时代，“文化大革命”是任何中国大陆人躲不开的宿命，没有真正的“逍遥派”，每个人即便不在行动上参与，心灵也一定会受到它的冲击。一时间，神州大地洪流滚滚，天翻地覆！我们都“革命”了，把个人的一切置之度外。生产队的人分为两派，以贫下中农和老职工为主体的大多数为一派，我和赵光久等十几个人为另一派。写大字报，开辩论会，同时还要种地——春播，夏管，秋收，冬藏——伐木，打石头，修水利……赵光久写得一手好字，常常是在累了一天之后，点上油灯，我说他写，一起炮制现在看来莫名其妙的大字报。

1967 年我们前后脚回北京探亲。他先来我家找我，然后我们一起去了他在北京的家。当时开在史家胡同的正门封闭，我们进的是开在东罗圈胡同的后门。偌大一个四合院空空荡荡，南房的客厅里只有我们两个人。现在已经记不清当时说了些什么，只记得一个戴眼镜的二十八九岁的女人推门进来，赵光久说：这是我姐姐。我知道她叫赵光中，虽然是第一次见面，但她写给赵光久的信我见过不知道多少次了。她跟我打了个招呼，开始不厌其烦地叮嘱赵光久：不要忘了这个，不要忘了那个……长姐对幼弟关怀备至，令人感动。隔壁有个苍老的声音在喊：“光久，光久！”赵光久说，外婆在叫他。后来他告诉我，外婆是曾国藩的后代。我们从北京回北大荒时，我在北京站见了前来送行的赵光中最后一面，这也是他们姐弟的最后一面。第二年，在他们的父亲沉海之后，赵光中因为所谓的

“五一六”问题也自杀身亡。前几年，赵光久在电话里跟我说，他至今没有一件姐姐的遗物，她原来的工作单位中科院某所一直在推诿。

1968 年 5 月，生产队里都自认为“革命”的两派分出了胜负，我们终于被“群众专政”了。半年后我被“解放”，赵光久却因为“散布关于江青同志的谣言”，被打成“现行反革命”关押进宝清县看守所，一直到第二年才释放回来。北大荒的老百姓是宽厚善良的，虽然组织上没有给他平反，但大多数人并不因此歧视他。赵光久渐渐恢复了正常生活，干活儿之余，他跟几个围棋爱好者下棋，有时还给别人修一修半导体收音机。一切都埋在了他心底。2001 年，我和赵光久一起重返北大荒，中午在宝清县城吃饭时，他说，当年关押他的那个看守所是日本人建的，不知现在还有没有。他竟动了去“故居”看看的念头！回到农场，见到当年的老人儿，大家对他特别热情，我知道，这其中包含着对过去历史的歉疚。赵光久对此全不在意，大而化之，把人们对他的情意全放到酒里，一次次与大家干杯，发出一阵阵爽朗的大笑。

“文革”过去，赵光久给王震写了一封信——1963 年他来北大荒就是王震安排的——在王震的干预下，他终得平反，到分场的中学当了教师，和一位漂亮的女医务工作者结了婚。后来，大批的知青返回城市，赵光久也想回北京，却未能如愿，最后通过他舅舅当年秘书的关系，调到了天津大港，在工商局工作。他严于律己，以清廉自守。正值改革开放大潮，不少北京 101 中学的同学乘长风破万里浪，成为时代的弄潮儿，并向他发出真诚的邀约，呼唤他一起畅游商海，他却敬谢不敏，宁愿当一个老百姓，过平凡人的生活。

他退休了，身体不好，血压高，糖尿病，前两年又中风，行动不太方便。我每隔几个月总要去看看他，一起回忆我们并肩走过的岁月。他见我抽烟斗，便用厚铜皮做了一个有抽拉开关的精致烟盒送给我。他的夫人说，他做这个烟盒可用心了，做好后嫌不够亮，就在床单上来回蹭，烟盒亮了，可床单却黑了一大片。

2009年春天，我正在甘肃平凉采风，突然接到他女儿小天的电话，她带着哭腔说：刘叔叔，我爸爸快不行了！我无心继续下面的行程，马上赶往西安，坐飞机回北京，想到达当天就去大港看望他。刚出首都机场，正准备直接奔赴大港，小天又打来电话，哭着说："刘叔叔，我爸爸没了……"第二天，我和两个多年的朋友赶到大港，与天津的荒友们一起向赵光久做最后的告别，向好人赵光久做无奈的诀别。他躺在鲜花丛中，显得格外平静……

哀远行

——送周达

人的生命真是脆弱，让我们不由得慨叹命运难以捉摸。

如果早知道会发生这样的事，无论如何我也不会去北大荒。但是，一切都已经发生，只能承认人是有命运的，而命运是难以捉摸的。

2007 年 4 月 29 日下午，经过一天一夜的长途旅行，我们终于进入了八五二农场的地界。知道周达在等着，于是我给他打了个电话。他问："到哪儿啦?"我说："汽车正爬大坡，快到良种站了。"二十分钟后，我们的汽车停在农场宾馆门前，周达穿着现在已经没什么人再穿的蓝色中山装，也骑着自行车到了。我们两个都不喜欢握手，便连手都没有拉，只是相对而笑。他说的第一句话是："真快，这么一会儿就到了！"农场领导安排接风，我让周达一起参加。他说："不了，我还是不参加，吃过饭再来看你，咱们好好聊。"我知道他不喜欢这种应酬，便放他走了。前不久，我们在网上聊天，他说："公款吃喝，一年两千个亿，民脂民膏啊！"我也不喜欢这种吃喝，在北京基本不参加这类活动，但农场领导的盛情不好拒绝。

晚上，我先到他家看望他的妻子周雅琴（当年的上海知青），然后我俩一起回宾馆，天南海北地聊了两三个小时。自从前一年我参加农场建场五十周年纪念活动，从北京给他背来笔记本电脑，七个月以来，我俩几乎每天在网络上聊天。话题无所不包，从戈尔巴乔夫、叶利钦到下岗工人，从抗日战争到中东局势，从中国的传统文化缺陷到人道主义，从他劝我戒烟，我让他每天泡脚，到他准备来北京镶牙，并和我相约，待我退休后两个人骑自行车旅游……这成了我晚上的主要乐趣，我相信他也是如此。那天我告诉他，在来的路上我去了五九七农场医院精神科看望住院的阿利，并给他看了数码相机里的照片。他看着照片上的阿利，摇着头长长地叹气。阿利是和他一起从北京到北大荒的，患精神疾病二十多年了。周达一直关心他，想知道他的情况。我们还说起了为死去二十九年的上海知青盛黎明立碑的事，他说明天去工程大队看一下，那里有做墓碑的。晚上九点多，他告辞回家。

我和周达认识已经快四十二年了。以前，由于年龄、性格和学识的差距，我俩并不十分亲近。他长我四岁，性格内向，学问非常好，而我年龄小，读书少，什么也不懂。但是，命运却总把我们拴在一起。

1966 年，“文革”初起，我们稀里糊涂地一起成了“邓拓之流的小黑帮”，受到批判。记得批判周达时，一位老职工说：“他为什么叫周达呢？他姓周，要达到不可告人的目的！”真是匪夷所思，让人哭笑不得。后来派性斗争时，我们虽然分属于两派，但并不影响友好关系。派性斗争分出胜负，我们这一派被揪斗，他却并没有因为参加了“革命派”而幸免于难，反而与我一起被再次揪出来。那是1968年5月下旬的一天，凌晨两点半，宿舍的门被撞开，我们被人叫醒，好几道雪亮的手电光在屋里晃来晃去，让懵懂的我睁不开眼睛。我只蒙了片刻，就一下明白了：我被揪出来了！前一天我已经有预感，知道自己和赵光久难逃此劫。可是，睡在炕头的周达怎么也被叫了起来，他不是胜利那派的吗？总之，几分钟之后，我们三个人站在北大荒春夏之交的熹微晨光里，对视几眼，然后被人押进了生产队的办公室。门关上了，从玻璃窗里能看到外面有人背着79步枪走来走去。我问周达：“怎么你也被揪了？”他苦笑无语。赵光久说：“这你还不明白？他的家庭出身！”我知道他的家庭成分是地主。那天对我们来说真是一场磨炼，四个小时的批斗，有一半时间是在拳打脚踢中度过的。我和赵光久在争辩抗议，而周达却一声不响。我们被押进事先准备好的“牛棚”，我问他怎么不吭声。他张开嘴，向手心吐了一口，有什么东西掉到手掌上，他说：“牙打掉了一颗！”

半年后我被“解放”，赵光久事涉江青，被关进了宝清县看守所，周达因为来北大荒前写的“反动日记”而一直被“群众专政”。那些日记是真实的。两次参加高考两次落榜后，他决定来北大荒，在日记中写道：“和同窗相比，我的成绩何其优秀。不能被大学录取，不是因为我的才智不及，而是为时所不许！”对现实的不满昭然若揭。周达差不多被“专政”了两年才得“解放”，在这两年当中，他受了多少凌辱，有多少冤屈，我未必全都知道，也未必全都记得，我也不想在这里多说。在后来的岁月里，他本人很少提及那一段往事，也从没有过怨言……

4 月 30 日上午，我采访身残志坚的农场女作家马才锐。中午，马才锐的朋友请我吃饭，我把周达夫妇也叫了过来。席间，周达小声对我说，为给盛黎明立碑的事，他上午骑车去了工程大队，一个碑按质量从三百五十元到七百元不等。我们约好第二天再去一次，告诉制作者碑文怎么写，等碑做好后，向农场要一辆车，拉到五分场南山的盛黎明坟上去。晚上狂风大作，六点多钟时我给他打了个电话，请他叫上老朋友陈善新一起来宾馆聊天。半小时后，我到宾馆外去迎他们，风吹得人喘不上气来。没一会儿周达和陈善新顶着风出现了，一高一矮，侧身而行。那一晚都谈了些什么，现在竟然想不起来了，只记得由给盛黎明立碑谈到了人的生死和命运。九点二十分，周达开始穿毛衣，准备回家。以往我们在网上聊天，每天都要到夜里十一二点，可是他妻子有病，两年来他一直对她倍加呵护，现在要回家给妻子熬中药。于是，我没有留他再坐一会儿，放他走了。把周达和陈善新送到宾馆外，目送他们大风中的背影消失在拐角处，我回到房间，关上手机，吃下安眠药，躺在了床上。

谁能想到，这一分手竟成永诀！

半夜时我被一阵急促的砸门声惊醒，看看手表，一点三十五分。打开门，陈善新冲了进来。他大口喘着粗气，急急地说："周达车祸死了！"

冒着嗷嗷叫的狂风，大脑一片空白的我跟着陈善新跑到医院，周达的遗体已经被转到了太平间……

周达和陈善新从宾馆出来后往家走，他们是邻居。拐上小马路，又走了不到一百米——大风天，北大荒的夜提前到来，路上除了他们以外一个人也没有——再有几分钟就要到家了。就在这时，周达听到背后有汽车开来的声音，他是一个在生活细节上中规中矩的人，便按照习惯和交通规则向路右侧躲，这一躲竟同那违章行驶的汽车撞到了一起！这是一辆 212 北京吉普，没有牌照，司机没有驾驶执照，没有开灯，没有鸣喇叭，车速在六十公里以上——这从第二天法医的伤情检查结果可以看出来。

周达静静地躺在灵床上，除去右眼眶瘀血青肿以外，看不出受伤——全部致命伤几乎都在后背。我摸着他的脸，凉凉的，寒意直透进我的心里。一个四十二年的朋友，一个近几个月几乎天天在网络上谈心的朋友，就这样离我而去了？春节时我们还相约今年找时间一起去趟海南，实现他年轻时的梦想。那是四十一年前，有一天夜里我被人推醒，睁开眼，月光映出周达的面庞。他认真地说："咱们去海南岛啊！"窗外是北大荒无边的夜色，再过几个小时天亮后，等待我们的是繁重的劳动，他却憧憬着美丽的海南岛！在那个时候，这都称不上梦想，简直是扯淡！于是，好长一段时间，他的外号就成了"海南岛"。然而，三十八年之后，2004 年，我们四个当年北大荒的朋友把云南当成海南，实现了我们浪迹天涯的青春梦想。在大理，我们看苍山洱海；在丽江，我们沿着古城小巷寻找历史的痕迹；在香格里拉，我们等待着梅里雪山的日月同辉……周达把所有亲人的名字一笔一画地写在彩色的经幡上，向神圣的梅里雪山双手合十，为他的亲人们祈福。当时，他对我说："看到梅里雪山，生活是要发生一些变化的。”我问他会有什么变化，他说：“我脾气太急，有时向周雅琴发火，今后不会了。”事实证明，自那以后，他再也没有向妻子发过脾气。

我给周达拟了一副挽联：

生未逢时运交华盖却不忘天下，

死遭厄辰命属多舛仍永在人心。

周达天资聪慧，认真严谨，一丝不苟，讷于言而敏于行。他五岁时在家乡浙江义乌开蒙上学，九岁到北京，一直到高中毕业，各门学习成绩均名列前茅。第一次高考不中，又参加了第二次高考，继续不中，他终于明白了自己不能读大学的原因，便毅然决然上山下乡到了北大荒。我清楚地记得，那时在宿舍的油灯下，他捧着《中华活页文选》喃喃诵读司马迁的《报任安书》：“古者富贵而名摩灭，不可胜记，唯倜傥非常之人称焉。盖西伯拘而演《周易》；仲尼厄而作《春秋》；屈原放逐，乃赋《离骚》；左丘失明，厥有《国语》；孙子膑脚，《兵法》修列；不韦迁蜀，世传《吕览》；韩非囚秦，《说难》《孤愤》。《诗》三百篇，大底圣贤发愤之所为作也……”那个时候，我才十七八岁，他也刚刚二十出头，我们一起读了不少在当时所能见到的书，如《拿破仑传》《斯巴达克思》《静静的顿河》《被开垦的处女地》《上尉的女儿》《普希金诗选》《雪莱诗选》《远离莫斯科的地方》《叶尔绍夫兄弟》《马克思的青年时代》《联共（布）党史简明教程》《边疆晓歌》《山乡巨变》……正值年轻，满腔热血，我们读了《列宁选集》，认为列宁比马克思“棒”，文章写得痛快！我们还一起打乒乓球，常常在礼堂舞台上的球案前鏖战到熄灯。后来，周达的兴趣更多地放在研究围棋和高等数学上。一天劳作之后，他和另外几个知青爱好者或摆开棋盘，摊开棋谱，做黑白之争，或在纸上演算数学题。我于这些没有兴趣，却知道他从中得到过莫大的快乐。周达处江湖之远，却始终忧国忧民，牵挂着国家的前途、人类的命运。在最倒霉的时候，他写过一首诗，题目是《朝阳歌》：“蓬蓬勃勃，化千尺严冰，作三分融水；争凛凛寒春，便是郁郁盛夏。”在去世前半个月的 4 月 13 日，他在自己的博客“北横林子”上又写了几句诗：“枯叶衰草黄泥，愁云垂低岸，知否心绪？闻道知更鸟儿，杜鹃泣血啼！天涯人，春水叮咚处，又见新绿。”两首诗差不多相隔四十年，心中的血和火却同样炽热。

送周达遗体去火化的路上，看着北大荒无边的原野，我一直在思索他的这一生。四十多年来，他有过几次发自内心的欢乐呢？ 1978 年他有了儿子毛毛，给我写信时，喜悦之情形诸字里行间。那是发自内心的狂喜，他深深地爱着自己的血脉后代，因基因能够延续而满足。后来他又来信告诉我，为了让儿子有个健康的身体，他买了一盘手摇的小石磨，每天给毛毛磨豆浆喝。老天不负他的苦心，毛毛现在身强体壮。儿子登记结婚后，他对我说：现在我又有了一个女儿！ 2004 年，我们四个人结伴去云南旅游，那些天，他一直处于兴奋之中，除了与大自然相融的快乐，更是因为身边有几个知根知底又知心的老朋友日夜相伴。2005 年夏天，我们一行十六个知青回北大荒，周达一直陪伴着大家，忙前忙后，始终笑呵呵的。虽然大家以前都在一个生产队，但有几个女知青当年从来没跟周达说过话，这次接触之后，她们说："周达真是一个好人啊！"

绝大多数知青都返城了，周达也想回北京，却因为母亲去世，抚养他的姨娘迁到了湖南，北京无处落户而不得返城。前一年，我再一次回北大荒，返回时把他的档案带到了北京，想让在北京工作的毛毛跑一跑有关部门，看能不能把户口办回来。我们都盼着他回北京，那样大家可以经常见面，说说往事，逗逗闷子……

可是，一切都成了泡影！

火化归来，周达的表弟王玮说，1949 年国民党到台湾之后，曾派船来接周达的伯父、父亲和其他人。船到海上，听说要去台湾，兄弟两个执意回大陆，中途换船返回。他们到了上海，买了许多文具教具，准备回家乡义乌办教育。然而返回义乌后，周氏兄弟立刻被抓了起来，并在雨夜执行枪决。第二天放晴，上级的文件到了，大意是周氏兄弟等不应杀。一场大雨阻隔了上级文件的送达，生命已经不可挽回。王玮说，周达的伯父是国民党少将，在情报部门工作，为抗日战争做了许多事，日军准备偷袭珍珠港的情报就是他参与破获的。周达的父亲也并非劣绅，同样为抗日做了许多事，是位爱国人士，他的岳父——周达的外公——就是被日本鬼子杀害的。

周达在闲谈中多次透露，他对理论物理有极大的兴趣，但家庭出身使他不能读大学深造。我总想，以他的聪慧和坚忍，如果能读大学的话，或许会成为一个优秀的科学家吧。所幸，改革开放后周达参加并通过了自学高考，算是与大学沾了一点儿边。他最后的职业是教师，教的学生中有不少考上了大学，成为对国家有用的人才。《光明日报》记者郭丽君就曾经对我说：“我的数学是周达叔叔辅导的。”他的儿子毛毛大学毕业后，先在上海打拼，后到北京工作。他的妻子周雅琴在他去世后哀痛至极，经常说起自她病后周达无微不至的照料，给她煎药做饭，不让她做家务……

死者长已矣。很长一段时间，我总在想，如果那天他不来看我，如果那天我多留他坐一会儿，如果我不去北大荒，如果……也许他的命运就可以改变！但是，这就是命运。我俩在网上聊天时谈过命运这个话题，共同认为，活到这把年纪，如果再不承认人有命运，那就算白活了！

天涯人，春水叮咚处，又见新绿……周达，走好！

岁寒三友

大家千万别误会，“岁寒三友”这题目看似很雅，其实与松、竹、梅根本不沾边儿。这里说的是五十年前我们三个人在北大荒挨冻的事。

那时住宿舍是自由组合，我和张悦、吴长宝投脾气，就住在了一条炕上。所谓投脾气，是因为我们三个人都比较懒，生活上不那么讲究卫生。比如说张悦的被里吧，颜色由白而成深灰，泛着一层油油的亮光。我曾用杜甫的两句诗形容他和他的被子：“多年布衾冷似铁，娇儿恶卧踏里裂。”这并非言过其实，他偶尔叠被子时，的确会发出轻微的嘎巴嘎巴的响声。我和吴长宝的被子干净些，当然也十分有限。

那年冬天可真冷！吸一口凉气，直扎肺管子，嗓子眼儿又疼又辣。每天早晨，我们都要顶着西北风去水利工地，修那条多年之后不知是有利还是有害的排水沟。那风就像无数把小刀子，肆无忌惮地在人身上乱划。大家走起路来都非常规矩，一律侧着身，歪着头，尽量减少脸和风接触的面积。但那风的穿透力极强，我们都被冻得透心凉。我的棉衣扣子全掉了，又懒得重新钉，就找了根麻绳系在腰上。吴长宝怕我被冻坏，不知从哪儿弄来根电线，让我替下那麻绳。他说：“电线结实，别怕，不通电。”那天早上，我们又排着一路纵队去水利工地，照例走得十分规矩。小风飕飕的，脚踩得雪嘎吱嘎吱直响。我猛一回头，发现张悦的脸似乎有些异样，再一细瞧，他的鼻子变成了白色的！实在是太冷了，血液流动不畅，张悦的鼻子冻白了。我说：“张悦，你的鼻子！”他站住，愣了一下，从棉手套里伸出手，摸了摸鼻子，说：“他妈的好像没了。”他的鼻子失去了知觉。

我忙摘下棉手套，抬手去揉他的鼻子，却被吴长宝打了一下：“你还要不要他的鼻子啦？手那么热，一揉，鼻子非烂了不可！”我想起贫下中农的教导：身上无论哪儿冻坏了，是绝对不可以接触热气的。吴长宝弯腰抓起一把雪，一下糊到张悦脸上，轻轻地揉搓起来。张悦闭着眼睛，表情麻木，渐渐地，他的眼泪流了下来——鼻子恢复知觉，感觉到疼了。吴长宝换了三次雪，弄了一手鼻涕，张悦的鼻子终于又成了肉色的。但是，第二天他的鼻子又变成了黑色的——表皮组织冻死了。几天之后，黑皮蜕尽，那鼻子又成了嫩嫩的粉色，像其他的新生事物一样，在最初几天比较引人瞩目。

冬天干活儿必须卖力气，否则身上冷。可一卖力气，身上又出汗，停下来让风一吹，人就跟没穿衣裳一样，冷得邪乎！这天下工路上，我们觉得特别冷，一个个抱着肩膀，缩着头一言不发。当离宿舍还有几百米的时候，大家向住区发起了冲锋。我们三个欢呼着冲进宿舍，立刻觉得脸上暖融融的。张悦最怕冷，视火如命，他马上打开炉盖，用火筷子去捅炉子。不料，连捅几下，炉内不见一点儿火星。我摸了摸小火墙，又摸了摸炉盖，冰凉。我说：“炉子灭了！”三个人都傻了眼。墙上的温度计显示：零下二十度。

张悦说：“生炉子吧。”

吴长宝冲我一挤眼，说：“反正我不怕冷，算了，明天再说吧。”我附和说：“冻一宿吧，我们年轻人有颗火热的心。”我俩拿起饭盒去食堂打饭，心里有数：张悦怕冷，熬不过我们。果然，我们在别的宿舍暖暖和和地吃饭，窗外传来哗啷哗啷的声音——张悦摸着黑用铁锹拨拉煤块呢。估计时间差不多了，我和吴长宝敲着饭盒，推门进了自己的宿舍。这回可是实实在在地暖和了，岂止是暖和，简直是热！张悦拧着眉毛抽着烟，脸上全是黑道道，对我们睬也不睬。他是出名的好脾气，这会儿不过是为我们的耍赖而生闷气罢了。

几圈炉盖都被烧得通红，屋里的温度持续上升。吴长宝在炉子上坐了一盆水，一会儿水就热了。他把那盆水端到地上，慢慢地脱衣裳，说：“好些日子没洗澡了，身上发紧。”脱光衣裳后，他开始擦起澡来。就在他往身上打肥皂时，我听见张悦大口地喘着粗气。我心里发毛，预感到要出事。果然，张悦大喝一声：“我他妈让你洗！”翻身跃起，跳到地上，用火筷子拨拉开炉盖，端起那盆水，哗啦一下全倒进了炉膛。登时满屋尘灰飞扬，我赶紧把炉盖又盖上，热气鼓动得火墙咕咚咕咚直响。

蔫人出豹子。

我和吴长宝噤若寒蝉。半晌，等屋内尘埃落定，我说：“睡觉吧。”吴长宝说：“肥皂还没洗下去呢，都干了，身上发皱。”张悦看了他一眼，面有得色。我们三个人上了炕，钻进被窝。虽说是“恶卧”，但很快都进入了梦乡。

不知过了多久，我忽然被身下的热炕烫醒，睁眼一看，不仅是炉盖，连小火墙都烧红了。那盆水不但没有泼灭火，反而助长了火势。吴长宝也被烫醒了，他跳下地，说得把身上的肥皂洗下去，便又在炉子上坐了一盆水，嘴里还哼着歌：“正当梨花开遍了天涯，河上飘着柔曼的轻纱……”突然，张悦像一头猛虎般，只穿着一条裤衩跳到地上，光着脚蹿出门去。转眼，他手拿着一把铁镐又进了屋。没等我反应过来，他已经把炉子刨得稀里哗啦了，接着又一盆水泼到火上，屋里立刻弥漫着一股呛人的味道。吴长宝钻进被窝，我怕中煤气，下地打开了窗户。

第二天我们是被冻醒的，墙上的温度计显示：零下二十度！谁也狠不下心离开仍有些热气的被窝，但上工的钟声响了。我们齐声高呼：“下定决心，不怕牺牲，排除万难，去争取胜利！”终于跳出了被窝，置身于一片寒冷之中。

四五十年过去了，我们三个都回到了北京，仍然是好朋友，常常在一起回忆难忘的青春岁月——那是我们的幸福生活。

老实人

我和张悦有五十年的交情。

由于脸上胡子少皱纹多，他虽然是个小老头儿，却更像个老太太。当初在北大荒认识他时，他才二十出头。在生产队里，他是个出名的老实人，因为爱吃土豆，大家就叫他“土豆”，他也笑眯眯地答应。他还有另一个外号——因为舅舅在天桥“小桃园”戏园负责拉幕，他可以不花钱听评戏，于是老韩就管他叫“拉帘儿”。但这个外号没有叫出去，只有几个人知道。

张悦是 1963 年从北京到北大荒的。据他说，自己初中毕业后已经有了工作，在五金构件厂当学徒工，但总是吃不饱饭，听说北大荒粮食多，就报名上山下乡了。那年头，能吃饱饭，还想什么呢？他在北大荒待得很安心。我比他去得晚，刚到没几天，就听说他会摔跤，心里直痒痒，便说我也会。于是，有人就起哄，让我们两个摔一个给大家看看。我是练过几天摔跤的，一交上手，就看出张悦其实不会摔跤，只是力气大。摔了三跤，他都输了，但我们成了好朋友。

他北京的家在朝阳门豆嘴胡同，父亲是个剃头匠，三子一女，张悦1944年生人，是家里的老大。他常跟我说起小时候的事，那时还是民国，有一年冬天他生了冻疮，母亲带他到医院去治疗，不但不要钱，“洋姑奶奶”还给他喝牛奶吃饼干。我问他“洋姑奶奶”是谁，他说只记得她包着头巾，有两个蓝眼珠。估计他去的是教会医院，“洋姑奶奶”是外国的医生或护士。到北大荒不到一年，他接到家里的电报，说母亲因病去世了。他向领导请假回北京奔丧，未获批准，便没能向母亲做最后的告别，对此他耿耿于怀，不想在原来的生产队干了，于是调到了五队，遇见了我。

城里人到了农村，觉得自己特殊，少不了调皮捣蛋，偷奸耍滑。张悦老实，不多说话，也不干出格的事，只是常常跟我们一起旷工（这并不是说我们常常旷工，而是说我们偶尔旷工时，他一般都跟我们在一起）。那年过春节，团支部开会，我们作为团外青年列席，张悦的一番发言让我吃了一惊。他说：“我们青年人要像葵花向阳那样，永远团结在党支部和团支部的周围，一马当先，万马奔腾……”会后，他像变了一个人，不再跟我们一起瞎起哄。我们住一个宿舍，他变得话很少，我觉得挺别扭的。几个月之后，他在“五四”青年节那天入了团。又过了一个月，夏锄开始了。有一天，为一点儿什么事，我和队长吵了起来，一怒之下，我把锄头一扔，回到宿舍躺下了。没过半个钟头，门开了，张悦走进来，一下也躺到炕上。我觉得奇怪，问：“你怎么回来了？”他说：“太累，我他妈旷工了！”我说：“你可是刚入团呀！”他笑了笑，说：“我那是伪装进步！”躺了三天，队长主动上门找我道歉，我才下地干活儿。

他也跟着拿锄头下地，大概是歇过来了。

有一年张悦回北京探亲，我让他给我家里带十几斤大豆。父亲来信说，张悦把大豆送去了，家里委托他给我带回一包东西。他探亲结束回到生产队，对我说：给你带的东西丢了。我问他怎么丢的，他说到牡丹江倒车，夜间火车上没什么人，他便占了个三人座，头枕着带给我的那一包东西躺下睡觉，等天亮到站时醒来，发现那包东西没有了，就问旁边的人，人家说：半夜有人让你抬一下脑袋，把你头下的东西拿走了，我以为那个人是你的朋友呢。东西丢就丢了吧，不过是些咸菜腐乳之类。

张悦的手笨，只能当农工干粗活儿。队里曾经让他上机务当拖拉机手，他老先生却连锤子都不会使，拖拉机的链轨销子出来了，他用锤子砸，差点儿把自己的手给砸了。翻地时，他坐在五铧犁后座上把犁，前头拖拉机一开，他就睡着了，到了地头他还不醒，也不管把犁升起来，前面的驾驶员还得停下车，走到后面把他叫醒。没干几天，他就又回了农工班。扛麻袋，扶马拉板，抬筐，他是把好手，沾点儿技术性的活儿他就不行了，比如割麦子、割大豆，总能把自己的手或脚给割破。张悦是左撇子，那年秋收割大豆，上头发他一把右手镰，还是朝鲜式的直把镰刀。干了没几天，他就腰疼得受不了了。有一天早上我上工，推门看见他蹲在过道里，左手拿着镰刀，咬着牙对右手上上下下地比划，我问："你干吗呢？"他说："我他妈让你割！让你割！我砍了它！"原来他要用镰刀砍自己的手，可又下不了狠心。八十年代，梁晓声曾问我"人能被劳动折磨成什么样儿"，我说了张悦这件事，晓声把这个细节用进了小说

《今夜有暴风雪》里。

1972年，张悦二十八岁，用大宝的话说，小公鸡长大了，该打鸣儿了——他想成个家。说实话，他的这个正当想法要实现还真有点儿困难，女知青大多数还太小，岁数合适的又看不上他。没办法，大家就在知青以外的女性里给他物色。正巧，老周的侄女从江苏老家来探亲，有人就作伐，给他们说合成了。结婚之后，张悦过起了小日子，只不过过得比别人更加艰难一些。1974年，他的儿子诞生了。孩子刚一出生，他扭头便往屋外跑，老婆喊道：你干什么去？他说：我去告诉刘进元一声。老婆说：刘进元是你爹呀？！他跑到我的宿舍报告喜讯，并让我给孩子取个名字。我说今年是虎年，就叫老虎吧。他欣然同意。小老虎渐渐长大，蹒跚学步，常常一个人东倒西歪地走出家门。这时就会有人大声说：快跑呀，老虎来啦！惹得人们哈哈大笑。

老实，加上笨拙，在哪里都不会比别人过得好。可张悦毕竟戴着“知识青年”的帽子，平时又有人缘，连里领导还是照顾他的。老同志了，学不了技术，但也不能干一辈子农工呀，领导让他去喂牛。说实在的，在北大荒能干上喂牛这样的活儿，也算上辈子修来的福气。冬天不冷，夏天不热，蚊子不叮，虫子不咬，就那么三五头牛，跟玩儿似的！大宝哄他说：“会喂牛吗？我告诉你，这牛啊，你得每天用铁刷子蘸水给它们刷毛，要不，牛不爱吃，不长肉，还容易得病。特别是冬天，你得用铁刷子把牛身上一绺一绺的毛‘刀’开，要不，北大荒这么冷，牛非冻死不可。”于是，每天傍晚，张悦穿着高靿水靴，站在水坑里用小铁刷子在牛身上刷来刷去，弄得自己浑身上下都是水。冬天了，他站在冰天雪地里，用铁刷子在牛身上“刀”毛，冻得涕泗横流。有人问：“张悦，你干啥呢？”他说：“大宝说了，每天都得给它们刷，‘刀’毛，要不牛养不好，弄不好还能冻死。”听者哈哈大笑。张悦给牛“刀”毛传为一时美谈。

后来返城风大盛，知青们都回了原来的城市，张悦却仍然留在北大荒。我几次回北大荒，都在张悦那里落脚。他总跟我说：早晚我得回北京，早晚！我不信，大拨的人都走了，现在谁管你呀！可没承想，1992 年他来找我，说：“二十七年，我到底办回来了！”我问他办到哪个单位，他说：“人家问我会干什么，我会干什么呀？我说会喂牛，就到了东郊的一个牛场。”他的两个弟弟真好，先是给他腾房子，后来又给他找房子，在北京给他安了一份家。几年前，他对我说，牛场给他分房了，让我有时间去他新家玩儿。我去了，可真是离城里不近，过垡头，还在焦化厂的东边，那个地方的名字就叫“牛场”。到那儿一看，我不禁乐了：他这哪是回北京呀，简直跟在北大荒生产队一样！一条窄窄的公路，路边种着两排杨树，土地虽然没有北大荒辽阔，却也种着庄稼，一排排宿舍也是红砖红瓦，连公共厕所的位置都一点儿不差！

我说：“就你住的这地儿，跟咱们生产队一点儿区别都没有，你干吗回北京呀？”

他说：“你睁开眼好好看看，好好看看！甭管怎么说，这是北京！只要是北京，我就知足。”

据我观察，他不但知足，甚至可以说是生活得很幸福。他老婆——我管她叫嫂子——却说："他幸福了，我可倒霉。这个傻东西，前些日子把一个生人领到家来，翻箱倒柜找钱，还给我往班上打电话，问家里的存折在哪儿，我没告诉他。结果他到底翻出两千多块，换了一些外国钱，后来到银行一问才知道，那是秘鲁币，一把废纸！"

张悦在一旁笑，慢悠悠地说："我还以为是美元呢。"

三年前，张悦检查出胃癌，而且是晚期，没有手术价值了。家里人没告诉他实情，他也不深问，只是按时吃药。住院期间，病房禁止抽烟，他皱着眉头溜出病房，坐在楼外的台阶上，点着一颗烟猛抽一口，眉头一下就舒展开来。他嫌医院伙食不对口味，自己偷偷跑到街上去吃肉包子，吃饱了，一副心满意足的模样回到病房。在他患病期间，我隔几天就去看望他。我问他想吃什么，他说想吃卤煮，我马上开车拉他到著名的"小肠陈"饭庄，要了卤煮火烧、炒肝、烂蒜肥肠……好人不长命。他临终时我守候在病床前，一直到深夜，然而在他咽下最后一口气前，我摸摸他渐渐冰凉的胸口，到底不忍心看他舍弃这个他所热爱的世界时的痛苦，转身离开了病房，走入寂寥空阔的黑夜。

半个小时后，他的儿子老虎给我发来信息：我爸爸走了……

给张悦办完后事，嫂子打来一个电话，说：那个老东西临不行的时候给你留了一件东西，你来取走吧。进得家门坐下，嫂子从里屋拿出一个搪瓷茶缸交到我手里："他说了：这个留给刘进元。我一看瓷儿也掉了，底儿也漏了，就说这么个破东西你送他干吗，他说：你不懂，刘进元肯定喜欢，你给他吧。"我捧过茶缸仔细端详，画面是无边的原野、一台红色的拖拉机和几面旗帜，还有八个熟悉的大字：广阔天地，大有作为。这是有一年北京慰问团到北大荒时送给北京知青的礼物，我的那个早已经丢了，而张悦还珍藏着。毕竟，二十七年的上山下乡经历和北大荒那片土地，对他来说太重要了。

说不尽的大宝

他叫吴长宝，大家都叫他大宝。

有一天我接到大宝的电话，他说：“哎，你帮我好好想一想，在北大荒那些年你见我洗过手吗？”我一下愣住了，认真地想了想，说：“我还真没见过，只记得你有时用一只手抠另一只手背上的嘎巴儿。”他听后乐不可支。

从 1965 年相识，到如今五十多年了，我们熟得不能再熟，可是要写他太难了，他的身影已经和我自己的身影叠在一起，不知从哪里下笔才是。有一段距离的人反而好写，有距离便于观察，下笔也就得心应手。

试着写写大宝吧。

他长我四岁，比我早到北大荒两年。我刚到生产队那天，就是他把我的行李提到宿舍并在炕上打开铺盖，然后带我到还是草房的食堂吃了第一顿饭——小麦米蒸饭，熬西葫芦。生产队为了便于管理，专门成立了一个北京青年班，于是我天天和他摽在一起，几乎形影不离，听他讲北大荒和生产队的人与事，以及今后不得不面对的现实。有一天在场院上干活儿，他和张悦悄悄把我引到用原木搭起的小固定棚里，从麻袋中掏出几个像小葫芦一样的东西，剥开深棕色的皮，倒出细碎的小颗粒让我跟他们一起吃。真香！我问这是什么，他和张悦都说是洋芝麻，我信以为真，后来才知道那是大烟籽，也就是罂粟籽。罂粟是许多药品不可或缺的原料，为了便于严格管理，国家把种植任务下达给北大荒的国营农场。我们生产队有那么几年，每年都要种百十亩罂粟，从没发生过任何事故，在鲜花盛开的时节，给那里的夏天平添了一片绚丽的色彩。

十年间，我们俩先后几次住在同一个宿舍，他的生活方式对我产生了决定性的影响。举例来说，他的棉裤破了，臀部处永远当啷着一块棉花，走起路来甩来甩去，像根绵羊尾巴，而我的棉袄破得几乎没有一丝布，仿佛穿着一个棉花套，要是再拿个破碗在手上，基本就成了讨饭的花子。时至今日，当年在一起的知青凑到一块儿，还会笑着说起我们俩的棉袄棉裤。他吃完饭很少刷饭盆，我也很少刷，到吃下一顿饭前才动手把饭盆里的嘎巴儿抠一抠。不过，我每天都要洗洗手，偶尔才会忘记洗脸。

大宝并非像他表面所显示的那样粗糙。最初两年，他晚上会在油灯下看书，记得有一部关于一只狗的苏联长篇小说《朱拉》，就是我们俩轮流看的。他还会吹笛子，虽技艺一般，但能吹成调。他因抽烟喝酒嗓子欠佳，唱起歌来云遮月，别有一股沧桑的味道，那时他经常唱的歌是《鸽子》：“当我离开可爱的故乡哈瓦那，你想不到我是多么悲伤，天上飘着明亮金色的彩霞，爱人悄悄地对我讲，亲爱的我愿同你一起去远航……”他靠在被垛上，一双不戴眼镜的近视眼盯住糊着报纸的顶棚，把北大荒小村落的夜晚渲染得惆怅极了。

我晚上下工后不爱串门，大多待在宿舍里看书，聊天。大宝则不然，他总是在天黑后提着盏马灯，到处串宿舍串家属房，这家进那家出，一个晚上能串十来个门，在哪儿都待不住。北大荒空旷寂静的夜晚，一盏忽明忽暗的马灯匆匆地行走，还是挺有诗意的。因此，他几乎和所有人的关系都不错，能比我吃上更多的好东西。几十年后，我能记起自己吃过饭的老职工家只有三四户，而大宝呢，恐怕他根本记不清曾经在多少户人家吃过饭。老韩说："那几年，这家伙一到吃饭点儿就上我家来！"我不是说他馋，而是说他和大家相处得好，像一家人一样。

从兴凯湖被"清边"出来的张英爱喝酒，他住在远离住区的马号，大宝也常常到他那里去串门。有一天，张英对我说："这个大宝，偷我的酒喝，我得想个法子让他找不着酒。"于是他去六号村商店买了个黑釉的瓷夜壶盛酒。过了没多少日子，他又对我说："大宝的鼻子倒真灵，夜壶又有把儿又有嘴儿，他喝酒更方便了！"

1968年夏天，"文革"派性斗争分出了结果，我和赵光久、周达被"群众专政"了。这个当口大宝正好回北京探亲，否则他也有点儿危险。大约半个月后的一天傍晚，我们三个专政对象正待在小黑屋里，门口有人背着没有子弹的79步枪站岗，忽然后窗户被敲响，一看是大宝趴在那儿。他把窗户打开一条缝，说刚探亲回来，前门不让进，只好在这里见个面。说完，他从窗缝塞进半辫子大蒜：“天热，多吃点儿蒜，别闹肚子。”那时许多人对我们避之唯恐不及，他却偷偷来探望，真是难得。

第二天晚上，生产队在礼堂开批斗大会，我们三个人被揪到小舞台上站好，准备再次挨批斗，不想主持者却点着大宝的名字让他上台。大宝登上舞台站好，从衣袋里掏出一张纸念道：“亲爱的无产阶级革命派的战友们……”台下有人喊：“谁跟你是‘亲爱的’？”他连忙改口：“无产阶级革命派的战友们……”台下又有人喊：“你是无产阶级吗？”他再一次改口：“革命派的战友们……”台下再一次有人喊：“你是革命的吗？”他只好又改口：“战友们……”我被他逗得憋不住笑，双肩直颤抖，又怕被台下的革命群众看见，只好举起纸牌子挡住脸，坐在旁边做会议记录的老吴用脚轻轻踢我，小声说：“别笑，别笑！”可台下的人被大宝逗得前仰后合，笑成了一锅粥，一场本来很严肃的准备批斗他的会，一两分钟之内就土崩瓦解溃不成军，主持者只好又把矛头对准了我们三个专政对象。其实这种揪斗批判现在看来就是扯淡，除去少数几个人想借机报一下平时的私怨外，多数人不过是跟着大形势糊弄局而已。

实事求是地说，大宝干活儿有时偷懒，但不是偷奸耍滑，而是明目张胆地少干。活儿实在太累，有时甚至是折磨人，即使少干点儿，他也是为北大荒的建设做出过贡献的。

人尽其才，大宝后来去赶了马车。赶马车这工作虽然比农工要轻省，但得会使唤马才行。一挂马车四匹马，一匹驾辕，三匹拉套，分里套、串套和外套。驾辕的马和里套的马最重要。驾辕的必须是儿马，也就是公马，要能负重，还要负责起步和停车；拉里套的负责方向，要听口令服从指挥。马车老板儿有两根鞭子，一长一短，长鞭子指挥拉里套的，短鞭子指挥驾辕的，不听话就得用鞭子抽。马车不跑长途，太远的路有“尤特兹”。几挂马车只是到草甸子里拉草，春播时往地里送种子，夏天往地里送化肥，秋天给各家各户拉豆秸，等等。而且马车老板儿没有装车卸车的义务，那是跟车的人干的。马车有时会到分场加工厂去拉豆油、面粉和小百货，每有这种任务大宝都抢着去。马车一上公路，大鞭子一甩，四匹马翻蹄亮掌跑起来，二十里路用四十分钟就到了。把车停住刹好，装着草料的麻袋往每匹马的头前一放，人就可以去逛商店，看望熟人，找人聊天，中午去小饭馆花两毛钱吃一顿有别于生产队食堂的饭菜。总之，活儿不累，而且有情致。下午，把该拉的东西装上车，让几匹马四平八稳地慢慢往回晃。大宝坐在车上，抱着鞭子，抽着烟，哼着歌，看着夕阳的余晖染红树林的林梢，晚霞铺满辽阔的田野，这是多么富有诗意的画面呀！

大宝赶车胆儿大。有时马车也要到山里拉木头，一根根粗大的原木装在车上，虽然用大绳煞好，但也危如累卵。车老板儿都是站在辕马的旁边，一手勒着缰绳，一手拉着刹车，唯恐在崎岖的山路上翻车出事。下山以后，别的车老板儿依然小心翼翼地让马车慢慢走，大宝却不然，他噌的一下蹿上车，端坐在木头垛上，挥动大鞭子让四匹马跑起来。马蹄嗒嗒，车轮滚滚，一路烟尘直奔生产队而去。吉人天相，他从来没有出过事。

1975 年年底，我要返城回北京了。那些天大宝一直跟我在一起，帮我打点行囊，一边祝贺我终于能回北京和家人团聚，一边感叹自己还要在这里待下去，不知何时才能再见面。

1982 年夏天，受农垦总局邀请，十个知青作家重返北大荒，我也名列其中。集体活动之后，有三天自由活动时间，我急切地回到生产队，发现物是人非，知青们基本都返城了，住区显得冷冷清清，知青宿舍被改造成家属房，板障子圈出一块块各家的小菜园子，既标志着生活的自由，也显示出文化的退步。此时大宝已经成家，并且有了一个可爱的儿子。我在他家住了两宿，两人有说不完的话。他还在赶马车，只是不再像从前那样穿得破破烂烂，人整洁多了。他说自己在北大荒待了快二十年，已经习惯这里的生活，无所谓了，但不能让儿子在这里待一辈子，要想办法回北京！

后来我们就断了音信，再后来听说他回北京了，却不知道他住在哪里。我曾经去他姐姐家打探消息，但他姐姐早已经搬家了。

八十年代末的一个晚上，有人终于给了我大宝的电话。我马上打电话过去，接电话的是他。问清他现在的住址，我立即出发去看他。当时豪雨如注，电闪雷鸣，我骑车到他家时已经成了落汤鸡。我大声责问他，为什么回北京不联系我？他支吾着说，老婆离婚走了，把儿子抛给了他，一个人又要工作，又要带孩子，实在混得太惨，不想打扰别人。我当时直想哭，十年同为天涯沦落人，咱俩谁跟谁呀！

后来，大宝又组织了新的家庭，妻子十分贤惠，日子也越过越好。前几年儿子结婚了，他一直盼着有个第三代。

2003 年秋天，我约着大宝、赵光久和周达一起去云南。我们一路上去了石林，在“母子偕游”前留影，大谈对下一代的希望；到了丽江，眺望玉龙雪山，徜徉在潺潺的清溪边；进了迪庆藏区，看到了难得一见的梅里雪山日月同辉。在大理古城，一个游客向周达打听路，周达一如既往地耐心给他解释，大宝有些烦了，说：“你真不怕麻烦，指个路就行了，干吗说那么详细呀？”一向好脾气的周达瞪起了眼睛：“大宝，你管了我好几十年，今天还要管我！”一时间气氛紧张起来，我担心会闹得不愉快。但没过几分钟，他们两个人相视一笑，该怎么样又怎么样了。

是啊，几十年的交情，想掰也掰不了啦！

此生足矣

“马会计”不是搞财务工作的，也没当过会计，这只是一个外号。

说起这个外号还真有点儿来历。1967 年 1 月 5 日，一辆牛车把小马送到了五队，后来知道头一天是他的十八岁生日。再后来又知道前一年的“红八月”北京“横扫一切牛鬼蛇神”，他家在“横扫”之列，按当时的政策，应该被扫回原籍，但他家的原籍是一二百年以前的，早已没有了落脚的可能。慑于红卫兵的淫威，北京是没办法待了，他父母只好带着更小的一双儿女到北大荒来投奔他。等风浪稍稍平息，父母又回了北京，他便离开原来的生产队到了五队。

大家都叫他小马。他知道自己的“底儿潮”，便努力夹着尾巴做人。1968 年我被揪斗的那天凌晨，看见他也被人押出了宿舍，但在开批斗会前他突然又被释放了。然而革命运动一浪接着一浪，躲了初一躲不开十五，该倒霉的早晚得倒霉，他的出身不好，终于被“广大革命群众”揪了出来。有一天开批斗会时，不知谁出了个主意，让他穿了件中式长棉袄，胳肢窝下夹着一个本子，手里拿着一把算盘，在台上走来走去，那意思好像是说“这是替黄世仁收账的穆仁智”。出这个主意的人一定没把阶级斗争看得很严肃，只想羞辱一下阶级敌人。小马平时就有些驼背，哈着腰在台上来回走了几趟，把台下的人逗得哄堂大笑。会后，小马就落下这个外号：马会计。细想，这算怎么回事呢，拿着算盘就是会计吗？当然，在那个年代，小马并不能因为把大家逗笑就逃离阶级斗争，他还是被“群众专政”了。

那是一段灰暗的日子。他和同是专政对象的周达、陈树贤，棉袄背后都缝着一块白布，上面写着各自的“罪名”，无论干什么活儿三个人都在一起。别人有休息日，他们没有，得去猪号起圈，到厕所去刨冻成冰坨的粪便。后来陈树贤投井自杀了，小马和周达茕茕孑立，形影相吊。我说那些日子是灰暗的而不是黑暗的，是因为有一部分人——特别是知青——并没有拿小马当异类，干活儿时照样和他说话，甚至开玩笑。小马也依然保持着爱干净的习惯，回到宿舍的第一件事就是拿起自制的布掸子到门外，把全身上下反复抽打几遍，哪怕衣裤有一个泥点也要用手指弹掉。他一直是全体知青中最讲究卫生的人。

没有不散的筵席。一年多以后，小马被“解放”，回到人民中来了。他一直老老实实干活儿，从不多说多道，不惹是非，但是，他是一个年轻人，有自己的理想，这理想几乎成了他心中解不开的情结——和所有知青一样，他想上机务。北大荒生产连队的工作基本可以分成三大类：机务、农工和后勤。机务就是开拖拉机和康拜因，因为代表着机械化和现代化，人们都高看一眼。小马不止一次跟我小声嘀咕：“我想上机务，真想！”可是，这点儿理想他却无法实现——机务是他这种出身的人能上的吗？！

小马祖上从明朝永乐年间就开始参与北京的宫廷营建，是古建筑世家。如果是在前清的时候，一提“兴隆木厂马家”，北京人没有不知道的。北京营造行有八大柜四小柜，兴隆木厂是头柜，凡皇家工程都是由他们从内务府和工部总揽，然后再分包给其他木厂。小马对我说过，他小时候逛颐和园，在昆明湖上划船，同行的一个尼姑对他说：“知道吗？这园子是你们家祖宗修的。”不只是颐和园，还有承德避暑山庄、天坛、东西陵、各个坛庙和无数王府宅第，他家祖上都参与其役。庚子之乱，八国联军借口德国公使克林德被杀，攻进了北京，李鸿章签订的《辛丑条约》第一款就是在东单路口给克林德修一座牌坊，以示“纪念”，这座牌坊也叫克林德碑，同样是马家祖上施工建造的。第一次世界大战之后，克林德牌坊改叫公理战胜牌坊，建国后迁到中山公园，“公理战胜”被刮铲掉，换上了郭沫若写的“保卫和平”，叫保卫和平牌坊了。民国时北海成了公园，他家祖上是公园的董事，码头有一条写着M字母的游船，专供他家游湖时用。家族有如此的历史，小马想上机务只能是一个梦。他经常自己安慰自己：“今后如果能回北京，我到北海游船码头拿钩杆子钩钩船就挺好！”

知青大返城，小马也回到了北京，他没能到北海码头钩船，而是被分配到345路公共汽车卖票。他是个老实人，干活儿也卖力气，领导颇为喜欢，那时家庭出身对人的影响也不那么严重了，他去学开汽车。345路是大型通道车，当时出了德胜门就是郊区，车少人少红灯少，车开起来飞快，一路威风凛凛。小马这回算是痛快啦！他对我说："你什么时候去十三陵玩儿？坐我的车！"我没坐过他开的公共汽车，但打心里为他高兴，这不就算是上了机务吗？一个人能干上自己喜欢的工作，是一件多么惬意的事啊！

娶妻生子，成家立业。父亲被平反后成了革命干部，无论到哪儿，大家都把老人当古建筑专家看待。老人也确实是这方面的专家，晚年一直为维修和保护北京的古建筑奔走忙碌。小马也像换了一个人一样。

再后来，小马换了单位，不开公共汽车了，到市政府机关改开小轿车。他给我打电话说，现在开"桑塔纳"，哪儿都好，就是刹车太"肉"，得多留点儿神。有一天，他告诉我又换车了，"本田"，日本原装的，开起来舒服多了。有一年春节，我坐他的车一起去看望北大荒时期的老朋友张悦，"本田"果然不错，车里车外让他收拾得也干净，连个泥点都没有。路上他跟我说："五张儿（五十岁）了，混到这一步就算不错啦，比在北大荒开拖拉机强太多了！"

看来，"马会计"此生足矣。

然而，他真的满足了吗？他父亲是古建行兴隆门的第十四代传人，而小马兄弟三人没有一个能继承这传承了几百年的技艺。大概十年以前，他给我打电话说，想跟父亲学古建筑技术，我心想这多好啊，如果能继承家族的手艺，无论对谁都是好事。有一天我去看望马老爷子，说起此事，老人长叹了一口气，说："晚喽，晚喽，人过三十不学艺，干营造行也得有幼功啊！"

当青春逝去之后

写下这个题目有些百感交集，倒不是因为我老了，而是想起一个人，不免唏嘘不已。北大荒当年有五十四万知青，时代变迁，青春逝去，他们中的绝大多数人早已回到了城市，而有的人注定要留在那里，虽然活着，却不能回归正常人的生活。

因为他们患上了精神病。

我返城回到北京之后，大概是八十年代初，北大荒有人给我来信，说阿利得精神病了，一早光着身子绑着几面小旗子，站在公路上，后来还跳进井里，被人捞了上来。我有些吃惊：虽然以前在一起时，觉得他多少有些神经质，但也不至于得精神病呀！过了两年，突然接到阿利用毛笔写来的一封信，说要到北京和上海探亲，知道我在出版社工作，让我无论如何也要帮他找一张参观毛主席纪念堂的票，去瞻仰伟人的遗容。我设法找到两张票，却没敢陪他进纪念堂，怕他万一在里面犯病我无法处置。其实那天他表现得很正常，他妻子陪着进了纪念堂，说他没有任何精神不正常的迹象。

阿利是 1963 年从北京到北大荒的。他是镇江人，在上海读中学，考入北京师范大学物理系，在大学读了三年后，因为身体不好，学校让其休学，他却报名随着第一批北京青年到了北大荒。农场正缺教师，他到生产队不久便被调到总场中学去教物理。可是，他的普通话不好，讲课时学生反映听不懂，他又回到了生产队。我到北大荒时，他在生产队教小学生，七八个学生分好几个年级。他一个人住一间屋，既是宿舍又当教室。那时我还是个懵懂的少年，觉得他是个大知识分子，敬而远之，没怎么和他接触。他似乎有些孤芳自赏，常在傍晚时分对着晚霞吹笛子，有时也唱歌，是那种美声唱法。我在宿舍门口听过他朗诵诗："在九曲黄河的上游，在西去列车的窗口，是大西北一个平静的夏夜，是高原上月在中天的时候……"后来知青渐渐多了，他不再当老师，到农工排当起了农工。这时他变得活跃起来，经常在下工后和几个人下围棋，或者演算数学题。生产队组织人演样板戏《沙家浜》，选定由他出演男主角郭建光，他演得很认真，穿着灰军装，一手叉腰，唱西皮原板："朝霞映在阳澄湖上……"唱出来虽然是京剧的曲调，但总带着美声的味道。1969 年，上海知青来了连队，他和老乡们说起上海话，"阿拉、侬、白相、结棍"的十分亲近。阿利身体不强壮，干重体力活儿有些吃力，开始扛麻袋时只能扛多半袋，还歪歪扭扭的，但他不甘落后，咬着牙生练了一段时间，也能扛起一百八十斤的麻袋了。

阿利结婚了，是知青中第一个成家的人。他的爱人李晶是和他同时到北大荒的北京知青，在总场当小学老师。结婚那天，全连在礼堂给他们办了一个盛大的婚礼，阿利神采奕奕地唱了

“朝霞映在阳澄湖上”。有了两个女儿后，不知为什么，他忽然又变得孤僻了，连里就让他去种树，这似乎成了他的终身爱好，每天独自一人，手拿镰刀铁锹，到路边的杨树上砍下枝条，然后栽到苗圃里育苗，待插条成活后再移栽到别处……

我回北京之后，他又有了一个儿子。

1993年春天我回北大荒，在连队向人打听阿利的消息，人家告诉我，这两年阿利的病比以前重了，有时会有危险举动，李晶只好带着孩子躲到总场去教书。我想去阿利的住处看望他，人家说别去了，他不给任何人开门。但我还是去了。他家的板障子门用铁丝拧得紧紧的，我只好大声叫他，叫了几声，他蓬头垢面地出现在屋门口，一看是我，便打着招呼过来，用钳子拧开拴门的铁丝，让我进了院子。我说：好几年不见了，你好吗？他神神道道地说：咱们经常在空中见面，总是聊天。我的头皮不免有些发麻，爹着胆进了屋。外屋地上挖了一个坑，里面渗出一汪水，陪我来的人说，阿利就喝这个。砖砌的炉子塌了，根本不能生火。别人告诉我，他天天吃生米生面。我问阿利为什么不吃熟的东西，他说不能生火，有人偷他家烟筒里冒出的烟。进到里屋，炕也塌了，地上铺着一堆乱草，那显然是他睡觉的地方。靠墙的大衣柜柜门处堆着两三尺高的土，他说这是为了防盗。告别时我说：你一定好好地养身体，今后回北京再见面。他站在门前，意气风发地说：“谢谢你，我身体很好，还想再去甩筒锹呢！”

2001年我又去看过他，那时他搬到了总场，情形和上次一样，仍然是用铁丝拴着门，屋里乱七八糟。我注意了一下，外屋地上没有挖水坑。邻居说总场的地势高，挖坑也不见水，他都是趁没人时到对面人家的菜窖去舀存下来的雨水用。阿利对我很热情，说话时十分亢奋，依然不着边际。

阿利的两个女儿早就办回北京，有了工作，后来儿子以优异成绩考入清华大学，李晶当然随着子女回北京了。

2007 年春天，我和诗人郭小林一起回北大荒，先到五九七农场医院精神科去看望阿利。那是一座典型的北大荒凸字形红砖房，我站在门口大声喊了两次他的名字，他竟然一下听出我是谁，叫着我的名字，随后才拐出过道露面。同六年前相比，他苍老了许多，也萎靡了许多，脸有些浮肿，两边的腮却嘬了进去，额头上有了老年斑，头发也快掉光了，只有眼睛还显露出神采。说起妻子儿女，他十分神秘地对我说，北京出了大事，李晶和孩子被扣押在那里了。他的主治医生告诉我，阿利的肺结核很严重，肝也不好，其他器官也开始衰竭了，怕是不久于人世。我心里十分难受，原本好好的一个人，怎么竟成了这样！陪同我的红兴隆管理局的民政局长说，留在北大荒垦区的知青里有二百多人是精神病患者，垦区计划筹建一所医院，把他们集中起来治疗安养。

2009 年，我退休了，决定回一次北大荒，从那里开启我的退休岁月。同行者有二十多人，大部分不是退休就是下岗。在原始森林环抱的宾馆里同老相识们见面，大家不约而同地说起了阿利。返程时，我和另外三个人拐到五九七农场医院去看他，护士说，他前不久转去总局在佳木斯新建成的知青安养中心了。

两个多小时以后，我们到了佳木斯，几经周折找到了目的地。一进院子，眼前是一栋灰白色的崭新楼房，楼顶几个红色的大字格外醒目：北大荒知青安养中心。走进洁净的大厅，乘电梯来到四楼，这里是精神科病房，楼道安着一道铁栅栏门，门内是穿着红色条纹病号服的病人们，有的走来走去，有的席地而坐，穿白色制服的医护人员陪在他们身边，有的在跟病人说笑，有的对病人进行劝慰。虽然情景有些怪诞，但气氛十分祥和。隔着栅栏门我们说明来意，一位年轻的护士说，阿利的肺结核病还处于活动期，现在在传染科病房。精神科的吴主任陪我们去传染科病房。传染科在配楼，同样是崭新的建筑。病人们正在吃午饭，我们直接来到饭厅。我一眼看到角落里的阿利，他正埋头吃饭，听到我叫他，便抬起头来，脸上堆起了笑容："啊，你来了！"他放下筷子，走到我们面前，一一认出了同来的另外三个人。我觉得眼前的阿利变化很大，却一时说不出是什么。让他先吃饭，我们随着医护人员来到办公室。

安养中心的黄春光院长也来到办公室。他说，医院有规定，凡是来探望知青病人的知识青年，院方都要热情接待，因为这种探望有着外人所不能体会的深厚情意。随后，他向我们介绍了安养中心的情况。

当年五十四万知青在北大荒生活战斗，把如火的青春奉献给黑土地，垦区的每一块田地、每一个角落都洒有他们的汗水，甚至是鲜血，有的人还长眠在这块土地上。对于知识青年上山下乡虽然有许多争议，知青们自己也在争论"无悔"和"有悔"，但是，北大荒人永远不会忘记知青对北大荒的贡献——他们不但付出了辛勤的劳动，同时也给北大荒带来了新的精神和先进的文化，对垦区的精神面貌起到了至关重要的积极影响，这种影响一直延续到现在。目前，仍有上万名知识青年生活在垦区，其中患有精神疾病的知青二百余人，大部分与家人中断联系。由于居住分散，不便照管，大多数患病知青生活艰难，有的甚至处于闭锁状态。为解决这部分患病知青的医疗康复问题，黑龙江农垦总局投资三千万元，在佳木斯的省农垦总局精神病防治医院的基础上，兴建了这所集养老和精神病治疗于一体的安养中心，把分散在各个农场的城市知青患者集中在一起安养，让他们实现“回城”的梦想。同时，把患有精神疾病的城市知青子女也接到安养中心，对他们进行疾病治疗、社会功能康复和劳动生活技能培训，帮助他们回归社会，自强自立。吴主任向我们介绍说，医护人员以一颗反哺报恩之心对待这些知青病人，因为他们年少时的老师就是知识青年。医院有一个四百多平方米的健身大厅，两个人一间病房，配有电视机，一周可以洗两次澡，吃一顿饺子、一次鸡、一次红烧肉，两天一个鸡蛋。为了给他们补充营养，医院还养了十几头奶牛，每人每天可以喝一斤牛奶……

2015 年，我陪王志川回北大荒。以前阿利对他多有帮助，看望阿利是他多年来的愿望。虽然相隔三十多年没见过面，但阿利一眼就认出了王志川，叫出他的名字。我看到床头摆放着一张阿利刚下乡时的照片，年轻、英俊，一副对未来满怀憧憬的青年学生模样。但是很快，刚见面时的热情消失了，阿利的脸上呈现出一种深邃的迷茫，反复说着“我要回北京了，要回家了，儿子来接我，过几天就来”。我心里很难受。阿利明显变老了，脸上的皮肤松弛，黑色的老年斑布满面庞，走路时已经拉不开脚步，只能一点一点向前蹭。他七十三岁了，还能等到那一天吗？

时隔两年，我再一次去佳木斯看望他。在走廊等了很久，他才从病房出来，穿着一件印有“北京青年”的长袖 T 恤衫。同去探望者与他已有四十四年不曾见面，问他：你还认识我吗？阿利迟疑着。我提醒说：“你想想，咱们连唱歌唱得特别好的。”他一下想了起来，小声说：“哦，傅江啊。”我怕刺激他，没有透露他妻子李晶去世的消息，他却非常严肃而神秘地对我说：“这是咱们最后一次见面，我要归隐了，去一个谁也找不到我的地方。”

出了病房，医生告诉我，春天时阿利的儿子来看过他。父子二人怕是有三十年没见过面了，儿子多想和父亲好好亲近亲近啊！但是，阿利反复追问：“你认识赵光久吗？你认识赵光久吗？”儿子实话实说：不认识。于是，阿利坚决不承认对方是自己的儿子，说：“你要是不认识赵光久，就不是我的儿子！”天知道这是为什么，赵光久离开北大荒时，阿利的儿子才几岁，怎么能认识呢！

阿利说要归隐，他将“归隐”何处呢？我真想大哭一场，命运实在捉弄人，一个才智卓越的人，付出了青春的代价，只落得精神意识混沌一片，当年他亲手栽种的无数树木如今已经蔚然成林，他却只想着要“归隐”，要逃离这个世界！

荒 祭

那是十几年前的夏天，我们一行十六个人回到北大荒的农场。那天，从五队回到分场，心里郁郁的，想不明白为什么有人不愿意让我们在五队多待些时间，还不到两个小时便催着大家赶紧到分场吃饭。现在不是饥饿年代，吃饭难道就那么重要吗？我猜想，也许有人不想让我们看到当年的连队破败不堪，听到老职工诉说怨言，从而对农场留下不好的印象吧。其实大可不必，我们这些人在五队起码生活过七八年、十来年，青春岁月都在这里度过，酸甜苦辣，五味俱全。返城至今有二十多年了，大家相约再来，分明是深爱着这片土地，怀念着这里纯朴的人们。徐永泰是上海人，好像也不高兴，一问，果然跟我一样的想法。虽然宴席菜肴丰盛，我却草草吃完，走到饭店外面。徐永泰也出来了。我说："不知道盛黎明埋在哪里。"他摇摇头。这时，原来五连的妇女副连长赵焕英过来，我们问她。她说："你们可算问着了，估计也就我能找到盛黎明的坟。"于是，我们几个跟着她上了南山，去祭奠死去的上海知青盛黎明。

南山一片葱郁浓绿，当年记忆中胳膊粗细的小树已经长成大树了。二十多年，自然界的变化是非常明显的。路很近，坐汽车十分钟就来到了山上。下了车，我们跟着赵焕英拐入小路，拨开半人高的杂草，走进树林寻找埋葬盛黎明的地方。林中凌乱地散布着一些坟包，几十年来，这里成了许多北大荒人的最后归宿。赵焕英快七十岁了，嘴里不停地絮叨着，说起当年盛黎明的后事处理。突然，她从草丛中拽起一根铁丝，说："找到了，就是这儿，错不了！这是当年花圈的铁丝。"我的心中不禁一酸，这哪里是坟，分明就是一片平地，哪怕稍稍隆起一点的样子都没有。我相信赵焕英，她是一个善良的女人，这里一定是盛黎明的坟。几个人都不说话，动手拔地上的杂草。

盛黎明死时我已经回了北京。他是 1969 年从上海到北大荒的，是一个极帅的小伙子。一个时代有一个时代的标准，他不是那个时代的"好青年"，人聪明，鬼点子多，调皮捣蛋，却从不过分；爱憎分明，却没见他伤害过什么人。他是上海人，精明，却看不得有些人总是占别人便宜。有一阵我们住在同一个宿舍，某人总是吃别人的东西，却从不把自己的东西分享给别人，有好吃的就独自躲进蚊帐里大嚼。盛黎明看不惯，想整治某人一下。一天他从宿舍的窗户里看见某人远远走来，便飞快地从瓶子里倒出一些白色粉状物在碗里，又往碗里倒了一些水，拿着小勺反复搅动。大家不知道他在干什么，只是看他认真地动作。某人推门进来，盛黎明动作更加夸张，把碗凑到嘴边吹着气。某人上前看碗里，问："啥么子？"盛黎明向后直躲，说："奶粉。"某人一把抢过碗，端到嘴边大口地喝起来。两口下去，他突然把嘴里的"奶粉"喷了出来，嘴边满是泡沫。

盛黎明笑得弯下腰来，全宿舍十来个人也都狂笑不已——那碗里原来是洗衣粉！共事六年，因为工种不同，我和盛黎明接触并不多，只觉得这是一个充满生命力的人。后来我回了北京，再不久就是返城大潮，知青们纷纷回城。听人说，盛黎明非常想回上海，正在寻找机会。再后来……就听说他中煤气死了。那是一个秋日，天气还不冷，哈尔滨知青张斌探亲回来，几个人为他接风，点着了屋里的炉子，炒了几个菜，喝起酒来。夜深睡去，盛黎明再也没有醒来。

拔过草，我们向那块埋着盛黎明的平地鞠躬默哀。虽然死人的事是经常发生的，虽然每个人都会死，但是，我们活着的人不应该忘记那些死去的人。盛黎明死了，不能责怪任何人，他年纪轻轻死在北大荒，这是时代的悲哀。看到他的“坟”，想起当年的往事，我心中无比凄凉……不知道是否有人统计过，北大荒这片土地上长眠着多少知青，有多少人还记得他们的名字。

前些天，徐永泰从上海打来电话。我对他说，我们应该给盛黎明立一个碑。徐永泰说他也想着这件事，一定要把这碑立起来。

我想碑文应该这样写：

我们的弟兄

盛黎明之墓

八五二农场五分场五队全体知青

（注：听说前两年盛黎明的家人到北大荒把他的骨殖取走了，他终于回到了上海。）

有这样一位老红军

由于得用上一部专著才能说清楚的某些历史原因，北大荒藏龙卧虎。比如，我的老班长蔡志，1941 年就参加了县大队，打过日本鬼子，淮海战役立过二等功，抗美援朝也立过好几次战功，可他这辈子当过的最大的“官”也就是班长。我待过的生产连队有个老拖拉机手宋怀玉，也是抗日时就参加了革命，整天嘻嘻哈哈，没有“正经”的时候，可他是开国大典阅兵式上的坦克驾驶员。四队的队长周辉忠，普普通通，见人特别和气，后来我们才知道，就是他在淮海战役中炸毁了国民党兵团司令黄百韬的指挥部……

我们那个农场先后有八个老红军工作过，其中李桂莲、匡汉球和黄振荣三人给大家的印象最深。李桂莲是农场的第一任场长兼书记。为躲避地主以男丁抵债，他自小男扮女装，取名“桂莲”。1931 年参加红军后，他想改个名字，但任弼时同志说：不要改了吧，留个纪念也好。便一直叫李桂莲。匡汉球是农场的副场长，参加过五次反“围剿”中的四次，长征时是彭德怀三军团的一位连长。农场的人们传说他是强渡大渡河的勇士之一，也有人说他是预备队的队员。我猜测大概是后者。这二位都比较早地离开北大荒，调到其他地方工作了。黄振荣则是把他人生的最后十二年——也是最辉煌的十二年——都交给了北大荒。

我刚一到北大荒，隔几天就见有一辆灰色胜利牌小轿车从公路上飞驰而过，人们说，那是黄场长。大家对这位老红军的传说很多，都以有这样一位场长为荣。有人说，刚开发农场时，转业的军官很多，谁也不服谁。一天，一辆满载着转业军官的汽车陷在水坑里，有一位中年人动员大家下来推车，可是没有人动弹。这位中年人转身离去，过了一会儿，穿着一身军装，佩戴着大校肩章回来了。他往车旁一站，大声骂道："妈的，都给我滚下来，推车！"车上的人都刚刚离开部队，受过严格的下级服从上级的训练，便老老实实从车上下来，纷纷站到水坑里卖力地推起车来。佩戴大校军衔的人就是黄振荣。那时我想，这位黄场长一定是膀阔腰圆，横眉立目。

有一天下工以后，我一个人在宿舍里，门一响，一个五十来岁微微驼背的人走了进来。他穿着一身灰制服，当然不像个种地的，可我也看不出他是干什么的——农场的干部一般都穿灰色或蓝色制服。

他笑着向我打招呼："小同志，你好啊。"

我那时才十六岁，什么也不懂，只是站起来看着他。

"看样子你是个知识青年呀，从北京来？"他笑眯眯地问。

我点点头，仍然不知说什么好。

这个人就这样和我对站着。他问我累不累，我说累。他问吃得怎么样，我说天天吃大麦米和熬西葫芦，有点儿受不了。他又问我下工以后干些什么，我说也就是聊聊天，打打扑克，然后就睡觉。他说："这样可不行，应该多学习学习。你们工作很累，下工以后要搞一点儿有益的娱乐，唱唱歌呀，看看书呀，有时间的话也看看毛主席著作。"正说着，队长和指导员走了进来，毕恭毕敬地说："黄场长，到办公室吃饭吧。"这时我才知道，这个人就是黄场长。

黄场长说："我不去办公室吃饭，我要和他们一起去伙房吃熬西葫芦。"

那天，在食堂的草房子里，伴着昏黄的油灯，黄场长和我们几个北京青年聊了很多，都是些家常话，没有说一句大道理。我们让他讲一个长征的故事，他讲了渡金沙江的事。讲完，大家说不精彩。他哈哈大笑，说："我不会讲故事，你们要知道这些事，可以读读《红旗飘飘》嘛！"

我是后来才知道关于他的一些事的。

黄振荣十三岁参加西北军，给冯玉祥当贴身警卫。1931 年，在董振堂、赵博生和季振同领导下，国民革命军第二十六路军发动宁都起义，十六岁的他参加红军，同年入党。曾任红军湘赣军区电台队长，后来这个职务由余秋里接任。长征时，他已是红六军团的团参谋和营长了。"七七事变"后，为了敦促阎锡山抗日，党中央派黄振荣、李成芳（1955 年授中将军衔）等五人组成的"五人小组"到山西抗日决死纵队工作，开始任教官，后来在薄一波的周旋下，担任晋绥军的营长。1940 年，在一次与日寇的激战中，黄振荣身负重伤，被敌寇包围在山洞里。为保护同在山洞里的老百姓，他挺身出洞，被俘后入狱（太原反省院），也脱离了党组织。一年后，他逃离虎口重返部队，经严格审查后做出结论，恢复工作，1945 年再次入党。之后，他在解放战争和抗美援朝中都立有大功。1956 年，作为铁道兵三师的代师长，他率部由鹰厦铁路第一线转战进军北大荒，从带着三个人踏荒开始，摸清了完达山北麓三百多万亩可以开垦的荒地，建起了全国第二大农场。这位二级伤残军人为了开发北大荒，在伐木时再次受伤，在冰雪严寒中冻掉过九个脚指甲。他率领七千多名官兵，开荒七十一万余亩，扩建了八五三、八五五（后更名为五九七）农场。在 1957 年 10 月召开的全国农林代表会议上，朱德副主席夸赞八五二农场是全国费用最低的一个单位，并号召全国农垦企业向八五二农场学习。黄振荣遵循经济规律，注重成本核算，常对干部们说：新中国是打出来的，社会主义是算出来的。据说 1964 年农场第一次赢利时，在全场的三级干部大会上，他带着大家唱起了“歌唱我们亲爱的祖国，从今走向繁荣富强”。

“文革”开始后，“农场最大的走资派”这顶帽子不可避免地落在黄振荣头上。他反复挨批斗，成了两派斗争的焦点。我参加过一次批斗黄振荣的大会，两个人押着呈“喷气式”的他站在台上，主持会议的人非让他承认是叛徒，他拒不承认，说：我的那段历史中央是有结论的，你们可以到中央军委去看我的档案。由于他“态度顽劣”，拳打脚踢是免不了的。但据我观察，无论哪一派，其中大多数人都未必真心以为他是“阶级敌人”。我参加的那一派，上面的头头怎样想我不清楚，但我接触过的人私下对黄振荣还是尊重的、同情的，这大概和他是个老红军并且和蔼可亲平等待人有关。后来，南开大学的“造反派”搞了一个“揪叛徒战斗队”，在全国各地揪“叛徒”，也来过八五二农场，他们印了一个小册子，黄振荣榜上有名。在一次批斗会结束后，我看见 1963 年来农场的北京青年龙国玺和几个南开大学的“造反派”站在大礼堂的台阶上辩论，他反对没有证据就把一个老革命打成叛徒。

“文革”是一场疯狂到极点的、害人并且自残的运动。由于遭受反复批斗和毒打，1968 年 2 月，黄振荣突发脑溢血去世，身后留下了一个有七十四万余亩耕地的大型农场。之前中央军委曾三次下令调黄振荣另作任用，他自己也想回部队，但王震说：你不能调走，死也要死在北大荒！想不到一语成谶，他真的死在了北大荒。

在那个年代，像他这样的人死了，是“死有余辜”，要作为异类处理的。他不能进入公墓，被孤零零地埋在了一个叫“三不管”的地方。

公道自在人心。有些人本来是想让黄振荣成为孤魂野鬼，可是他们万万没有想到，农场不少人在临终前竟提出要把自己埋在黄场长身边。于是，随着时间的推移，黄振荣的荒坟周围渐渐增加了许多新坟，最终这里成了农场的革命陵园。我从一些回忆丁玲的文章里看到，这件事深深地感动了这位在北大荒“劳改”过的女作家。黄振荣与丁玲是老相识，抗战时期，他曾经护送丁玲等一批文化名人到延安，任务圆满完成以后，毛泽东和朱德接见了黄振荣。朱德把一块麻将牌一锯两半，刻成两个名章，其中之一送给黄振荣留作纪念。

1983年，黄振荣的子女到北京见王震。王震追忆往事，说："黄振荣从小参加红军，在我和任弼时同志身边工作过。后来在六军团负责电台，余秋里同志对他很了解。如果他是'叛徒'，我还叫他当团长、师长？真是乱弹琴！"他吩咐秘书："把黄振荣的档案给我调过来，我要找邓小平主席、杨尚昆副主席，一定要给这位老红军落实政策！"1985年，中央军委重新审查黄振荣被俘历史问题，做出了予以平反的正确结论。

前几年，我又一次回到北大荒的农场。在一个傍晚，我一个人来到"三不管"，站在老场长的墓前，看着墓碑上王震题写的"黄振荣同志之墓"，伫立了很久很久，也想了很多很多。正是春天，刚长出的小草匍匐在地面，高大的白桦树顶着嫩绿的树冠，在春风中吟唱着自己的歌，一轮夕阳正落向黛色的远山背后。我忽然想起了诗人艾青。黄振荣在"文革"中有一条罪状——"保护大右派艾青"。当年诗人被打成右派后，发配到北大荒改造，结果却担任了农场示范林场的副场长，并住在师级干部才能享有的"木克楞"房子里。我想，诗人一定写过关于我们这个农场的诗（当然是不会发表的），也许这些诗里会有黄振荣的影子吧？

大胡子连长

2006 年 8 月底，我应邀参加八五二农场建场五十周年庆典。临返回北京的前一天，在宾馆房间里接到王吉祥的电话，说：老连长李安厚的妻子小张正在总场，听说你来了，想去看看你。我说哪能让她来看我呀，于是马上离开宾馆去看她。我和小张（虽然她已经七十岁了，但我们一直按多年前的习惯叫她小张）在她小女儿开的小卖店门前见了面。听说我明天要走，她说：不能多待一两天呀？明天要给老李烧三周年。时间过得真快，老连长去世已经三年了，真想到尖山子他的墓地去祭奠一次，可返程的车票已经订好，我只能遗憾地离开。临分手前，我拿出三百元钱，请她买些纸烧化，代我致祭。

第二天我坐的长途客车快到佳木斯时，突然接到她二女儿李彦打来的电话，她哭着说："刘叔，我妈今天没了，突发心脏病！"我一下呆了，怎么会这样呢？今天是老连长去世三周年，他的妻子竟然追随而去了！

1973 年，大胡子连长调到尖山子半腰上的三分场当副场长（那时还叫副营长），2003 年他去世，就埋在尖山子上。

大胡子连长叫李安厚，一米八以上的身高，总是腰杆笔直，加上一脸黢黑的络腮胡子，显得十分威严。五队的人背后都叫他“大胡子”，外面的人却一般叫他“李大炮”。

2001年，我曾经和两个老知青回农场一趟，专程到三分场去看他。他早已经离休了，听说我们要来，一直在家里等着。见面时，他咧嘴笑着，高兴得直搓两只手，不知道说什么好。后来喝起酒来，他的话多了，也顺了，手里捏着酒杯，习惯性地歪着头，声音有些沙哑：“哎，小刘（几十年来他一直这么叫我），你知道以前在五队我最喜欢谁吗？”我当然知道，却故意装傻：“谁呀？”他一口喝干杯里的酒，身子向后一仰：“谁？你是其中一个！”

他的神情中有些失望，那意思是“你怎么连这个都不知道”。我笑了。

我和大胡子连长可谓不打不相识。

连长，当初叫队长，在农场不算大官，可在生产队是说一不二的人物。李安厚是山东德州人，从小到东北做童工，全国解放前参军，后来在解放军后勤学院当营房参谋，1955年授衔中尉。1958年军队号召报名开发北大荒，一个叫叶建民的战友对他说：咱们报名啊，你敢不敢？李安厚说：这有什么不敢的！可心里想：你是高中生，是知识分子，家庭出身又不太好，只要你报名，上级一定批准；我跟你可不一样，我是苦出身，报名也不会让我去！于是他报了名，还写了决心书。没想到，光荣榜贴出来，他和叶建民都榜上有名！作为一名军人，他不能耍赖，打起铺盖带着家人来了开垦初期的北大荒。开始分配他在总场当后勤协理员，困难年代，他没有请示领导批准就杀了一头猪，让已经好久没吃到肉的职工尝了点儿荤腥，却给自己弄了一个党内处分。大概是1963年，他到五队当了队长。

我属于那种疏远领导的人，到五队后跟他没有什么接触，只是听大家说“大胡子”脾气大，常常吹胡子瞪眼，军阀作风严重。第二年夏锄的一天，我正在地里干活儿，他突然走到我旁边，看了一眼我锄的苞米垄，一下火了，骂了一句：“他妈的！”我抬起头来问：“你骂谁？”他瞪起了眼睛：“骂你！看你干的这叫啥活儿！”我一下也火了：“你他妈的！”他愣住了，也许从来没有人骂过他：“啥？你……你骂我？”我肯定地说：“对，我骂的就是你！”他双手叉腰：“你再骂一声？！”我把这些天心里窝的火都撒了出来，冲着他祖宗十八代地骂了过去。他真的愣了，一句话也说不出来。老职工都吓坏了，纷纷过来拉我走。我骂够了，把锄头往地上一摔，扭头走了：“骂你？我还不干了呢！”

我回到宿舍，躺在炕上，一连三天没有上工。

第四天一早，“大胡子”推门进了宿舍，满脸堆着笑。我装没看见他，闭上眼睛。

“小刘，还生气呢？算了，我骂你，你也骂我，骂过就算了，上工吧。”

这是我跟他唯一的一次冲突。

后来“文革”开始了。那是一个冬天，全队开会，临散会前，一位副队长突然站起来说：“我揭发一件事：李安厚让他女儿用×××像擦屁股！”会场立刻像死一样安静。这可是个要人命的罪名，别的队有个女青年，鞋襻上的扣子丢了，用领袖像章代替了一会儿，被揭发以后就成了“现行反革命”。“大胡子”愣在那儿，半天才说：“你胡说！”那位副队长激愤地说：“这是你二女儿跟我儿子说的，她说：我爸爸说可以用！”会没有再开下去，指导员赵相银让大家散了。接连几天，“大胡子”都没有露面。大家心里不相信这件事，但是，谁也没听到看到，不能替他辩护。再说，两个孩子都才五六岁，正是任什么事也不懂的年纪。

晚上，宿舍里都在议论这件事，大多数人都认为李队长不会说这种话，一个从小就参加革命、1949 年入党的人，对领袖的感情该有多深呀！不少人觉得那位副队长是陷害“大胡子”，理由是“大胡子”那种军阀作风，张嘴就骂人，平时也没少骂那位副队长，这回让人家逮着机会了。有人说：“这也太狠了点儿，谁也没把谁家的孩子扔井里，何苦呀！”

大家的议论是有根据的。前不久在东边挖排水沟，有一天干着活儿，突然风雪交加，气温一下降了许多，怕有零下三十六七度吧。黑土地本来就冻得像铁一样，一镐下去，地上只留一个白点，现在更没法干活儿了，寒风一吹，人就像没穿衣裳似的，透心凉。那天是那位副队长带队，大家都停下手里的活儿看着他，希望他发话收工。可他穿着短棉大衣，戴着貉皮帽子，两只手揣在手套里垂在腰间，在沟沿上走来走去，不断地大声说：“快干呀，多使使劲儿，出汗就不冷了。”人们紧干了没两分钟，实在是冻草鸡了，又停下来。有人小声骂了起来，可也没人敢带头往回走。那时候的人，包括我们这些北京青年，即便再调皮捣蛋也还是听领导的话，就比如我吧，旷工可以，带头罢工却不敢。副队长也冷，鼻涕冻成小冰凌挂在鼻子下，听见有人骂也装没听见，依旧在沟沿上走来走去。双方就这么在大风雪中干耗着。大概过了四十分钟，“大胡子”冒着风雪走来，一踏上沟沿就大声喊：“老张，天这么冷，怎么不让大家回去？！”副队长冷得都不会笑了，咧着嘴说：“啊，同志们说……说要锻炼锻炼。”“大胡子”一下火了，骂了一句：“放你妈的屁！”然后一挥手，高声说：“天这么冷，大家回去烤火吧！”人们像得到特赦一样，欢呼着跑回了队里。

我想起去年夏锄时跟“大胡子”对骂，后来他又主动找我道歉的事，便站起身走出宿舍，摸着黑，深一脚浅一脚地向他家走去。

“大胡子”的妻子小张开的门，我问：“李队长呢？”她指了指后面的小屋，小声说：“连饭都没吃，一直一个人在小屋里坐着。”我推开小屋的门，里面只有一盘小火炕，地上摆着一把凳子，窗台上放着一盏油灯，灯捻儿很小，只有豆大点儿亮。见我进来，“大胡子”用袖子抹了把脸，显然是掉了眼泪，怕我看见。他没说话，从烟盒里拿出两支烟，递给我一支，然后自己探头在油灯上点着烟，深深地吸了一口。那时我刚刚跟贫下中农学会抽烟，正是半会不会的阶段，便也把烟点着，坐到小凳上，吸了一口烟，呛得连连咳嗽。平时我抽葡萄牌的，两毛六一盒，劲儿小，“大胡子”抽蝶花牌的，两毛一盒，劲儿大。借着油灯的那一点儿亮，我打量着这个站起来一米八几的人，平时他真的是条汉子，看谁不顺眼张口就训斥，到处吹胡子瞪眼，老子天下第一，现在却一下蔫了，坐在炕上双目无神，呆呆地发愣，一声也不吭。

连着抽了两支烟，我俩谁也没有说话。最后，我轻轻地叹了口气，站起来。临出门了，我想总得说句话吧，要不我干什么来了？于是说："你甭往心里去，没人信那些，我就不信！"他一下站了起来，一把攥住我的手，使劲握了握，又拍拍我的肩膀，想说什么又咽了回去。

后来，此事不了了之，主要是没有人相信。

"大胡子"爱热闹。1969 年，他心血来潮，让连队的小宣传队排演样板戏《沙家浜》，在大家的撺掇下，他出演了剧中的陈书记，每天晚上和大家一起排练，闹出了不少笑话。他有句台词"我是看病的大夫"，一张嘴却说成了"我是看病的大（dà）夫"。大家说应该是 dài 夫，他说：我们老家那儿都叫 dà 夫。虽然嘴硬，但正式演出时他还是改成了 dài 夫。知青们下工后经常打篮球，"大胡子"有时也下场和大家一起打，更多的时候是当裁判，那哨吹得对不对也没人计较，反正是瞎打瞎吹。有一年麦收前，有个外号叫"疯子"的哈尔滨知青撺掇"大胡子"："下雨时场院上抢场，光敲钟吹哨不行，大家听不见，也显得不紧急，应该想点儿别的办法，比如装个警报器，嗷嗷一叫唤，这多带劲儿！"于是"大胡子"决定设一个警报器，花了几百块钱到县城买回来，安到场院专门为它做的木架子上。他想试试效果，就站到架子上摇动摇把，警报器响了起来：呜——那声音拐着弯响，真是瘆人，好像"苏修"的军队开始进攻了！真正到麦收开始抢场，那个警报器只用了一次就坏了，以后再也没有响过。北大荒的活儿多而累人，大家最盼着“自然影响”，下雨或者刮烟儿炮的日子，不能出工了，连队几百口子人就集合到礼堂开会，读报纸，念材料。这些实在枯燥无味，大家烦了，就起哄让“大胡子”“讲讲国际形势”。这时，他会笑眯了眼，点上烟大口吸着，往台前一站，信口开河地讲起来。队里领导有一份《参考消息》可看，那上面的内容是他讲“国际形势”的基本依据，可又不是全部依据，美国、苏联、越南、柬埔寨、日本……他想到哪儿说哪儿，有些事明明说得不对，可是大家都很爱听，因为能从他的讲述中得到意想不到的乐趣。有一回说到日本，不知怎么起的头，他说起了伪满时期沈阳的一次运动会，说那天比赛跑步，上场的全是日本人，一个个穿着裤衩背心胶皮鞋。发令枪一响，赛跑的人起步了。跑了几圈，喇叭里开始嘲笑中国人是“东亚病夫”。这时，突然从看台上跳下一个中国人，穿着木头趿拉板，光着膀子，围着跑道跑了起来。日本人一看，先是愣了，然后哄堂大笑。可是那个中国人越跑越快，越跑越快，到最后只听见跑道上趿拉板响，却看不见人，结果，中国人拿了第一！大家笑得前仰后合，他绷着脸严肃地说：“别笑，这是真事！”

“大胡子”爱热闹，却从来不和女人开玩笑。在女人面前，他永远板着脸。

连队的人对他也有意见，经常提的一条是“不爱干活儿”。提归提，他却从来也没改过，别人干活儿，他基本上是背着手站在一边看，有时也指挥一下。时间长了，大家不提意见了——人长着眼睛，谁都看得出来，“大胡子”是连队里最辛苦的人。一年四个农忙时期，春播、夏锄、麦收、秋收，一个紧接着一个。他从早到晚泡在田间地头，一会儿在拖拉机上，一会儿在中耕机上，一会儿在康拜因上，一会儿又赶到了场院，指挥播种，指挥收割，指挥翻地，指挥抢场。每年秋天，各家各户自留地里的萝卜白菜都收回家，放进了菜窖，他家的菜却没有人收，总是冻在地里。

在“突出政治”的年代，“大胡子”我行我素，对政治学习不太感兴趣，一心一意抓生产，心里惦记的就是地里的庄稼和大家的生活。连里的知青将近两百人，再加上老职工，得有好几百口子，他觉得要丰富大家的娱乐生活，原来的小礼堂不够用，便筹划盖一个大礼堂。没有那么多砖，他异想天开地要用石头来盖，结果还真的建成了，并且派人到天津买来了狗头吊灯作为前厅的照明装饰。大礼堂第一次启用，是请了一个走江湖的杂技班子来搞了一场演出。一座完全用石头建起的大礼堂矗立在公路旁，成为北大荒农场的一道独特风景。“大胡子”不但是个实干家，而且具有浪漫情怀和人情味。有一次他在大会上说：知识青年们渐渐长大了，总要谈恋爱成家嘛，咱们得在路边的杨树下做一些靠背长椅，供他们坐着谈恋爱用。说得老职工们哈哈大笑，女青年都低下了头。他的文化水平不高，却精于算账，总喜欢在大会上把烂熟于心的各种数字说给大家听，以筹划指挥生产。有人说他好大喜功，单纯军事思想，他置之不理，还在 1971 年年初提出当年完成赢利五十万元的目标。一个农业生产连队，要赢利五十万元，这简直是一个天文数字，似乎根本不可能实现。但是，依靠全体人员的艰苦奋斗，到年终决算时，这个目标竟然基本实现了，我记得是赢利四十七万多元。这个数字在黑龙江生产建设兵团的所有连队中肯定独占鳌头。

大概也是1971年，为了备战，上级布置连队要配两套班子。有一天，“大胡子”对我说：“你要做好准备，我看你当第二连长挺合适。”多亏我没把这当真，没向任何人说起此事，后来形势不那么紧张，配第二套班子的事不再提起了。1972年春天，大学招收工农兵学员，他把我叫到公路上，说：“你不准备报名上大学呀？”我说自己不够条件。他说：“我看够了。只要你报名，群众也会推荐，领导班子这里肯定没有问题。”于是我报了名，班排也都推荐了我，可就在等待领导班子研究的时候，“大胡子”去师部开学大寨的会了。结果可想而知，另一个人去哈尔滨建工学院上学了。“大胡子”开会回来得知消息后，对我骂了一句：“他妈的，把你耽误了！明年再报吧。”我表示今后再也不报名上大学了。

后来“大胡子”调到三营当副营长，听说在那里不太愉快。大家说：他如果在咱们五营当副营长就好了，这边的人都了解他，会谅解他的脾气。

八十年代我写过一个中篇小说《五色融合的大地》，其中男主人公是个连长，脾气秉性以他为原型，但故事是虚构的。他给我写来一封信说：有人说你写文章污蔑我，我对你那么好，你怎么能这样呢？我没有回信，只是把发表小说的期刊寄给他看。不久他又写信来说：对不起，我偏听偏信，误解你了，如果你写的那个连长是我，我可没那么好。后来，我和曾经一起挨整的赵光久、周达回北大荒看望他，他当着众人的面向我们诚恳道歉，我至今还记得他满脸愧疚的神情。2003 年，他得了肺癌，临终前让女儿给我打来电话，哽咽着说：“进元啊，我想你……”

“大胡子”去世了，我常常想起他，念叨着他，好像他还活着一样。

史方老师

这是十几年前的事了。

虽然以前到过佳木斯，但毕竟道路不熟，问了好几个人，好不容易才找对地方，敲了敲门，我站在门外静静地等候，心想，见到史方老师第一句话该说什么呢？他的病怎么样了？他还会像十一年前见面时那样，突然流下泪水吗？门开了，粟明西医生出现在我的面前。她六十多岁了，却一点儿也不见老，仍是十一年前的模样。她一眼认出了我，叫着我的名字，把我拉到房间里，上上下下打量着我。

“老史呢？老史怎么样？”我急切地问。

“你来晚了，老史走了快三个月了！”粟医生的眼里突然涌出了泪水。

虽然……虽然心理有准备（史方老师十几年前就已经重病在身），可我是抱着见到他的希望而来的，当下心里不禁一酸，半晌没说出话来。我从北大荒农场回北京，在佳木斯转火车，有三个小时的停留时间。刚才到市委宣传部取帮我订的火车票时，部长非留我吃饭不可，我怎么推辞都不行，可当我说出要去看史方，说出我跟史方的关系时，部长放开我的手，说：“你们荒友的情义，我比不了，理解，理解！”于是，我空着肚子找到这里。可是，史方老师已经离开人世了……

我是1971年认识史方的。春天桃花水下来的时候，我们去疏通排水沟，弄得鞋都湿了，心里却很高兴：春播马上就要开始了！无论怎样艰苦，无论在什么样的年代，播种时节总是让人喜悦的。那天晚上，我在一张废纸上写了一首小诗《春播前夜》，寄给团部宣传股的文化干事史方。我忘记从哪里知道了史方这个人，只听说他是个作家，前不久从六分场调到宣传股当了文化干事。诗寄走了，我就把此事丢在脑后——我的工作和谋生手段是干农活儿。不想，十天之后，那首诗出现在《兵团战士报》上！这着实让我兴奋了好几天。兴奋过后，我又接着干农活儿，没再动过写东西的念头。

夏天，我在地里干了一天活儿，回到连队，听说团里宣传股有人找我，连忙跑到连部办公室，第一次见到史方老师。那时的史方也就四十来岁，可在我眼里他已经是个十足的老头儿：头发稀疏，黑白相间，前额高而宽阔，一双眼睛很亮，总是笑眯眯的充满善意。我说话有些口吃，结结巴巴地自报了家门。他好像有些害羞，笑着说：“我、我、我是史方。”他也口吃，似乎比我还严重一些。我们两个相视而笑。他又指着旁边的一个人说：“这、这是小么，么树森，也、也是北京青年。”握过手之后，他告诉我，这次是专门来看望我的。他说，兵团的知识青年很多，领导很重视大家的文化生活，鼓励能写的同志多创作，他和么树森一个分场一个分场地跑，要全面了解情况，希望能把喜爱文学的同志组织起来，把文艺创作搞上去。那天晚饭后我们谈了很长时间，我的紧张拘谨一直没有消除，面对一位作家，一位老师，我只是点头听着，答应着，几乎一句整话也说不出来。

后来我们就熟了。只要有机会去团部，我总要到宣传股或者他家里去看望他，偶尔写点儿什么东西也寄给他。团里、师里或者兵团办创作学习班，史方总是叫上我参加。印象深刻的有两次。一次是在团部办三师的曲艺创作学习班，我只记得有人给讲了单弦的曲牌，并教唱“八达岭下一山村儿，这村儿的名字叫向阳屯儿……”和“王国福家住在大白楼，身居长工屋放眼全球……”。史方是主持人，却并不跟着大家一起唱，只在一旁笑眯眯地看着。学习班结束，大家都走了，因为我也算东道主，被史方留下来帮他善后。史方说：“这么多人在招待所又吃又住，咱们得写封感谢信吧？”我当然同意。他说：“我找张大红纸和笔墨，你来写。”我急了，说：“老史，咱们别这样好不好？我那笔臭字你又不是不知道！你写，你写！”史方笑眯眯地看着我，结结巴巴地说：“你的字、字臭，能比我、我的臭、臭、臭吗？”我们互相推让，最后决定现场各写几个字，让招待所服务员来鉴定。找来笔墨纸张，两个人都不耍滑头，认真地写了几个字，然后请来两个服务员帮着鉴定。服务员把两张纸端详了一遍，一致认为史方的字比我的字“臭”。于是，我只好勉为其难，抓起毛笔在大红纸上写了一封感谢信——真是糟蹋了挺好的一张红纸。另一次，麦收刚刚结束，史方通知我到三分场招待所去给团宣传队写节目。三分场离我的连队很近，只有十五里路，走走就到了。除了史方，还有七分场的北京知青王天博——据说他现在在法国，是化学或其他什么学科的博士，终身教授。史方对我说：麦收下那么多天雨，大涝之年获得大丰收，团里文艺宣传队要配合演些节目，你写个配乐诗朗诵吧。于是我就开始写，无非是兵团战士用毛泽东思想武装战天斗地人定胜天之类。王天博写的什么现在已经想不起来了，史方根据自己的短篇小说《理想》改编了小歌剧——那时写知青扎根边疆的《理想》几乎红遍全国，许多报纸都转载了。有一天写得累了，史方突然说："小歌剧改了好几稿，郭小林帮我改的这句真好，真好！"说着，他把一张稿纸递过来让我看。小说的主人公叫王兰，是养鸭子的知青，她有一个放鸭用的哨子，是心爱之物，也是剧中的主要道具，王兰在歌剧里唱道："……它不像洞箫婉转幽咽。"说实话，我没看出这句怎么"真好"，不过，后来见到郭小林，我还是把史方的感谢对他说了。郭小林也莫名其妙，连声说："好什么呀？有什么好呀？"郭小林是诗人郭小川的公子，当时是黑龙江生产建设兵团的著名知青诗人，现在已经退休，我们常常聊起当年的北大荒生活。

史方跟大家聊天，三句话不离文学范围，我们在背后叫他"文学魔怔"。他 1931 年出生，山东滕县人，共和国成立前参军，1958 年转业到北大荒之前在部队当创作员，曾有诗《我是布谷鸟》发表在《人民文学》上。他珍藏着那期刊物，几次拿出来给我看过。我知道那不是炫耀，而是真的觉得文学很神圣，《人民文学》是崇高的文学殿堂。平心而论，当年史方的谈论很一般，没有什么高深之处，但是，他的那种精神影响了我，使我对文学产生了兴趣，甚至可以说是热爱。我开始疯魔似的找书读，特别是那些文学书籍。这对我的生活产生了重大影响，在那段苦难和劳累的岁月里，我看到了前面的一丝希望，那些本来晦暗的日子有了一点光明。黑龙江兵团后来走出一些作家，跟那里的环境有直接关系：第一，知青们有工资，不缺少最基本的生活保障；第二，他们吃得饱饭，天天总饿肚子是不好搞文学创作的；第三，领导比较重视文娱生活，有一批热爱文学的老同志（1958 年的转业军官和同一时期发配来的右派）带领和指导知青进行写作。

后来，史方调到师部宣传科做文化干事，我们见面的机会少了。不过，1975 年兵团政治部派我和另外两个人到北京参加全国知青创作选的选编工作，这一定是史方推荐的，否则，兵团领导机关怎么会知道一直在最底层连队的我呢？

再后来，我返城回了北京，听说史方也调回佳木斯兵团总部（后来的农垦总局）工作了。

1982 年的夏天，农垦总局邀请十个知青作家回访，我也名列其中。一出佳木斯火车站，我看到的第一个熟人就是史方！他笑眯眯地站在那里，看着他熟悉的每一个人，再快步走过来同大家握手拥抱。刚在招待所安排好住宿，史方的夫人粟医生和儿子海粟就来了，让大家把衣服换下来，他们抱回家洗。海粟对我们一口一个“叔叔”地叫着，十分亲切。他是史方夫妇的宝贝，聪明伶俐，却也异常淘气，当年七岁上小学时正赶上“文革”初起，不知道哪根筋犯了病，在学校一时兴起，写了一条“大逆不道”的“反动标语”，很快被查获。人家把他抱上摆在舞台正中的桌子，进行批斗，作为父亲的史方当然不能置身事外，站在桌子旁享受了“陪斗”的待遇。八十年代后期，海粟调到粟医生的家乡重庆工作，曾经给我来过好几封信，也到北京看过我，可是，在史方罹患帕金森综合征之后，他在一年春节时车祸遇难，留下一个幼小的儿子。

有一年，北大荒的老一代散文作家平青来北京，我们去看他，问起史方，他说，老史病了，这么老实的一个人让人气病了。原来，史方前几年写了一个知青返城题材的电影剧本，寄给一位在电影制片厂工作的知名知青作家，请他提提意见，当然也是希望他能推荐一下。此事仿佛石沉大海，好长时间不见回音。不料，在后来一部风靡全国的电视连续剧里，史方看到了自己电影剧本的许多内容！ 1991年我回北大荒，在佳木斯史方家里当面问起这件事，史方苦笑着，摆着手说：“算、算了，都过、过去了。”粟医生在一旁说：“怎么会过去？老史这个人就是这样，有什么事总憋在心里，不想再提这件事。那天晚上他看电视，本来挺高兴，一个熟悉的知青作家写的电视剧播出了，他能不高兴吗？可是，看着看着，他突然站起来，一下关掉了电视机，气得满脸通红，大声说：不看了！不看了！进元你说，有这么欺负人的吗？”史方阻止粟医生再说下去：“好了，好了，别、别再说了，没、没、没意思。”看着史方，我想，一个人想出名并没什么错，可是这样剽窃别人，特别是剽窃一个北大荒老同志的东西而出名，这叫什么呀！怕老史生气，我转移了话题：“你在北大荒几十年，有那么丰厚的生活，接着写别的吧。”史方那时已经得了帕金森，他伸出不停颤抖的右手，用左手把它按住，痛苦地说：“你看这手，这、这还怎么、怎么写呀？”我安慰他说，一只左手也能写作，可以用电脑，敲敲键盘就行了。他似乎已经绝望，一个劲儿地摇头。

那天告辞史方后，粟医生送我们到楼下，流着泪对我说，海粟遇难的事至今没敢告诉老史，怕他受不了。

1996 年夏天，我再一次去佳木斯看望史方，他家锁着门。邻居说，老史一直在医院，病得不成样儿，已经不认识人了。我赶到医院病房，看到坐在轮椅上的史方。他骨瘦如柴，目光呆滞，一句话也说不出来。我上前紧握他的双手，心里一阵酸楚，一时不知道说什么好。粟医生大声说：“老史，你看看谁来看你了，还认识吗？”没有反应。粟医生对我说：“除去我，他谁也不认识了。”可就在这时，我看见史方用力点着头，眼角流出一滴晶莹的泪珠……我紧紧地拥抱了史方。来到病房外，粟医生说：这么多年了，他又有病，海粟却没有回来，我想他肯定知道儿子出了事，出了大事，可他一句也不提儿子，把痛苦都埋在自己心里了。

那是我最后一次见到史方……

死者长已矣，我忘不了史方老师，他是在黑暗中为我点亮一盏灯的人。

老　蔡

老蔡是我在北大荒时的老班长，是生产队里革命资格最老的人。1941 年，抗日战争正在激烈进行，据说胶东地区有七七四十九个抗日司令，老蔡是山东招远人，正是血气方刚的年龄，投奔了一位也姓蔡的司令。老蔡是个小个子，穿上两尺半的军装，像穿着件大褂。刚到队伍第一天，排长说："你出去弄只鸭子来。"他不敢违抗命令，到河边抓了只鸭子，刚要往回走，不想被老百姓发现了，只好放下鸭子，空手跑了回来。排长见他没带回鸭子，骂了一声，抄起顶门杠打了他两下。这时他才知道，自己参加的是土匪队伍，心里不舒服，瞅个机会就跑了，改投八路，参加了共产党领导的县大队。抗战胜利，老蔡回到家里，又当起了农民。1947 年打老蒋解放全中国，他参加了解放军。淮海战役，打黄百韬兵团，老蔡是运输兵，赶马车。一日，激战正酣，前线急需补充弹药，命令下达后，正副班长竟畏缩不前，老蔡挺着胸脯从队伍中走出来，对下达命令的首长说："我去行吗？"首长说："怎么不行！把弹药送上去，回来让你当班长。"老蔡说："我倒不想当班长，前边打得紧，总得有人冒死送弹药呀！”于是，他赶着装满弹药的马车，冒着连天的炮火出发了。前线得到弹药补充，坚持下来，打了胜仗，老蔡荣立二等功。新中国成立了，他脱下军装，又回到家乡种地。没多久，朝鲜战争爆发，老蔡又参加了志愿军，给团长当挑夫，在异国的战场上挑文件和行李。其间，几经生死，又立了两次三等功，腿上留下一块美国人的炮弹皮。1954 年，他复员回到老家，领到几百斤小米，再一次当起农民。1959 年，开发建设北大荒，上级号召支援边疆建设，老蔡报了名，在快四十岁的时候成了“支边青年”，带着妻子到了北大荒农场。

知青们到北大荒时，老蔡已经是快五十岁的人了。为了教育好知青，连队领导常常要搞忆苦思甜。老蔡以上的历史，就是请他教育知青时，断断续续“暴露”出来的。有人表示不信，老蔡急了，回家翻出了立功奖状和军功章，大家才知道，原来这小个子老家伙是革命功臣。老蔡常对知青说：“新中国是打出来的，北大荒是干出来的，学习毛泽东思想就得下死力干活儿，光说不行。”有的领导听了就不大高兴，可也无法反驳。后来，忆苦思甜过时了，领导不再让老蔡上台讲话，老蔡说：“这样好。哪有那么多可说的？每次都是那一套，我自己听着都烦，还得挑着话来说！”

有人说老蔡有钱，银行里存着两千多块。那时候有两千多块钱可不是闹着玩儿的，大多数人都不信：有两千多块还过得那么省？瞎说吧。老蔡一年到头抽旱烟，“蛤蟆头”，烟叶不大，形状像蛤蟆脑袋，劲儿大。抽惯柔和点儿烟的人，来一口“蛤蟆头”，能给顶一个跟头。他卷烟也和别人不一样。一般人卷烟是捏一小撮碎烟叶放在专门的烟纸上，摊开后卷成细细的一支，老蔡则是用自己裁好的小学生作业本的纸，先卷成一个粗筒，然后把碎烟叶倒进筒里，卷成的烟有手指那么粗。过年时，再穷的人家都要买几盒好烟，三毛二一盒的“哈尔滨”，两毛八一盒的“迎春”，顶不济也是两毛六一盒的“葡萄”，可老蔡不，他就买一毛六一盒的“紫藤”，来了客人，送上一支烟，自己还是用“蛤蟆头”卷“大炮”。这像银行里存着两千多块钱的主儿吗？然而，1971 年夏天，上边来人找到连队领导，说老蔡给越南驻华大使馆寄了一千块钱，支援越南人民抗击美国侵略者，越南驻华大使馆来了信，还寄来一本越南画报，让转交老蔡。这时大家才信了——老蔡在银行里真有两千多！甚至有人说：可不止两千多，恐怕有三千！

老蔡是年纪最大的老职工，可是干起活儿来，小伙子们也怵他三分。然而，毕竟人老了，像扛麻袋这类出大力的活儿，老蔡虽说也能干，但不能算是出类拔萃。场院里粮食入囤，大家扛麻袋，老蔡负责茓囤子。他茓的囤子，饱满，周正，结实。有一年深秋，我们一早在场院准备入囤，老蔡的身边堆满了茓子。连长急匆匆地走过来，说北边小水泡子里还沤着线麻，差点儿忘了，刚才想起来。他对老蔡说：“老蔡，你带一个班去把线麻捞出来晒上，冬天扒下麻打麻绳，好绑麻袋口用。”老蔡答应一声，拐着伤腿招呼我们跟他走。到了小水泡子边一看，大家傻了眼：水面上冻着一层薄薄的冰！谁都不说话，也不动，十来双眼睛都看着老蔡。冰水里捞麻，找死呀？！老蔡也不说话，开始动手脱衣裳。转眼间，棉袄棉裤扔在地上，他只穿着一条三角裤衩站在水坑边。我说：“老蔡，有冰，这水太凉，你那腿……”话还没说完，他已经迈到水里，薄冰咔嚓咔嚓被踩碎一片。他向水深处走去，渐渐水没过了大腿。老蔡弯下腰，从水中捞起一捆线麻，看着我们。大家也不再犹豫，纷纷脱了衣裳，跳到带冰碴的水里。我入水后离老蔡最近，接过他手里的线麻，向后面的人递过去。

从北大荒返京之后，我好几次回农场，每次都去看望老蔡。头两次还行，他退休了，在家里侍弄侍弄菜园子，身体也好，只是腿拐得更厉害了。1991年那次去，他中风了，瘫痪在炕上。我去看他，他笑眯着眼睛跟我说了不少话。临走时，他说：“老刘啊（我不到二十岁时他就叫我老刘），你回北京帮我问问，为什么只有老干部政策，没有老战士政策？”那时农场的情况不太好，只能给老干部发工资，一般职工只发放两袋白面，领不到钱。老蔡革命一辈子，最大的“官”只当到班长，从来也不是干部，现在家里缺钱。我心里清楚，他的问题没有地方能够回答，可我还是答应了。1993年我又回北大荒，老蔡已经不能说话了。一见我面，他嘴里哇哇叫着，老泪纵横，想对我说什么，却无法表达。此时，我已经不用回答他的问题——老干部的工资也好几个月发不下来了。1996年我再次见到他，他老伴说：怕是不行了，一天就吃两块豆腐。拉着老蔡仍然粗糙有力的手，看他瞪着晶亮的小眼睛，我的心情不禁凄然。后来，老蔡随着工作调转的女儿到了塘沽，我去看过他两次。他失语多年，见了我只是流泪，一句话也说不出。我告别的时候，他架着拐非要送我下楼，我不让，他瞪着眼哇哇乱叫。他老伴说：

“让他送吧，人都这样了，还能送你几回？”

再后来，我一直没见过他。2005年回北大荒时又说起了老蔡，有人告诉我，老蔡死了，他活了八十多岁。愿我的老班长安息！

我常想，当初为开发北大荒，一大批像老蔡那样的人爬冰卧雪，战天斗地，为国家做出了巨大的贡献，现在他们都已经老了，风烛残年，怎么就没有人想到他们，为他们的晚年做一些事呢？谭孝掌，1955年入伍，1958年转业到北大荒，现在差不多七十岁了，一身病，站都站不住。他的妻子孙兆华，1959年从山东支边到农场，现在也六十多岁，腿不好，走起路来东倒西歪。他们都退休了，老谭的退休金是六百元整（去年涨的），老孙的退休金是四百多一点儿。要生活，要治病，这点儿钱根本就不够，至今他们还住着屋里支满木棍的危房——这房子就更没钱修了！那年我去看老谭，老谭没诉苦，只是说：“你能不能向哪儿反映一下？我们这把年纪，快死了，只希望能有块高一点儿的地方当坟地，别埋在咱们这块低洼地里。”

我问自己：我该向哪儿反映呢？

我再一次去北大荒时，老谭也死了。我不知道他的尸骨埋在哪里，应该是在完达山的哪个小山头上吧。

知青的好朋友王吉祥

许多知青在返城之后都回过北大荒。

我每次回去都要和王吉祥相聚。他是知青的好朋友。

王吉祥是 1959 年由山东招远来北大荒的支边青年，我刚到农场时，他似乎是炊事班班长，带着三个女炊事员给没有家小的单身们做饭，当然，限于条件，也做不出什么好饭菜。因为不在一起干活儿，我和他并不相熟。我能记起关于他的第一件事，是 1966 年年初，他去一分场三队给来农场蹲点的萧克将军砌炉子搭火墙盘火炕。

那时，萧克将军因 1958 年军内反教条主义遭贬，在农垦部当副部长。农垦系统要进行体制和工资方面的改革，老将军选择了八五二农场来蹲点搞试验。至于为什么来这里而不是到其他地方，我猜想是因为场长黄振荣自 1931 年参加红军起，无论在湘赣苏区还是在长征时期的红六军团都是将军的部下。农场初建时，虽然有个小煤矿出产无烟煤，但没有人会烧煤，取暖做饭都是烧木头。王吉祥苦心琢磨，经过无数次试验，终于掌握了和煤时煤面和土的配比，以及砌炉子搭火墙盘火炕的技巧，成为这方面的专家。烧煤能够在农场广泛推广，大片的山林得以幸存，他做出了巨大贡献。给老将军砌炉子搭火墙盘火炕，当然是王吉祥义不容辞的责任。

春天时农场开始工资改革，生产队除干部外一律不再发放固定工资，而是每月评工分，按照分值和出勤情况给农工们发钱。总的来说，大家的收入有所提高。当然，评定工分时也会有不公，造成一些矛盾。后来“文革”风暴来袭，刚刚试行了几个月的工资制度改革被批判为“物质刺激”和“工分第一，金钱挂帅”，在麦收之后叫停了；萧克将军也返回北京，成为农垦系统主要的批判斗争对象。

“文革”真是一场莫名其妙的政治运动，几乎所有人都被卷入其中，地处边疆的北大荒农场生产队也出现了尖锐对立的两派。每天下工以后，人们聚集在食堂门前的空场上，激烈地辩论，大声地争吵，一个个面红耳赤、义愤填膺，好像中国的命运就掌握在自己的手里。我和王吉祥是对立的两派，又都是容易激动的性格，常常是辩论的对手，说一些自己也不明白的昏话，试图证明自己的观点是正确的，一心要将对方辩论得败下阵去。现在想来，我们对于“文革”、对于政治斗争根本就一无所知，大家都是被汹涌的海浪冲来冲去的细小沙子，不由自主地相互碰撞，相互伤害。后来，我们这一派败下阵来，对立的那一派取得了胜利。两派斗争的结果是，我和另外两个人被“群众专政”了，挂牌子，游斗，批判，关进“牛棚”。就在这个时候，“群众专政”小组成员王吉祥的一个举动，让我铭记在心一辈子，并认定他是一个难得的好人。

那天傍晚，下工吃完饭，我在“牛棚”中的铺板上坐着，门外有人背着没有子弹的79步枪看守。我思量着今后可能的命运，不知道这种日子自己还能坚持多久。这时门开了，王吉祥出现在门口，叫着我的名字，示意我跟他出去。我跟着他来到公路边的木头堆旁，他拉着我并肩坐在木垛上，却半天没有说话。太阳已经落到西边丘陵的后面，住区里人来人往，在外觅食的鸡鸭四处乱窜，我养的那只名叫黑子的狗，头上包着白纱布，蹲在木头堆旁用哀伤的眼神看着我——前两天有人把它的脑袋打破了，大宝给它上了药，用白纱布把狗头包裹起来，像一个正经的伤号。王吉祥拍了拍我的肩膀，轻声说：“运动嘛，怎么说呢，你该吃吃，该睡睡，好好干活儿，千万别想不开，不能干傻事，你还年轻，记住了，千万不能干傻事。”虽然只是简单的几句话，但在那个派性势同水火的时候，却如一股巨大的暖流涌遍我的全身，我悲凉的心一下温暖起来。我说不出什么，只是点头答应。他拉起我走下木头堆，把我送回了“牛棚”。

我永生难忘这个日子——那天是我十九岁的生日。

后来，知青多了起来，王吉祥当排长、司务长，和知青们打成一片，以他的朴实、真诚、直爽和热情赢得了大家的尊敬，成为知青们的好朋友。

我一直尊敬他，也爱和他聊天开玩笑。王吉祥有个特点：大家聊天时他可以耳听八方，跟这边的这伙人说着话，耳朵却留神听着那边另一伙人的话题，突然之间就转过头去搭话，加入另外话题的讨论。大宝为此给他起了一个外号：老搭。表示他爱搭话。不过，这个外号没有传播开，只有我和大宝、张悦叫，别人似乎没有叫过。

他有三个儿子：小边、小军和小三。小边大概小我十岁，常常到知青的宿舍里来，瞪着眼睛听知青们聊天，那些话题对他而言一定是一个全新的世界，有无限的吸引力。我曾经试着写过一篇儿童文学，就是以他为原型，但没有写成，还是因为我对他的观察了解不够。

再后来，王吉祥当了副连长，又调到七连当连长。我返城了，知青们也都陆续回到了城市。但是，我们和王吉祥的友谊并没有因为分离而中断。我每次回北大荒都一定去看望他，和他一起回忆当年在一起的日子。

2005 年夏天，不同城市的十六个知青相约回北大荒。从北京出发的几个人因为火车晚点，没赶上与先期在哈尔滨的朋友们会合，只能坐晚一班到八五三农场的长途车。这班汽车不到我们的目的地，我们得提前下车，剩下的十里路自己想办法。大家“回家”的心情迫切，决定拉着行李走这十里路。汽车进入农场境内已经是夜半时分，我的手机响了，是王吉祥，他说：估计你们快到了，在四分场收费站那儿下车，小军开车到那里去接你们。我们从长途车上下来，置身于夜色浓重的北大荒原野，路边停着的一辆汽车立刻亮起了车灯，小军嘻嘻笑着迎了上来，大声叫着叔叔阿姨。坐上小军开的汽车，我们很快就和下午到场部的朋友们会合，已经六十多岁的王吉祥高兴得合不拢嘴，张罗着带大家到饭店吃夜饭，安排住宿。那几天，他一直陪着我们，去分场，去生产队，去蛤蟆通水库……

2009 年我办完退休手续，又约了二十多个同连的知青一起返回北大荒。再见到王吉祥时，他因腰椎病变而行走困难，拄上了拐棍，即便是这样，他依然策杖而行，乐乐呵呵地陪着大家到处走，去看望我们当年的老领导、老熟人。我劝他在家好好休息，他说：大家这么老远来，说明没有忘记北大荒，再说不少人有二三十年不见了，我再怎么也要陪着啊！再后来，王吉祥的腰病愈加严重，走路时向前探着身子，显得十分艰难，小边就代替他出面招待回去的知青。小边像他的父亲一样，是个念旧的人，多年来他与许多知青保持着联系，知青们重返北大荒时，他总是高接远送，忙前忙后地安排食宿，陪着到处转悠。2013 年，我回北大荒，他竟然开车到几百公里以外的哈尔滨来迎接。我想，这一定是因为他记着少年时代和知青们相处的日子，那些日子对他来说有特殊的意义。

细想，这么多年我和王吉祥的交往中，我们说过什么值得大书特书的话吗？好像没有。除去叙旧的家常话以外，我们没有说过任何“有意义”的话题。但就是这些共同的回忆和家常，让我永远像是面对着一个兄长，时时感受到亲切和温暖。我想，其他知青大约也是同样的感觉。

如今，王吉祥该八十岁了，四世同堂，晚年幸福。我在北京遥祝他身体健康，阖家平安。

三老四炎

那时号召全国工业学大庆，农业学大寨。大庆有个“大庆精神”，叫“三老四严”——“三老”是做老实人，说老实话，办老实事，“四严”是什么，现在忘了。而“三老四炎”却是老柳的外号——“三老”者，老职工，老贫下中农，老争取入党；“四炎”者，胃炎、关节炎、气管炎、大叶性肺炎，都是他得过的病。在那个年代，大庆是上层树立的红旗，拿最高典型调侃，可谓胆量不小。好在天高皇帝远，没有人追究。

我在北大荒认识老柳的时候，他也就三十来岁，可长得像六十岁的人。他是 1959 年从山东招远支边到北大荒的，人们说，他刚来时就是这个样子。是的，有些人从来也没有年轻过。他很少说话，由于有严重的气管炎，说起话来也是气喘吁吁，有气无力。“文革”前，老柳不显山，不露水，“文革”开始后，他一下变了一个人，特别是大批知青到生产队以后，老柳成了一个人物。

那时对知识青年实行“再教育”，讲究忆苦思甜，经常开忆苦会，让贫下中农讲述旧社会的苦难。生产队不少人都上过台，老柳作为下中农，当然也不例外。他坐在台上，齁喽带喘地讲他家怎样受地主老财的压迫，他的一个妹妹如何惨死在日本鬼子手中，讲得声泪俱下。我们在台下也听得心里酸酸的。可会后有的老职工（也是贫下中农）却说：“瞎嘞嘞些啥？我跟他一个村的，怎么没听说过这些？真他妈扯淡！”忆苦会后的下一道程序是吃忆苦饭，食堂做些菜团子糠窝窝，男女老少都要吃。吃这些东西并不可怕，又不是天天吃，只当是换换口味，可怕的是吃的时候老柳总问接受“再教育”的知青：“怎么样，好吃吗？”这话是没法回答的。如果说好吃，老柳就说：“以前贫下中农吃的这种猪狗食，你怎么能说好吃呢？”如果说不好吃，他就会说：“你这是啥阶级感情？贫下中农以前老吃这个，你刚吃一顿，就说不好吃啦？”无论你怎么回答，结果都是听他唠叨老半天。

为了这个，知青们都有些烦老柳。

有一阵，老柳在菜组当副班长。班长是老蔡，一个老革命，只知道干活儿不会讲大道理。那时生产队有个不成文的规矩：班长是管干活儿的，副班长是管政治学习的。菜组管着生产队几百口子人吃菜的事，人不多，活儿挺多。菜地最怕长草，一旦草把菜欺了，人们吃菜就成了问题，所以，菜组的主要工作是锄草。老蔡干活儿是没的说，只要猫下身，能从地这头干到地那头不直腰。老柳也不含糊，不紧不慢地跟着，虽说比老蔡慢点儿，可是比其他人也不慢。说实话，大家不爱跟老蔡干活儿，他从来也想不起休息一下，顶多蹲在地里卷支烟，猛抽几口就算完事。老柳到菜组当副班长以后，情况大有改观。到了一定的钟点，老柳就直起腰，大声说："老蔡大哥，咱们学一蛋儿吧。"他把"段儿"说成"蛋儿"。老蔡开始还有些弄不明白："学一蛋儿？学啥？"老柳说："读读报纸，学学上面的精神，突出政治嘛！"老蔡只好停下手里的活儿，让大家坐在瓜菜地里。于是，老柳便从身上掏出一张《兵团战士报》，气喘吁吁地念了起来。菜组里有知青，但老柳总是把念报纸的任务交给自己，不麻烦那些念得比他顺溜的人。老柳每天念两次报纸，学习两"蛋儿"，一"蛋儿"起码半个小时。如此时间长了，眼看着菜地里的草疯长，老蔡急得坐在地上直用手搓土疙瘩。这种时候，知青们是有些喜欢老柳的。

后来，老柳到农工班当班长。我们连队地势低洼，地皮浅，井里的水是地皮水，杂质多，颜色微红，喝起来有股味道。飞机洒农药得用水质好的水稀释才行，要打一口深水井，用钻头往地里钻，在帐篷里用人工推绞盘日夜不停地干。一天夜里，升降钻头的铁链子从滑轮中脱出，要有人爬上木架子去挂。正是三九天，下着小雪，寒风凛冽，有零下三十多度。年轻人争着要上架子，老柳却说："你们是毛主席派来的知识青年，不能把你们冻坏了，还是我上去！"大家说：老柳，你身体不好，我们来吧。老柳说："我的身体是不好，但是我有毛主席的思想武装！"大家不好再阻拦，只好随他去。老柳开始爬十几米高的木架子，一边爬一边气喘吁吁地高呼："下定决心，不怕牺牲，排除万难，去争取胜利！"脱出滑轮的铁链子是挂上了，可老柳第二天就发高烧，住进了医院。

珍宝岛打仗以后，本来就是为了屯垦戍边而成立的生产建设兵团战备形势高涨，武装部队发了枪炮，生产连队除了干活儿之外，也开展起军事训练，从部队转业的人教大家投手榴弹拼刺刀。老柳带着班里的知青练得特别带劲儿。他手端着一根代表步枪的木棍，虎视眈眈地瞪着对面的大宝，气喘吁吁地喝道："突刺，刺——杀！"没容他向前迈步，大宝乜斜着双眼，用手中的木棍轻轻一拨，将老柳端着的木棍打到地上。老柳有些尴尬，吭吭咳着说："唉，我的战备观念不强啊！"

有一阵，老柳每天晚上到连队办公室去学习毛主席著作。那时，连队的领导班子晚上总开会，研究些事情，当领导们进办公室的时候，老柳已经坐在灯下了。他歪着脑袋，手捧红宝书，眼皮也不抬，学习得非常投入，好像不知道有人来了。领导班子的人到齐了，老柳仍然埋头读书，有人咳嗽几声，向他示意，但老柳还是把全部注意力放在红宝书上。无奈，最高领导——或者是连长，或者是指导员——只好说话："老柳，我们开会了。"这时，老柳才如梦方醒，缓缓站起身，慢慢踅出屋去。日复一日，终于有人解开老柳在办公室学习之谜："他不是写了入党申请书吗？争取入党呢！"

过了没多长时间，老柳入了党，也不去办公室学习了。

应该说，老柳是一个老实人。在那个年代，他头脑里丝毫没有自己的思想，听什么样的宣传都信，都照着去做，结果把自己弄得很可怜，也很滑稽。多年之后，老柳已经去世，他的儿子在北京做生意，有时和我们这些知青叔叔阿姨见个面，说："我爸爸纯粹是那个时代的牺牲品。"

老柳死时也就五十来岁。

老王的故事

2017 年 5 月，我到山东招远去看望退休回乡的北大荒老职工。无论是陪我游览还是吃饭，老王总笑眯眯地紧紧拉着我的手。他已经八十二岁了，垂垂老矣，但他的手还那么温暖，向我传递着半个世纪的友情。

老王叫王正策，是 1963 年“盲流”到北大荒的。他的家乡九曲村盛产黄金，房子后面就是金矿山，我一直不知道他为什么要“盲流”到北大荒。这次他对我说：“我不能说那个时候不好，可那几年真把我饿草鸡了，我的胃有毛病，顿顿吃地瓜干，吃不饱还吐酸水，一跺脚，走！发誓再也不回来了。”

他第一站到了黑龙江横道河子的一位堂兄家，没想到这里也吃不饱。不能连累亲戚呀，还得走，揣上亲戚给的几个窝头，他又上了路，这一走就到了北大荒的八五二农场。

那天天快黑了，又饥又累的他实在走不动了，便躺在路边的一块木板上，不知不觉睡着了。一觉醒来，天已经大亮，看着茫茫的北大荒原野和不远处的山林，天地如此之大，他却不知道能走到何处，哪里可以容身。老天爷饿不死瞎家雀儿，这时一挂马车从公路上跑来，他抬头看了一眼马车，赶车人竟然喊了一声“三叔”，勒住了马，从车上跳下向他走来——这是四年前支边来北大荒的他同村同族的侄子王茂君！说来这真是命，如果原该这天当班的马车老板儿没犯痔疮，王茂君没被临时派来顶替，也就不会有这次邂逅，王正策的命运也许就是另一个样子了。不管怎么说，王正策跟着王茂君来到生产队，凭着手艺进了木工组当上临时工，有了饭吃，一天能挣一块两毛钱。

我和王正策是在冬天的水利大会战工地上认识的。修水利离不开洋镐铁锹和木头炮钎子，这些工具总会坏的，或者镐把断了，或者锹把折了，或者炮钎子不能用了，老王就负责随时换镐把、锹把，刮炮钎子。没这些活儿的时候，他也要到工地上去抬大筐。修水利的人以生产队为单位住在地窝子里。顶风冒雪干一天活儿，下工以后人们就委在炉火通红的地窝子里开会，聊天，打牌，到钟点睡觉，而这时老王就一个人在地窝子的门口开始干他的木工活儿。这天晚上，一整天大雪之后刮起了大烟儿炮，狂风卷着积雪横冲直撞，气温急速下降，地窝子里到处透风，冷得像个冰窖，人们吃完饭，早早地钻进了被窝。王正策看有几个炮钎子不能用了，需要用硬柞木制作几根新的，于是拿起工具开始干活儿，没承想带队的领导非让他到地窝子外面去干，说是不能影响大家休息。外面大烟儿炮正在肆虐天地，零下三四十度啊！老王不想出去，也有人为他求情，可领导阴沉着脸，非让他出去不可。一个盲流临时工能怎么办？他只有听领导的话才能保住饭碗，只能拿着工具缩着肩膀出了地窝子，站在冰天雪地的北大荒黑夜里干活儿。我不知道那一夜他是怎么度过的，但我可以想象：朔风呼啸，卷着积雪四处奔突，零下三四十度，天地间一片混沌，地窝子外一盏昏暗电灯笼罩着王正策孤独的身影，他挥动斧子，一上一下，奋力推动刨子，一前一后，狂风卷着雪粉雪粒钻进棉衣棉裤皮帽子，哈气凝结在脸上，他成了一个冰雪塑成的人……五十年后，我和他说起这桩往事，他瞪着双眼苦笑说："日他妈的，那一宿可把我冻草鸡了，你说这人心……"我说："人心也不全是肉长的，没冻坏就是便宜你。"

平时我们接触并不多，但后来曾经在一条炕上同住过一年多。

1968 年，农场要用飞机洒农药，飞机场设在我们生产队。飞机，飞行员，高级呀，当然不能等闲视之，便专门为机组盖了一栋红砖房。两年以后，农场另设了飞机场，这栋房子便改作他用，一半养鸡，一半成了单身宿舍。我同两个盲流临时工、一个"摘帽右派"住在最东头的房间。虽说住在一处，但接触并不深入——白天干活儿不在一块儿，晚上的业余爱好也不相同，只是在一条炕上睡觉而已。老王过日子很仔细，除去吃饭抽烟之外，从不随意花钱。抽烟也只抽旱烟，没见他抽过烟卷。他没什么文化，每到开支，都要在炕头上挪来挪去地摆火柴棍，计算一个月的收入、花费和余额——山东家里的老婆孩子还等着他的钱呢。可是，有一段时间老王却动了心思要买手表！

最早，生产队里只有几个领导有手表，而且"官大表准"，上下工时间以主要领导的表为准，为此，队长（后来的连长）和指导员还起过几次争执。后来知青多了，戴手表的人也多了起来，一些老职工也用多年积蓄的钱买了手表。不知道从哪天起，平时休息日只在宿舍待着的老王，只要一放假便斜挎着黄书包出门，有时搭便车，有时步行，去二十里之外的分场商店。进得商店门，他直奔卖手表的柜台，趴在玻璃柜台上盯着那几块亮晶晶的手表看，然后让售货员把手表拿出来，放到耳朵上仔细听，一听就是半天。那时流行的手表是上海牌，全钢防震的一百二十块钱，不防震半钢的一百块钱，可这种表要凭票才能买到，一个生产队一年能有一两张表票就不错了。柜台里的表都是进口的，“罗马”“英格”“精工”，每块价格一百八九十元，很少有人能买得起。再说，那时手表的主要功能不是看时间，而是向人们表示“我也有”，为这多花六七十块，一般人没那个闲钱，也不值。每次老王都是空手而归，从分场回到宿舍，一坐下来就会说：“那表真够好了，大‘英格’，走得刚儿刚儿的，真好！”接着就卷支旱烟坐在炕沿上发愣。同屋的老栾问他：“想买手表呀？”老王干笑着，含含糊糊地支吾几句，然后又开始发愣。终于有一天休息，他下定决心，数好了钱放在内衣兜里，背上黄书包又要去分场。临出门了，老栾说：“王正策呀，咱一个盲流临时工，山东家有老婆孩儿，月月都盼着你那点儿钱，还买手表？别扯那个淡，看一看就算了。”老王站在门口犹豫了好一会儿，像泄了气的皮球，转身坐回炕沿上卷起了烟。

自那以后，老王不再惦记买手表了。

又过了两三年，临时工转正，老王把老婆孩子接来，安安稳稳地过起了日子。退休之后，他带着老婆和小儿子回到了山东招远老家。改革开放，形势大变，九曲村成了“中国黄金第一村”，他的儿子干得不错，也十分孝顺，家境越来越好，老王不但早就戴上了手表，还喜欢上了旅游，特别爱到庙里拜佛。

南无阿弥陀佛，请保佑王正策健康长寿！

盲流小曹

北大荒有许多临时工，其中大部分是盲流，来自全国各地，以苦的地方为主，江南人很少。之所以叫“盲流”，似乎有二解：一、盲目流窜之谓也；二、北大荒是历代流放之地，例如“流放宁古塔”。然而二十世纪六七十年代北大荒的盲流不是被流放来的，因此只能算作是第一种。可是也不太准确——他们并非都是盲目流窜者，大多是有目标地“扑”谁谁谁而来，或者“扑”亲友，或者“扑”同乡。在这里就不管它了吧，咱们就叫他们“盲流”。

那年正是冬天最冷的时候，从宝清县城来的客车停在五分场路边，车上下来一个人，身量不高，拎着一个旧帆布提包，穿着单薄的棉衣棉裤，头上系着一块绿头巾，遮住了多半张脸。客车开走了，这个人站在路边茫然四顾，不知道该向哪里去，见有一个人从对面小商店里走出，便上前用湖南话问：“劳烦问一下，去五队怎么走？”来人是李宝忠，听对方说话尖嗓细声，便说：“我就是五队的，大嫂，你找谁呀？”对方说：“我找弟弟李成辉。”李成辉是 1958 年从部队转业来的，现在是五队的拖拉机手。李宝忠说：“大嫂，跟我们坐马车走吧。”他见那人只系着头巾，没戴皮帽子，便找来一顶几乎光板的破皮帽子递过去：“大嫂，这种天没皮帽子可不行，戴上这个能挡挡风。”那人连声称谢，接过破皮帽子戴在头巾的外面，把帽子带儿系得紧紧的，跟着李宝忠上了马车，揣着手缩着肩膀坐在车厢板尾巴上。

马车在雪原上跑了十来里路，几匹马出汗了，赶车的老板儿让车慢下来。李宝忠坐在前面，一直在跟别人说话，这时回过头来，看见那个人双手拢在身前，背着身站在路边，不禁愣了，大声说：“哎呀，这个大嫂怎么站着撒尿呀？！”

原来那人不是女的，是个男人。他叫李坤辉，因为家乡湖南的日子不好过，来这里投奔弟弟。他到五队后一直在马号喂马，因为说话尖嗓细声，人送外号“大相公”，多年后因为帮打夜班的老婆从车上卸沙子，猛地一用力，把铁锹把撅断，人从拖斗上翻下，头正好磕在石头上，不治身亡。

书归正传，下面说说小曹。

曹孟杰是盲流，安徽人，“扑”他表姐来的，表姐夫是生产队的会计。他二十啷当岁，中等以上身量，淡眉细眼，总是笑眯眯的样子，极能干活儿。割大豆，把两条垄，猫下腰，噌噌噌，一会儿就蹿到前头去了；扛麻袋，一百八十斤放在肩上，上三级跳板，颤颤悠悠一溜小跑。人缘儿也好，不笑不说话，爱给人帮忙，有求必应。割大豆时我最喜欢靠着他——我割不快，他到地头后总是返回来给我接趟儿。

最早，大家叫他小曹。

小曹是个聪明人，能吹会唱。春、夏、秋三季，常常在傍晚时站到宿舍门口，双肩端起，横一根笛子在嘴边，吹一些荒腔野调。那笛声跟北大荒苍茫的暮色有说不出的和谐。天黑了，大家一般都窝在屋子里，有聊天的，有打扑克的，小曹有时参与，有时却一个人靠在行李卷上，呆愣着眼睛看屋顶，小声唱起家乡的花鼓戏：“说凤阳，道凤阳，凤阳是个好地方，自从出了个朱皇帝，十年倒有九年荒……”声音低低的，哀婉凄楚，充满了怀乡的深情。有一阵，小曹不知从哪儿弄到一册旧唱本，黄黄的纸，缺篇短页，他却爱不释手，晚上就着煤油灯的小火亮，仔细认真反反复复地看，油灯冒出的烟把他的脸都熏黑了半边。第二天干活儿休息的时候，他躺在大豆堆上，跷着一只脚，闭着眼睛，唱着：“看月下开着几朵鲜灵灵的花，不由我想起了那个俏冤家，恨自己十年寒窗身无力，不能够抖擞精神把墙爬……”这一定是昨天晚上那唱本里的词儿。

盲流临时工也是每月按时开支。关饷那一天总是重复同一个场景：小曹从当会计的表姐夫那里领来工资——干一天一块二，再刨去一个月十来块钱的伙食费，领到手也就不到二十块钱——先到小卖店买一条烟，蝶花牌的，两块钱，再买一瓶酒，一块多，再来一斤月饼，六毛五，然后用手托着，哼着小调往宿舍里走。到宿舍放下东西，到处找人还账，这个五块，那个两块……再回来的时候，刚发的工资就已经全光了。这时，小曹还是镇定的，从宿舍拿出烟来分给大家抽，打开酒瓶，请大家一起喝酒，月饼掰成一块一块的，请每一个在场的人都尝尝。这一段时间，他是高高兴兴的，仿佛是世界上最慷慨、最幸福的人。该睡觉了，他就开始哭起来，想起了在家乡受苦受难的母亲和妹妹："我的妈呀，小妹呀，钱都光了，你们在家里受苦啊，我在这儿抽这么好的烟，还喝酒吃月饼，我对不起你们呀……"哭得很伤心。

第二天，他开始找人借钱，这个五块，那个两块……然后托人到邮电所给家里寄十块钱。再然后一转眼，他从小卖店里出来，手里拿着一盒高级的"凤凰"烟，嘴里骂着："妈的，一个也是赶，两个也是放，老子豁了，花完了再借！"他点上一支烟，嘴里又哼起了小调儿。

如此每月循环往复。有人给他取了一个外号：不务正业。简称"小不儿"或者"曹小不儿"。

那一年麦收，正是用人的时候，小曹被开除，大胡子队长强行让他回老家了。原因是他在地里休息，看着无边无际的麦浪，说："北大荒真好，起码能吃饱饭。不像我们安徽，六〇年村里饿死了那么多人……"这话让大胡子队长知道了，背地里找小曹，问他是否说了这些话，小曹承认了。大胡子队长说："这是啥时候？讲阶级斗争，你找死呀？！"小曹说："我又不是瞎说，村里饿死人是我亲眼看见的，这可不是瞎编！"队长听后发了一会儿愣，突然一瞪眼："满嘴胡说八道，我看你是不想活了，给我滚，滚回老家去！"

小曹走了，有人怀念他，也有人说，多亏大胡子队长是好人，让小曹滚了，否则，说社会主义饿死人，那还了得！

据说，他回安徽后娶了个媳妇，两口子走村串镇，四处卖唱挣钱过日子。我很想再听他唱唱小调儿：看月下开着几朵鲜灵灵的花……

彪　子

听说张洪明死了，我心里难过了好一阵子。

张洪明是个傻人。北大荒管傻叫“彪”，因此，他是个“彪子”。他是 1956 年从山东单县参加开荒队到北大荒的，算是第一代北大荒人。大约没有人知道他的确切年纪，所有的人都和他平辈论交，即便是拖鼻涕穿着开裆裤的小崽子们，也张口闭口叫他“洪明”或者“张洪明”。在我们生产队里，没有人叫过他哥哥或者叔叔，一直到死，他都只是“洪明”或者“张洪明”。在那些年里，他实在是我们生产队的特殊人物，特殊到几乎察觉不到他的存在。他总是精神不振，或者不如干脆说，是懒得振作精神。他很胖，一身囊肉，脸总是红扑扑的，一双大眼睛极亮，却绝没有一点儿光彩。大概是小时候头上生过疮，他是个秃子，也有人管他叫“小秃”。同年龄的人都有了家小，他却一直打着光棍儿。女人们看不上他。又何止是女人们呢？那年单身汉调整宿舍，他成了谁都不要的人，抱着行李卷站在食堂门口发呆。完全是出于怜悯，我让他住进了我和大宝的宿舍。那天，他一言不发地跟着我来到宿舍，把行李卷放到炕上，冲我扑哧一笑，便又恢复了老样子，自己上一边抽烟去了。

洪明的傻，不是彻底的傻，有些半傻不茶。有人说他是往里傻，不往外傻。我看不像，他是真的有一点儿傻。我跟他在同一条炕上住过好长时间，对他还是有些了解的，但是，我从来也不了解他的“历史”。有人说，他刚到北大荒的时候当过司务长，可我从跟他的接触中发现，他根本不会算账。然而，他却认识字。我曾逼着他给我念过报纸，虽说念得不好，念错了一些字，但毕竟念下来了。张洪明是否当过司务长，只好存疑。他念报纸可真是个乐儿！能把“恩维尔·霍查”念成“恩维尔·佳查”，把“母猪”念成“母猎”，念毛主席语录时，他是这样念的：“毛主席教导我们说：诸粮诸草，各战各荒。”我一时听不明白，便拿过报纸来看，原来是“储粮储草，备战备荒”！

真有他的！

北大荒的冬天总要刮几次大烟儿炮——下过大雪之后，狂风大作，把雪吹得满世界乱跑，搅得天昏地暗，周天寒彻。这种天气没法出工干活儿，大家只能在屋子里糗着。我和同宿舍的大宝总是在这时候冒着风搅雪，去场院和农具场到处踅摸，找被冻死的鸡。每次我们都不会落空，总会拎上一两只死鸡（天哪，零下三十多度啊！），收拾干净，上锅一炖，大快朵颐。我们邀张洪明一块儿吃，他笑笑，摇摇头表示不吃。于是我们就逼他，把筷子塞到他手里，他才吃了起来。但是，过不久他就会到六号村或者别的什么地方，割两斤猪肉，切成大块炖了，微笑着请我们吃。他不占别人的便宜，不欠别人的人情。

张洪明胖，肥头大耳，大腹便便。他基本上是个秃子，因此四季都戴着帽子。人傻有人欺，一些混蛋小子总是想法儿欺负张洪明，打上一拳，踢上一脚，或者摘下他的帽子甩手一扔。张洪明顶多瞪瞪眼睛，嘴里“咋咋咋”几声，然后扑哧一笑，息事宁人。夏日的一天，张洪明只穿一条裤衩，裸露着肥胖的身体躺在炕上，大宝逗他玩儿，拿着他的一件什么东西跑出了宿舍，张洪明翻身下地追出了屋。正巧门外有几个女知青路过，见了一座肉山似的他，吓得嗷嗷乱叫，蒙着眼睛撒腿就跑。我也逗他，让他表演“肚皮舞”。有一天，他只穿一条裤衩躺在炕上，简直就像一堆肥肉，大概是高兴了吧，突然，他的肚子蠕动翻腾起来，像海上的波浪一样连绵不绝，真是妙不可言，让我看得心花怒放——北大荒没什么娱乐，看什么都好。于是，有一段时间，我每天都逼着他表演“肚皮舞”。最初，他有求必应，后来就“拿糖”了，非得我央求再三再四，或者蛮不讲理地威逼，才会给我表演。不过，我们从来也没有翻过脸，一是他脾气好，二是他也许念着我的好处——当初哪个宿舍都不要他，嫌他傻，而我让他同住。北大荒生涯给我一个最大的好处，就是让我对所有的人都一视同仁，平等意识变得非常强烈。

他的确是个特殊人物。那个时候，很少有人旷工，病了，得医生开条子才能休息。可张洪明不管这些，干累了，跟谁也不打招呼，躺在宿舍就自管自地歇了。班长或者排长找他，让他上工，他“咋咋咋”半天，说：“咋？拖拉机到时候还保养呢，我就不能歇歇啦？咋？”有人向大胡子连长告状，大胡子连长说：“你跟他比？他彪，你也彪？他傻，你也傻？”连长护着他。有一天，全连人在礼堂开会，大胡子连长正在讲话，突然，他伸着脖子朝外看，手指着窗外，大声笑着说："王殿太，你赶紧去公路上把那个傻东西弄回来，别让汽车把他撞死了！"人们都向外面看去，原来，张洪明看别人买自行车，自己也买了一辆，趁大家开会时，在公路上歪歪扭扭地练上骑车了！

张洪明年轻时也想过女人，而且想得挺厉害，但是从来没有女人看上他。有一年中秋节，他给一个女炊事员往宿舍里送月饼，让人家臭骂了一顿，把月饼从门里扔了出来，并且找到领导又哭又闹，好像张洪明把她怎么了似的。张洪明为此很伤心，也觉得很丢面子。后来，有人拿这事跟他开玩笑："洪明，又到八月十五了，该送月饼了。"他的脸就有些红，一句话也不说。过了许多年以后，人们再问他："洪明，给你找个老婆吧？"他总是翻着白眼，嘴里一连串的"咋咋咋"，脸上毫无表情。他是断了有关女人的念想呢，还是有苦水咽到肚子里了呢？

每当这时，我心里总有点儿怅然和悲凉。

相处十年，我要返城回北京了，专门去向张洪明告别。他拉着我的手，一句话也不说，甚至也不"咋咋咋"了，神情很是留恋。十六年后，1991 年夏天，我回北大荒，到连里向人打听张洪明，回答说调到十一连了，他弟弟和弟媳妇见他老了，怕没人照顾，把他接去的。我向人借了一辆自行车，和王吉祥一起骑车去看他。那时正是麦收时节，过了一片树林，老远就见场院上一个秃着头的大胖子在用木锨翻麦子晾晒。张洪明几乎一点儿也没变，还是以前的老样子。我喊了他一声，他抬头看我，眼睛一下亮了起来。他大步走过来，拉着我的手，显得十分兴奋。我问了他许多话，他还是像从前那样恍恍惚惚地说着“咋咋咋”，让我觉得亲切，也让我不知所以。忽然，他问我：“你不是在北京的出版社吗？来这儿做啥？”八年前我回过一次北大荒，和他见过面，他竟然记着我现在的工作，谁说他傻！“大宝……大宝咋样？”接着就是一连串的名字，都是北京知青——马中平、李书田、赵西景、周景兰、李玉山、马士芬……一个不落。所有的北京知青他都问到了，谁能相信一个“彪子”的心里竟然记得每一个人！我问他：“现在咋样？”他好像没听明白，反问：“啥咋样？”我说：“你过得咋样？”他像是回答，又像是自言自语：“过得咋样？你们都走了，现在没有以前热闹了。”世事沧桑，白云苍狗，我心里不由得生出一股无可奈何的惆怅。我真想叫他一声“大哥”，但我没叫，不是叫不出口，而是他永远是“洪明”。生活待人虽然不公平，但我希望洪明感到幸福和宁静。

现在他死了，我敲击着电脑键盘怀念他，好像听到那次分手时树林中传出的一声声鸟鸣。

老 卢

2013 年夏天，7 月的北大荒，几天来一直彤云低垂，不时有或大或小的雨落下，像是连阴的秋季。

回到当年的生产队，站在当年食堂后面的小空场，我和几个人东拉西扯地聊着天。我们这些老熟人相隔多年后见面，并不像书上所描述的那样缠缠绵绵互诉衷情，而是在短暂的惊喜热情之后，便沉浸在回忆里，说些当年的趣闻轶事，相互揭一揭老底，享受着只有我们才懂得的荒凉中的温情。扯着闲篇，我说想去看看卢洪官。程忠汉说：你去也白搭，他谁都不认识了。老卢的儿子一直站在一旁听我们说话，这时插话说：我爸爸脑萎缩，不认识人了，有时候自己出门都找不到家，刘叔，你别去了。我说还是去看看吧，上次来他还挺好的，一起说了不少话呢。老卢的儿子说声好，领着我向他家走去。

离开北大荒三十八年，其间回来不下十次，每次总是听说谁退休后迁回老家了，谁得病去世了，当年一起吃苦受累的老熟人越来越少。我总是想回生产队看看，因为那里有与自己的历史相关的人，否则，一个地处北疆的小村落，南北向的公路东西两侧各有十几排红砖房，有什么可看的呢？生产队的大模样没什么变化，只是没有三十八年前的知青时代那样整洁了，鸭子们在房前屋后小水沟的积水里嬉戏，凌乱的杂草丛生，蒿子长得有一人多高，大丽花垂着硕大的花朵，在板障子里安然享受着北大荒的阳光。走了不到一百米，老卢家到了。打开铁门，老卢的妻子小关——她也是七十岁往上的人了，可我还是习惯以前的叫法——正在小院里洗衣裳，一看见我，她就露出满脸的笑容，站起来一边甩着手上的水，一边大声说：听说你前几天来了！我说：那天到这儿时天快黑了，王吉祥的儿子小边在总场准备好了饭，催着赶紧走，我就走了，这不，今天我又来了。小关过来拉着我的手，朝屋里大声喊道：老卢，老卢，你快看谁来啦！我连忙进屋，老卢坐在炕上看着我，两眼笑得眯成了一条缝。他儿子说：爸，你认识他不？老卢站起来抓住我的手，连声说：这个我认识，这是我弟，是我弟弟刘进元！小关拍着手笑得嘎嘎的：我的天爷呀，他还认识你！他还认识你！你说说，天天见面的人都不认识，可他认识你，我的天爷呀！

四年前我和老卢见过面。我们一群知青回访原来的生产队时，和他站在老食堂后的空地上聊过天。四年过去了，已经八十开外的他好像没有太大的变化，只是下颏上留起了山羊胡子，更像个老人了。我给他点上一根烟，他深深地吸了一口，问："你也退休了？每月退休金能有七百吧？"他的思想还停留在十年以前。我笑着说："超过七百了。"他点着头："那好，够花了，多了也没啥用。"

我和老卢认识四十八年了。1965年秋天，我上山下乡到生产队十几天后，从勤得利农场调来十户人家，老卢也在其中。他们都是1959年到北大荒的山东支边青年，之前一直在农垦师的水利大队，四处修水利，在荒原上到处漂泊，现在总算是有个可以长期住下来的家了。几天之后开始秋收，在老十五号地割大豆。直腰休息的时候，他胳肢窝夹着镰刀，手里卷着烟，顺着豆垄走过来，笑眯眯地说：腰疼吧？你们打北京来的干不惯这个——我叫卢洪官，刚打勤得利来，拖家带口，有个儿子叫大江，我们原来待的那个地方叫三江口，我本打算管儿子叫三江口的，老婆说那不像个名字，就叫大江了……话说得有意思，人也有意思，我们就这样认识了。

老卢长着瘦瘦的瓜条脸，一双眼睛总是眯缝着，笑起来就看不见眼珠子；水蛇腰，走起路来撅着屁股，一肩在前，一肩在后。他爱说话，喜欢发点儿小牢骚，比如跟车到草甸子拉草，装好了车，那几匹马却光顾吃草不愿拉车，他会说：瞧你们那熊样儿，光知道吃，不干活儿，以为自己是干部呀？老卢的记忆力非常好。有一次在地里休息，不知为什么大家说起了原子弹，老卢说：我知道这东西，它的威力老大了，有光辐射、冲击波、核辐射、核电磁脉冲，还有放射性污染……能有几个人知道这些专业知识？真是令人吃惊。我问：老卢，你从哪儿知道的这些？他说：前几年在农垦师听人家说过一次，就记住了。我说：你要是上了大学，那可了不得。他卷着烟，连头都没抬，说：我他娘的一个瞎字都不识，还上大学？老卢喜欢开玩笑，尤其喜欢和女人瞎逗，但他有自己的分寸，适可而止，并不惹人讨厌。有好几次他被那些大嫂蜂拥而上摁倒在场院，往他的裤裆里灌满了麦粒或者豆粒，惹得大家哄堂大笑，他也没恼过。

刚成立生产建设兵团那会儿，全体人员要经过政审，通过的是兵团战士，没通过的是兵团职工。我因为父亲有“历史问题”没有通过，老卢不知道为什么也没通过。兵团职工单独成立了一个班，领导让我当班长，老卢是我的班员。这种区别对待看似有些政治歧视，其实并没有什么实际意义。一开始有人还耿耿于怀，以为“战士”光荣，“职工”低人一等，可后来一看，大家吃一样的饭，干一样的活儿，过了一段时间，再没有人在意什么“战士”和“职工”了。那年开“九大”，喜报在晚上传来，全连人员先开大会，在礼堂里收听广播，然后到公路上走了一圈，喊口号游行庆祝，接着分班组讨论表态。我们班坐在点着油灯的宿舍里，每个人都发言表示要团结起来，争取更大的胜利。老卢坐在炕沿上，一直呆呆地发愣。我说：老卢，每个人都得表态，你也说说。他连连点头，抽了一口烟，说道：刚才也不知道中央开了一个啥会，我呢，作为一个老百姓啥也不懂，今后就是好好干活儿！我说：你就说这么点儿呀？他说：话说得再多也没用，咱们就是得好好干活儿。事实证明，老卢的话真有道理，无论什么时候，好好干活儿才是真的。

老卢干活儿不错。在场院上扛麻袋时，他如果来精神了，能扛着一百八十斤的麻袋和年轻人赛跑；割麦子割大豆，他常常能先到地头，返回来给我接趟儿；尤其是修水利挖土方，他一个能顶我两个。那年开挖七支沟，他一把筒锹一把板锹，一天甩了十几立方土，而且把他负责的那段沟渠修得坡是坡、底是底，漂亮极了。我那时干活儿特别卖力气，老卢在私下总跟我说：吃不完的饭，干不完的活儿，别这么拼命，干活儿得会使巧劲儿，你现在身子骨还没长全，使过劲儿坐下病就是一辈子的事。这种话只有他对我说过，现在每每我的腰病复发，回想起他的话还觉得十分温暖。

有一年秋天，我们在紧挨着小索伦河的十五号地割大豆，中午吃过饭，大家坐在河岸休息。不知怎么回事，陈善新和老卢打起赌来。陈善新说：谁敢下水洗个澡？要是敢，我给他两块钱！老卢说：我就敢，你说话得算数！说着说着，他就动手脱衣裳。北大荒的秋天已经很凉了，虽然还没有上冻，但秋水冰冷刺骨，有人劝他们不要打这个赌，说冻坏了可不是玩儿的，也有人想看热闹，起着哄鼓动他们打赌。两个人都是“杠头”，一个拿出了两块钱，一个把衣裳脱了个精光。老卢光着身子跳下河，蹲在水里把全身浸湿后爬上岸，伸手去抓钱。陈善新往旁边一躲，说：你的头发还没湿，这样不算。老卢再一次跳下河，把脑袋扎到水中。事后，大胡子连长在大会上把两个人狠批了一顿。

老卢干活儿并不比别人差，可他从来也没受过表扬，领导总是把他作为落后分子看待。我以为这和他爱发牢骚说怪话有关，事实却不尽然。

有一个人“文革”中当上了连队的文书，有权力到分场去看人事档案，并且找人谈话：某某某，你的档案我看过了，你父亲当过伪职员。然后就死死地盯着对方，暗示其老实点儿。

有一天开大会，这位文书突然站起来说：卢洪官，你交代一下你的问题，为什么被开除军籍？大家都愣了：老卢不是从山东支边来的吗？他怎么会当过兵，还被开除了军籍？大家都看着他。老卢从长条板凳上站起来，佝偻着身子说：那我就交代交代吧，1955 年我报名参军，是第一批义务兵。刚当兵就赶上军事演习，大炮一响，我趴在地上站不起来，再一看，火箭炮的炮筒子都打红了，吓得我往回爬，还渍了一裤裆大粪。此话一出，惹得会场一片笑声。老卢一本正经地说：我说的是实话，真是渍了一裤裆大粪！笑声更响了。那个文书本来是想批判一下老卢，却被他的“实话”化解于无形，人们只觉得老卢实在好笑，没有人愿意再批判他。会后，我问老卢：真有这回事吗？他面带羞涩地说：真有，我天生胆儿小，那炮声一响，震得脚下的地乱颤，把我吓得屎不知怎么就出来了。那时我嘴上没说什么，心里真是看不起他：你怎么能这样呢？后来经历的人和事多了，才知道这个世界上完全的好人和彻底的坏人是很少的，人和人的确不一样，有人胆子大，有人胆子小，就如同人的身体天生就分强弱一样。

前些年我回北大荒，和老卢同年龄段的那些老职工都退休了，而老卢还没有退，我问他为什么，他无奈地苦笑着说：我还早呢，得干到八十岁才能退。原来，在我还没有返城的那年搞过一次户口普查，新的文书是刚高中毕业不久的年轻女孩儿，人有些迷糊，在重新录入材料时把老卢的出生年向后写了二十年！当时农场搞承包，上班的人要根据收成挣钱，收入没有保障，而退休人员则是按月拿退休金，大家都希望到年龄赶紧退休。又过了两年，我再次回到连队，问老卢退了没有，他呵呵笑着说：退了，退了，多亏“老倔头”（我们的老指导员）给说了话，他说你们也不想想，卢洪官的档案上有1955年当过兵的记录，要是现在还不够六十岁，那他七八岁就参军，部队能要吗？

……我和老卢聊了些陈芝麻烂谷子的往事，想去看看比他还大两岁的刘维伦，他站起身说：我认识他家，带你去吧。走在路上，老卢说：“大奸头”（刘维伦的外号）快不行了，整天在炕上躺着，他可怜呀，好容易从山东老家娶个有痨病的媳妇，给他生个儿子，没多少日子媳妇就死了，他一个人又当爹又当妈拉扯着孩子，唉，人这一辈子呀！我没有说话，心想，人这一辈子算怎么回事呢？命运让我和这些人相识，是他们陪着我度过了五味俱全而多姿多彩的青春岁月，然后他们又一个个走了，我对这个北大荒小村落的思念将会越来越浓，还是越来越淡呢？

三年后，传来老卢离开人世的消息。

一个飘忽不定的人

马号班长老郭是最早一批的垦荒队员，1956 年从河南到北大荒的。他是个“万事通”，好像什么都懂，但几乎说得都驴唇不对马嘴。除此之外，为人没有大毛病。遗憾的是他到了四十出头还没孩子，就和老婆商量要领养一个。大家以为他们会抱回一个不懂事的娃娃，不料出现在人们面前的竟是一个十二三岁已经处在变声期的少年。老郭说，他在宝清县城看到这个孩子正在饭馆里乞讨，便起了收养之心。大家估计老郭的想法是：自己和老婆都四十多岁了，要是抱个一两岁的娃娃回来，一是不会养活，二是到两口子老时孩子还小，顶不起门户。老郭站在街头跟那孩子聊天，知道他父母双亡，亲戚也不管，便说了要收养的意思，那孩子也愿意跟他。一来二去，老郭到有关部门办了收养手续，给孩子起了新名，叫郭春喜。

郭春喜说话的口音有些特殊，不像纯正的东北话。后来才知道，他是朝鲜族，原来姓朴或者是李。我有点儿不信，问他会不会说朝鲜话，他说会，但会的不多了。我让他教我两句简单的朝鲜话，他就教了：“坦白依骚？”“依骚。”“坦白朱噢。”

我问是什么意思，他翻译说：“有香烟吗？”“有。”“给我一支。”我一直半信半疑。前几年我住的小区有几个韩国女学生，有一天她们在小花园里吸烟，我想验证一下郭春喜教的朝鲜话，就上前问：“坦白依骚？”那几个女学生很诧异，拿出一盒烟递过来。我连忙摆手谢绝，笑着走了。

老郭有了儿子，还是这么大一个儿子，而且这个儿子管他叫“爸爸”，叫得很亲很响亮，他当然非常高兴，给郭春喜置办了新衣裳新鞋新帽子，送到生产队的小学校去上学。别的学生都比郭春喜小好几岁，很快他就成了孩子头。生产队是个小村落，郭春喜一天从早到晚带着孩子们追鸡撵狗，招鸭逗鹅，在住区、场院和农具场到处乱跑，虽然有些闹腾，却也给寂寞冷清的北国边陲营造出不少生气。由于从小失去亲生父母的怙恃，到处流浪，郭春喜的生存小技能很多，比如，天黑以后到场院大仓库，打着手电筒，一会儿就能抓到好多只麻雀，用泥一只只裹起来，放进点着火的豆秸堆里，待火灭之后，麻雀毛掉了，肉也熟了，蘸上一点儿盐花，香喷喷的，好吃极了。

过了三四年，郭春喜长成大小伙子了，虽然个子不高，但敦敦实实、虎头虎脑，不能再跟小孩子们混了，就在生产队参加工作，并且很快上了机务排，成为拖拉机手。他感谢养父养母给了自己一个家，经常帮养父母干些家务，到井台打水挑水，喂鸡喂鸭，侍弄菜地。他穿上劳动布的工作服，开着拖拉机，很神气，但也许是因为少年时游荡惯了，手里又有了点儿自己的钱，他开始抽烟喝酒，还不时会消失几天。问他上哪儿了，他总是说去二分场那边的朝鲜村看亲戚。人们说他不务正业，他满不在乎，依然故我，整天乐乐呵呵，无忧无虑。用他的话说，现在比以前在宝清要饭强得太多了。

他和 1969 年来的知青年龄相仿，但也许是因为过去的经历，或者兴趣爱好差异太大，他同知青们很少来往，更多的是和老职工在一起。谁承想有一个人有断袖之癖，他成了受害者，那些日子他显出罕见的消沉。

我返城回北京之后，很少听到他的消息，甚至渐渐忘记了有这么个人。

1988 年冬天的一个晚上，我家的房门被敲响，开门一看，虽然多年不见，我还是一眼就认出门外站的是郭春喜。他穿着一件已经被淘汰的武警棉服，头戴皮帽子，手里拎着两个提包。他侧了一下身，露出背后的一个女人，说这是他老婆。进屋坐下以后，他说他老婆的子宫里长了个东西，到北京看病来了。接着他把一个提包的拉链拉开，说这里都是上好的园子参，让我帮他卖了，换些钱好给老婆看病。我表示为难。他老婆扬起手打了他一巴掌，说："刘叔，你说他混蛋不？一下火车，出了站没走多远，他就说找个地方吃饭，别到了人家里就要饭吃，那样不好。他背着两个提包领我进了一家饭馆，进去一看里面净是些外国人。我害怕想出去，他死活不让，还狠叨叨地说：妈的，你别给咱中国人丢脸！人家服务员倒没看不起我们，让我俩坐下，拿来菜单让点菜，他随手点了三四下，等饭菜上来，也不知道都是些啥，吃也没吃饱，可一结账要了四百多块钱！"我心里暗笑，他们一定是进了崇文门那家马克西姆餐厅。

我安排他们住进楼里的地下室招待所，第二天带两个人到附近的解放军二六二医院，他老婆经过检查之后被收住院，准备手术。好在不是恶性肿瘤，摘除就没事了。那些天，我每天炖了鸡汤送到医院，郭春喜总是不在，他老婆说他去外边卖园子参了。

他老婆住了十天院，他把园子参也卖完了，挣的钱不但够交住院费，买回程的车票，还剩下一些。

那之后我一直没有他的消息，渐渐又把他淡忘了。好几年以后，我突然收到一封信，发信人地址处写着“内详”。打开一看，信纸落款处写着“郭春喜”。他在信上说养父母都去世了，现在他去了他们的河南老家，在那里以做豆腐为生。他东一榔头西一棒子写了许多，最后表态说：“请你放心，我一定努力把豆腐做好，决不给北大荒人丢脸！”虽然他在信封的地址处写着“内详”，但信里没有写地址，我没办法给他回信。就此，我和郭春喜彻底失去了联系。

他是个飘忽不定的人，如今应该有六十多岁了，不知道他在河南做的豆腐味道怎样。

知青里的特殊人物

北大荒的连队就是一个小社会。我们那个连队男男女女老老少少几百号人，有早期开发北大荒时从全国各地来的转业军人、垦荒队员、支边青年和盲流，以及他们的家属，后来的知青最多时有将近二百人。他是知青中最特殊的一个，1969 年从哈尔滨上山下乡到北大荒的。除去开会时领导点名叫他的大号，平时大家当面背后都叫他“疯子”。他也不以为忤，高高兴兴地满口答应。其实他的精神很正常，只是偷奸耍滑，游手好闲，吊儿郎当，胡言乱语，调皮捣蛋……但也没做过什么伤天害理的恶事，大概把他定义为“二流子”比较合适。

在一个连队那么多年，他好像没有朋友，也没有真正的对头，总是晃荡着独来独往。男的嫌他烦他，女的怕他厌他。他呢，跟谁都打招呼说话，被人损两句、骂两声，他都能嘿嘿一笑就过去。他对领导不但主动靠拢，而且有说有笑，甚至会戏谑一番——这反而会增进彼此的亲近感。因此，他小错不断，大错不犯，谁也拿他没有办法。

我对他的印象很深，却对他以前的经历没什么了解。只记得有一次他对我说，自己小学一毕业就赶上“停课闹革命”，在家没事干，便经常到哈尔滨的霁虹桥去“拉小套”，挣点儿零花钱。“拉小套”是那时哈尔滨的独特事物：霁虹桥是一座欧式风格的铁路跨线桥，连接着道里区和南岗区、道外区，桥的两头各有很长一段坡道，载重的人力车很难单靠一个人拉着车爬上坡去，于是就有一些未成年的孩子把拴着绳子的铁钩往车上一挂，帮着弯腰把车拉到桥上。车夫会随手给帮忙的孩子一点儿钱，顶多是一毛八分的。我问他挣了钱干什么用，他说：买盒烟抽抽，或者喝点儿啤酒冒冒沫儿。

他长年春、夏、秋三季穿一身旧军装，戴一顶旧军帽，冬天则在棉衣外面套一件总是敞着怀的旧军大衣。这身打扮很像个干部。1970 年 5 月，又一批天津知青下乡到北大荒，有接收任务的连队领导到一百多里外的火车站去接站，不知是怎么回事，他也去了。新来的知青们刚下火车，在纷乱嘈杂的人群中看着北疆边陲的小站，心里一片茫然，正不知所措的时候，他迎了上去，热情地打招呼，嘘寒问暖，指点该上哪辆汽车，怎样注意路上的安全。新来的知青们看他穿着旧军装，又一副指挥若定的样子，以为他是领导，便把他团团围住，七嘴八舌地问这问那，他也不厌其烦地一一解答。去接新知青的指导员被晾在了一旁，不知道该干什么。不久后新知青知道了他的真实面目，都不禁莞尔：“疯子”，你小子装得倒挺像！

他从不参加任何文娱体育活动，然而凡是热闹的事都少不了他。那时边境战火刚刚熄灭不久，局势仍然紧张，指导员要测试一下大家的战备观念，搞一次突袭式的演习。他事先知道了，主动要求参加筹备工作。他对指导员说，光突然吹哨不行，得来点儿真动静，比如放上几炮。指导员认为他的建议有道理，于是找来十几管黄色炸药，插进雷管，连上导火索，天刚蒙蒙亮，他们就在住区点着导火索到处扔炸药，随着爆炸声，他扯着嗓子喊："苏修打进来啦！苏修打进来啦！"霎时，连里乱成了一锅粥，大人叫，小孩哭，鸡飞狗跳。几百号人晕头转向从屋里跑出来，有把裤子穿反的，有提不上鞋的，有抱着拉着孩子的，有背着包袱的……人们朝指导员指的方向紧跑，一直跑到大草甸子里，这时才知道是一场演习。他看着人们惊魂不定的狼狈相，得意地哈哈大笑。

他从来不正经干活儿，出勤不出力。夏锄，大家都冒着烈日锄草间苗，一个个你追我赶，他锄了不到半条垄，便趁人不备把锄头一扔，一头扎进干涸的排水沟，斜靠在沟里睡觉去了。秋收割大豆，他割不了几下，就直起腰东张西望，半天不再弯下腰去，或者干脆把镰刀往胳肢窝下一夹，在大豆地里逛荡起来。他也并非全是这副样子——在场院上干活儿，在不少女知青的面前，他也能扛着一百八十斤的小麦麻袋健步如飞，上三级跳板像玩儿一样。

为了不上工，他想出了不少歪主意。有一段时间他总是发烧，一测体温就是三十八度以上，医生只好不断地开病假条，他不但可以名正言顺地到处瞎逛，还能吃上病号饭。后来有一次他又去卫生室找医生开假条，测体温时露了馅：他把体温计插入热水后没来得及往下甩，水银柱到头了，竟高达四十二度！医生摸了摸他的头，盯着他又重新测了一遍——三十六度五。不能再“发烧”后没多久，他的左胳膊和手突然莫名其妙地肿了起来，不是一般的肿，而是整条胳膊和手都肿胀得又粗又亮，五根手指几乎不能弯屈。连队的医生很负责，带他到营里的卫生所去检查，却查不出什么病。肿成这样还能让他干活儿吗？当然不能。于是他成天端着一条胳膊东游西荡，只是没有病号饭给他吃了。

这个奇怪“病案”是我揭穿的。那时我们在一个农工排，我是副排长，总觉得他这条胳膊的肿胀有点儿什么问题。有一天，我问他到底是怎么回事，他说：我也不知道，反正是一到晚上就消肿，到了白天又肿起来。我便隔着袖子从他的手掌顺着胳膊一路往上摸，他有些不自在，不让我摸，却挣不过我。摸到腋窝时，我觉得那里有些不对劲，是细细的一道硬东西。他甩开我的手撒腿就跑，我连忙追了上去，抓住他，强行解开他的上衣扣子一看，原来腋窝处勒了一根松紧带！这时他只好承认，每天起床前他在被窝里把松紧带勒上腋窝，使血液流动不畅，过一会儿胳膊就肿了起来，到了晚上再偷偷把松紧带褪下，让血液重新通畅，以免留下后患。我大骂了他一顿，撵着他干活儿去了。

有一天放假休息，他在连队里到处溜达，逛到马号，见一头黄牛拴在木桩上正闭目倒嚼，他的玩兴大起，便捡起一根小木棍，上前解开绳扣，爬到牛背上骑了起来。他一手拉着缰绳，一手挥动小木棍催牛，在连队里瞎逛。后来他嫌牛走得太慢，用小木棍使劲抽打牛屁股，牛挨不过打，撒开四蹄跑了起来。牛背很宽，人骑在上面颠来颠去坐不稳，他几次险些掉下牛背，大声吆喝着想让牛停下，那牛却不听吆喝，越发跑得快了。他只好搂着牛脖子趴在牛背上，闭着眼任由牛跑下去。终于，牛可能跑累了，停下来呼呼地喘着粗气。他睁眼一看，愣了——那牛竟然站在厕所后面的大粪坑当中！他大声地吆喝，不停地用小木棍打牛屁股，想让牛走出粪坑，可那牛就是不动，闭着眼睛开始反刍倒嚼。这时已经有许多人来起哄看热闹，他觉得大失脸面，便使劲拉拽系在牛穿鼻铁环上的缰绳，那牛受不了疼痛，“哞”地长叫一声，奋力把后腿向上一掀，将他摔下牛背，掉到大粪坑里。他屎尿淋漓地走出粪坑，大家当然不能光看热闹而不管他，几个人赶紧打来冰凉的井水，兜头盖顶一桶桶地向他泼去……

前面说过他有一套接近领导的办法，能不让领导厌烦，甚至有些喜欢他。大胡子连长脾气火暴，作风强悍，是大型农业生产管理的一把好手，而且有人情味，关心大家的生活，但喜欢听奉承的好话，耳根子软。他抓住了连长的这个弱点，逢人便说：“咱们连谁是一把手？谁说了算？连长！论资格、能力、级别，指导员都得听他的！”大胡子连长当然就有些喜欢他，他也经常围着连长身边转，瞎出些主意。那年麦收前，他对连长说：“下雨时场院抢场，光敲钟吹哨不行，显得不紧急，也不符合战备要求，应该在场院门口安个手摇的警报器，看要下雨了，一摇警报器，呜嗷一叫唤，哪儿都听得见，这多带劲！”连长让他说动了，真的花了几百块钱到宝清县城买了一个警报器，安在场院的木架上。可惜那警报器质量不行，只用了一次就坏了。有一次大胡子连长因为生产问题和上面来的专家意见相左，心里不痛快，一个人在办公室喝闷酒。他去了，一边骂上面的专家，一边不停地劝酒，直到把连长灌醉。然后他把装酒的军用水壶挂在连长的脖子上，嘻嘻哈哈地拉着连长在连队里到处转悠。连长嘴里说着醉话，走得东倒西歪，不少人看到他让连长出丑，十分气愤，恨不得揍他一顿。

不久，真的有人狠狠打了他，直把他打得满脸是血。

他也并不总是可气可恨的。马号喂马的老李死了，他办了一件很仗义的事，让人们对他有了些好感。

老李是湖南涟源人，早年投奔转业兵弟弟而来，刚到北大荒那天还被李宝忠误认成女人，闹了个笑话。老李一来就在马号喂马，因为说话尖嗓细声，得了个外号“大相公”。他十几二十年来勤勤恳恳，晒草，铡草，拌料，添水，任劳任怨地伺候着十几匹马。有一年冬天，他老婆打夜班跟车去拉沙子，装满车回到连队后，老李心疼老婆，让她回家去暖和歇着，自己上车厢拿铁锹往下卸沙子，不想用力过猛，一下将铁锹把撅断，身子向后一仰翻下车去，头重重地磕在一块大石头上，送到团部医院就断气了。连里为老李办后事，这种事当然少不了“疯子”。在医院入殓时，有人问：装棺材时谁抬“大相公”的脑袋呀？死者入棺，由孝子抬脑袋，这是有讲究的，而老李的孩子还小，况且当时不在现场，众人都沉默。这时“疯子”挺身而出，说：“我！死者为大，不就是当一回孝子嘛，我来抬脑袋！”

他后来当然也返城了，回到哈尔滨。可是从那以后，没有任何人再见过他，他也不和别人联系。十几年前，有人说他死了。后来大家都说他死了。我相信他确实不在人间了，否则，知青们聚会他一定会来参加的，而且同每一个人打招呼，笑着听大家说他当年的那些个糗事。

清边人员

1969年3月，中国和苏联在珍宝岛发生武装冲突，一时间，北大荒战云低垂，杀气遍野。许多知青恨不得立时参战——活着，立功；死了，当烈士。身边的公路上，各种战车过了好长时间；牺牲的军人就埋在宝清县城边的万金山，一共五十多个人，建了一个烈士陵园。空气肃杀，连队加紧战备。天没亮，大家还在熟睡，突然窗下一声巨响，接着周围又是几声爆炸，有人高喊："苏修打进来啦！苏修打进来啦！"于是，几百人迷迷瞪瞪起床，出屋，在黎明前的黑暗中结队走向荒原，茫然四顾时，才知道这是一场演习，指导员带着人点燃了几管炸药……然而，战争并没有爆发。还好，中苏两国领导人都不是知青。

不过，边境地区一直是紧张的。

第二年春天，连里来了两批"清边人员"。他们各自有不同的问题，是"潜在的阶级敌人"，不适合在更靠近边境的地区居住和工作，于是被清理出来，后撤到离边境稍远一些的地方安置。

这是一些什么样的人呢？

大叛徒

以我们那时的眼光看，他起码有七十岁了。现在想来，不会那么大，也就是五六十岁吧。年轻人看老人，总是觉得很老，更何况他还留着山羊胡子。

他们到的第一天，按那时的规矩，要先给这些人来个下马威，好好杀一杀他们的威风。于是，从车上下来的几个人先被带到礼堂，站在台前，向全体人员报一报“狗名狗姓”。

“我是个大叛徒，叫张正南。”

语惊四座。虽然那时“阶级斗争”搞得十分热闹，连队里有各种各样的“阶级敌人”，但还从来没有过“叛徒”。叛徒——那是随便什么人都能当的吗？这要有资历才行！

张正南被分配到马号喂马。一是以他那个年纪不适合干农工活儿，太累；二是单身宿舍几乎都是知青，哪间宿舍也不会要一个老头儿。到马号喂马，干活儿在马号，住宿在马号，工作和住宿都解决了。

那时连里有三挂马车和一套牛车，马号养着十几匹马、一头牛。白天两个人，铡草，挑水，喂牲口，帮助车老板儿套车；晚上一个人，只给马添草料和水就行。张正南值夜班。马号是一趟土坯草房，孤零零地在远离住区的西北角。除去食堂开饭时，张正南拿着饭盆儿，一个人踽踽走过公路，打完饭又一个人踽踽向马号走去，他几乎从人们的视线中消失了，是真正地离群索居。当然，开有关“阶级斗争”的会时，他到台上陪了几次斗，不过，只是弯了弯腰，没有遭大罪。后来，这方面的会也不让他参加了。谁也不知道这个“大叛徒”是怎么回事。

两年以后，大胡子连长为了让我练习写作，安排我当了后勤排长。后勤上的事，有司务长，有炊事班长，有菜组班长，有托儿所班长，我插不上手。为了找些事干，我就常常到连里拨给后勤的大豆地去转转。地号远，我便到马号牵一匹马骑着去。那天，我又去马号牵马，见张正南坐在门前的石头上晒太阳。

“晒太阳啊，老张？”大家都叫他老张。

他点点头，指着身边的一截木头让我坐。

我坐了下来，一时心血来潮，问：“老张，你真是叛徒吗？”

他认真地点点头：“真是，我真是大叛徒。”

在我的追问下，他给我讲了他的“叛徒”经历。

张正南是山东人，家乡的日子不好混，他一个人闯了关东。伐木，种地，什么活儿都干过。后来日本人占了东北，他参加了抗联，跟小鬼子打仗。在一次战斗中，他的队伍让日本人给打散了。他捡了一条活命，到处流浪，想找到队伍，再回去跟小鬼子打。可是，好长时间里他听不到一点儿抗联的消息，便在松花江边以打草卖草为生。后来，有人找他，让他每天早晚管理一下江里的航标灯——划船到江心点点灯，添添油。他答应了，一来可以挣点儿钱，二来能赚点儿灯油。

张正南叹了口气，说：“唉，这一干就是好几年，日子也就混过去了。”

他不往下说了。我问：“你后来怎么成了叛徒呢？”

他说："这不是已经成了叛徒嘛！"

我说："没有啊，你还没叛变哪！"

他说："怎么没叛变？原来在抗联打小鬼子，后来又给日本人管航标灯，这不是叛变了吗？告诉你，我真是个叛徒，不该给日本人管航标灯。"

我愣了好一会儿才转过弯来。原来他是因为先在抗联打鬼子，后来又给日本人管航标灯，才成的"叛徒"！我问："你要是没参加抗联打小鬼子，直接就管航标灯呢？"

他也愣了好一会儿，才说："这个……那我估计就没什么事了，起码不会是叛徒吧。"他闭上眼睛想着，喃喃地嘟哝："唉，娘的，真不该……"他没有说下去，我不知道他想说"真不该"什么。

张正南就这么一直在马号干着活儿，悄无声息，好像没这个人一样。他抽烟袋，是一种很冲的黄烟。有时，他会买点儿肉，在锅里炖一炖，一个人端着碗吃了。一天，我到马号去，老远就闻到一股又香又臊的怪味儿。走近一看，张正南正蹲在火旁，守着铁锅抽烟。我捂着鼻子，问："锅里炖的什么？"

他抬起头说："猪号杀了头'泡卵子'，我把那两个卵子捡回来了，这也是肉啊！"

"泡卵子"就是大公猪。

张英和马

张英是从兴凯湖来的——兴凯湖原来有个劳改农场——头

一天分配和我住同一间宿舍，我问他睡觉打不打呼噜，他一本正经地说：“我睡着了跟死狗一样，一点儿动静都没有。”可是，当天夜里我被一阵阵山呼海啸般的声音吵醒，睁眼一看，月光下他仰面朝天躺着，半张着嘴，一呼一吸连续打着呼噜。那一宿我没睡着觉，第二天一早对他说：“你确实睡得跟死狗一样，我又吹哨又拍墙，根本没用，你还是另找地方住吧。”他也不争辩，搬到马号的小屋里和养马的张正南一起住了。

张英是北京通县人，那时大概有四十来岁，方头大脸，粗声大嗓，身材不高，敦敦实实。一块儿干活儿的时候，我问他犯了什么事到兴凯湖的。他说是因为投机倒把被判了六年劳改，刑满后留在农场就业。那个年代实行计划经济，不允许个人私下倒卖物资，特别是统购统销的物资，如果违反这一政策就是犯罪犯法。

夏锄刚完麦收还没开始的时候，连队里一匹叫“白头顶”的年轻力壮的儿马调皮捣蛋，不但不听使唤，还尥蹶子踢马，张嘴咬人，被营里兽医所来的兽医给骟了。马骟之后要有人牵着日夜不停地遛，尤其是不能让它卧倒，否则对伤口愈合不利。一般的马被骟之后都蔫头耷脑、无精打采，可“白头顶”被骟之后依然劣性不改，在头一天遛它的时候就把遛马人的肩膀咬得鲜血淋漓。见此状况，再没有人敢遛它了。张英自告奋勇，说我遛它吧。于是，他就开始遛马。奇怪的事发生了。别人遛马都是牵着缰绳，张英却把缰绳搭在马背上，他在前面迈着方步走，“白头顶”在后面一米远不紧不慢地跟，他走到哪儿马跟到哪儿，他停下来，马也站住了。我问张英是怎么让“白头顶”

这么听话的，他说这马跟人一样，你得教育它，不能来硬的，得好好跟它讲道理。我觉得他是在胡说，也便没有深问。遛了些日子，麦收开始，“白头顶”的伤口渐渐痊愈，可以骑了，张英便骑在马背上到处走。

二十里之外有个六号村，是日伪时期搞“清乡并屯”的一个“集团部落”。那里的老乡会种香瓜，不但比兵团的瓜早熟，而且又香又甜又脆。那天张英骑着马去了六号村，回来时带了十几个香瓜给在场院上干活儿的人们吃。这一吃不要紧，勾起了许多人特别是女知青的馋虫，有人便掏钱让张英给买香瓜。张英让人夸得兴高采烈、得意洋洋，他不负众望，接连好几天从六号村驮回半麻袋香瓜给众人大快朵颐。但是有人却看出了这里面的问题，指导员在大会上说，张英驮香瓜给大家吃是“投机倒把的老毛病不改”，是“阶级斗争新动向”，是“用糖衣炮弹拉拢腐蚀知识青年”。张英一下蔫了，不敢再从六号村往回驮香瓜，更不敢和女知青们接近。

“白头顶”彻底痊愈，能上套拉车了，张英又回到农工班干活儿。然而，没几天“白头顶”又把赶车的老板儿给咬了。总不能让这马闲着不干活儿吧，连长决定让张英去赶马车，专门使唤“白头顶”。

秋天，我们到草甸子打草，张英和另外两个车老板儿赶着马车拉草。有一天，我们把打好的草一捆一捆地装好车，没走多远，走在前面的马车就陷在沼泽里，无论车老板儿怎么吆喝，怎么用大鞭子打，那几匹马也不能把车拉出来。车老板儿只好抱歉地对大家说，没办法，卸车吧。我们正要卸车，站在一旁的张英却说：“卸什么车呀，我有办法。”只见他从车上抽出一把草，掏出打火机点着，然后把点着火的草伸到辕马的肚子下，火苗舔着马肚子，那辕马疼得咴咴直叫，奋力向前一冲，张开大嘴乱咬前面几匹拉套马的屁股，马车一下从沼泽里冲了出去。

第二年麦收快结尾时，张英赶着马车在场院拉东西，不知怎么回事，驾辕的“白头顶”突然野性大发，张嘴对前面的三匹马一阵乱咬，那三匹马尥起蹶子狂踢，一下四匹马全毛了，拉着马车向场院外冲去。张英紧追几步跳上马车，一边用力拉起车闸，一边大声地吆喝着：“吁！吁！”试图让马停下来。不想那几匹马在“白头顶”的疯狂乱咬之下，根本不听张英的吆喝，拉着空马车冲出了场院，顺着土路向马号的方向跑去。我们大声喊叫，让张英赶紧跳车，他却仍然使劲地拉着车闸，车轴处冒出一片火星。突然，车闸崩了，马车像箭一样飞奔而去……

我和另几个人抄近路追了下去。当我们跑上公路，只见马车从猪号的后面拐了出来，四匹马翻蹄亮掌地狂奔，张英在车厢板上东倒西歪，一只手死死地拽着已经崩断的车闸把手，车后扬起一片烟尘。那条路要拐几个弯才能到马号，在拐最后一个死弯时，一侧的车轱辘撞到路边一块大石头上，车身向一边掀起，张英像一个弹丸般被高高地弹向高空，然后垂直落下来，脑袋重重地砸到大石头上……

在医院里，张英昏迷不醒，头上缠着厚厚的纱布，鲜血从纱布里渗出来。他呼噜呼噜地喘着粗气，嘴里不住冒着带血的白沫，就这样一直走到生命的最后一刻。

他被装进一口白皮薄棺材，用马车拉到南山埋了。没有家属前来，我们谁也不知道他在家乡北京还有没有亲人。

无理取闹

她曾经被判了四年劳动教养，真冤。

王国琴也是从兴凯湖农场被“清边”来的，刚一到五队，像别的“清边对象”一样，走道尽量靠边，说话尽量低声。可没多长时间，她就走起路来一阵风，一张嘴说话就像吵架了。

她的原籍好像是沧州，后来到北京一家工厂当学徒工。有一天，工厂宿舍丢了些东西，有人怀疑是她偷的。领导找她谈话，她不承认。可是众口铄金，这个偷东西的嫌疑很长时间甩不掉。后来，案子破了，事实证明不是她偷的东西。王国琴得了理，逼着领导给她平反，给她恢复名誉，恨不得一天找领导好几遍。平反和恢复名誉是做不到的，因为并没有把她怎么样，也没有正式给她戴上什么帽子。她就闹，闹得领导烦了，找了公安局，给她一个“无理取闹”的罪名，送了劳动教养，发配到黑龙江的兴凯湖农场。

刚“清边”过来，大家拿这几个人当危险分子看待。一天晚上，不知道谁把他们弄到大宿舍批斗。别人还好，老老实实地站着，王国琴摆出一百个不服的架势。有人说：“你们是什么人，每天还喝牛奶？今后不许再喝了！”王国琴把头发一甩，敞开大嗓门，说：“喝牛奶怎么啦？我们就不是人了？我们就不能喝牛奶了？”一时弄得在场的人都愣了——哪个领导也没说不让他们喝牛奶呀。那时连里养了两头黑白花的奶牛，一天能挤两三桶奶，卖给大家，五分钱一斤。双职工很少买，有喝不惯的，有嫌贵的；单身的特别是知青爱喝牛奶，便常常买来喝。王国琴他们原来都是城市人，又是单身，每月有三十多块钱的工资，便也跟着喝起了牛奶。批斗会开过了，王国琴他们照样喝牛奶，没有人再说什么。

接触时间长了，大家觉得王国琴这人不孬，常常有大嫂子在背后提起她该成个家的事。可是，男方不好踅摸，没有般配的。我们曾跟同是“清边对象”的小武子说：“干脆你跟王国琴凑合凑合得了。”小武子一撇嘴：“就她？别扯臊啦！”小武子高中毕业，因为在水库里打了几百斤鱼被送到兴凯湖劳动教养。他看不起王国琴。

后来，王国琴回北京探亲，跟一个比她大十来岁的男人结了婚，那人带着一个十来岁的女孩。第二年，她又回北京探亲，回北大荒时带来了那个女孩。她说：那个男人是个酒鬼，一喝醉了，对人又打又骂，我把这个孩子带来，让她跟我一起过，省得受罪。女孩子叫小燕儿，长得挺漂亮。过了一段时间，底下传出话来——小燕儿在北京没人管，学了一身坏毛病。看得出，王国琴是想当一个好母亲的，但是，她跟小燕儿没有处好，几个月以后，小燕儿回北京找那个酒鬼父亲去了。据说，她不久真的走了下道儿。

王国琴个性太强，跟同宿舍的人不能相处，便一个人搬到路西一栋草房去住。一天，同住那栋草房的另一户下班回来，一进外屋就闻到一股肉皮烧焦的味儿。找来找去，拉开王国琴那屋的门，发现她半躺在地下，一只胳膊搭在炉台上，味道就是从那条胳膊上发出的。王国琴中了煤气，昏死过去，胳膊被烧焦了。好长时间，她一直用一条头巾系在脖子上，吊着那条胳膊。连里给她换了工作，到猪号去放猪。每天，她吊着一条胳膊，用另一只手拿着一根细棍，赶着一群猪，嘴里不停地吆喝着“嘞嘞嘞”，向田野走去。

有一只刚出生的小猪崽身体虚弱，眼看着在猪群里活不下去，王国琴把它抱回了自己的宿舍。那小猪成了她的亲人，跟她住在一处，睡在一处。渐渐地，猪越长越大，最后长到二百多斤。王国琴每天下班，回到屋里，开门就得上炕——那小屋的地上趴着一头大肥猪，弄得她插不下脚。她真的过上了猪狗不如的生活。后来，在众人的劝说下，她流着泪把猪上交了，一分钱也没有要。

知青大返城之后，王国琴也落实了政策，平反回到北京原来的工厂。我和另一个朋友曾到那家工厂找过她，劳资科的人告诉我们，她已经退休了。那个女干部说：“好家伙，这个王国琴！厂里调整工资，按说无论如何也轮不到她，可她今天找这个，明天找那个，到底给她调了一级！”从工厂出来，按照劳资科给的地址，找到她的家，隔着矮墙一看那小院儿，甭打听，我们就肯定这是她家——到处堆着纸箱子之类的破烂。她把北京的家弄得跟在北大荒时一样！

沉 沦

人这一生真不好说，走错一步，处境可能就是天壤之别。李营就是例子。第一，她不该和丈夫一起贪污；第二，她不该一个人把事情担下来。她原来在某部上班，和丈夫一样，干财务工作。两个人共同作案贪污了一笔钱，案发后，夫妻商量，由她一个人出面把所有的事都承担下来，丈夫负责抚养两个孩子。她被判了刑，到兴凯湖农场劳动改造。不久，那个男的就跟她离了婚，和一个归国华侨结婚了，继续他幸福的生活。李营从北京的中央部级机关来到北疆的泽国，从一名国家干部成了一个劳改分子，生活给了她足够的惩罚。刑满释放，就地安置，她成了劳改农场的职工。“清边”时，她来到这里。

刚来时，她和另一个外号叫“老白毛子”的女人给人们一种异样的感觉。她们的穿着打扮和行为举止，表现出另外一种教养，时刻告诉人们：我和你们不一样！甚至和那些知青比起来，她们两个也更像城市人。但渐渐地，她们两个人之间的微妙差别也显现了出来。“老白毛子”的洋气当中，时时流露出一股傲慢和野气，有时甚至是桀骜不驯，或者是流氓气。李营则不同。她的洋气当中更多是文静和疏离，她看不起种地的人，虽然每天也和大家一起干农活儿。后来，大家知道“老白毛子”曾经是大连的一名话剧导演，因为组织同性恋聚会而被判刑。在最初的歧视和偏见消失以后，李营逐渐和大家融合起来，每天和那些女工排的家属一起，日出而作，日落而息。只有两点不同：一、她说话低声而文雅，不带一个脏字；二、下工以后回单身宿舍，她没有家。

“老白毛子”走了，回了大连。以后一直没有这个人的音信。

李营的小儿子却来了北大荒。北京的那个男人成了“走资派”，尚未成年的孩子只能来投奔母亲。男孩子比知青们小三四岁，长得很精神。他虽然到了母亲身边，却不能和母亲一起住在单身宿舍，知青们收留了他，让他住到宿舍里来。于是，他成了一名编外知青，每天和那些哥哥一起吃，一起住，一起干活儿。因为儿子的到来，李营和知青特别是北京知青接近起来。后来，“走资派”解放了，男孩子回了北京。

据说，晚上李营常常拿出以前的照片，在灯光下对人们讲起她从前的生活和遭遇。照片上的她穿着连衣裙，意气风发。

可是，随着岁月的流逝，她越来越不注意外表修饰，越来越像个农场的女人，甚至比那些家属老娘儿们更有过之。我离开北大荒时是冬天，她留给我的最后印象是，穿着一身臃肿的棉袄棉裤，头上戴着狗皮帽子，外面还包着一块褐色的头巾，在雪地上一扭一扭地走着。

后来，她也回了北京。为了回北京，在城市里落上户口，她找了一个还俗的老和尚当丈夫，可是她跟老和尚的养女关系没有处好，不想在家里住，让老和尚另找了一间地下室住下了。搬出一个星期后，老和尚死了，她只好一直住在地下室里。

她以前的那个男人据说混得不错，到退休前做了一个不小的官。

前几年，李营死了，许多知青向她做了最后的告别……

刘氏兄弟

和张正南一起从勤德利农场“清边”下来的还有刘姓一家。老头儿生病，从来不露面。兄弟两个分配到农工班，和大家一起干活儿。据说，老头儿成分不好，又有历史问题，全家才成了“清边对象”的。

老二身强力壮，多重的活儿于他都不在话下，一百八十斤的麻袋扛起来跟玩儿似的。后来，连里领导觉得这人不错，让他上了机务，成了拖拉机手。开始，他住单身宿舍，两年后跟一个山东籍的姑娘结婚。多年以后，家族的遗传肾病要了他的命。

老大是个人物。刚来时，他一言不发，只是干活儿。显然他的身体没有兄弟那么棒，但他尽力而为，不在别人之下，也不在别人之上。渐渐地，他的话多了起来，而且特别“革命”。他写一手好字，肚子里有不少文学知识，他的班长老柳让他写一篇发言稿，拿到会上一念，不同凡响，从此当了副班长。老柳爱搞形式主义，老大能说会道，二人一拍即合，把他们的八班弄得“有声有色”，上工下工都排着队，唱着歌，挺像那么回事。九班是另外一种风格，十几个人心齐，干活儿拼命，却一贯讨厌走形式。看着八班的样子，他们觉得有气，便全班排着一排横队下工，严肃认真里透着捣乱，惹得指导员在会上大发其火。于是，九班和八班成了暗中较劲的对手，都想成为“四好班”。老大有文化，嘴里总有时髦的词儿，有时还写诗，下工不回家，一头扎到单身宿舍，找人谈心，做思想工作。明摆着，领导不能重用他，可他还是努力表现自己，“左”得出奇。九班的人倚仗着能干活儿，说八班放空炮，能说不能干，其实是指他们的两个班长。

于是，指导员为了压制九班的气焰，组织了一次大辩论，题目是“学习毛泽东思想落实到什么地方”。分场的宣传干事也来参加了。九班的班长在大会上说：“学习毛泽东思想要落实到工作上，要拼命干活儿。”老大代表八班说：“学习毛泽东思想要落实到突出政治上。”辩论会开了有两个小时，唇枪舌剑，引经据典，你来我往，好不热闹！这种辩论当然是没有结果的。有人在底下说：“纯粹是他妈扯淡！”

我返城以后，听说老大当了小学教师，后来调到七分场教书去了。多年之后，听一个人说，老大在七分场曾经和他在一个学校教书，现在死了，也是死于肾病。老大来过北京，就住在那个人家里，那时病已经很重了，睡了一夜觉，第二天一早，对那个人说：“真不好意思，昨天夜里我把你家的床尿了。”

谁不想通过努力改变自己的命运呢？现在想想，老大当年的“左”有一些道理——他不过是想改变自己当时的处境罢了。

小武子

武继林刚到五队不久，跟我住一间宿舍。他长得白白胖胖，说话文文静静，不像个判过四年劳教的“分子”。他是北京怀柔人，口音里带着京北的味儿。第一天到宿舍，他打开行李，在炕上铺开一张巨大的熊皮，说这是花三十块钱买的。我躺在上面试了试，闻着有一股腥味儿，以后再也没有在他的熊皮上躺过。

他是所有“清边对象”中最早和大家融在一起的人。别看他走路拖拖拉拉，甚至有点儿东倒西歪，可干起活儿来却是一把好手，不但能干、麻利，手底下还干净。扛着一百八十斤的麻袋上跳板，胜似闲庭信步。他有个绝招：扎麻袋口不用系扣儿。也不知道他是怎么弄的，折好麻袋口，用麻绳在上面三绕两绕，把麻袋一推，那口就扎死了！北大荒冬天冷，伸不出手，扎麻袋口虽然轻省，却没有人愿意干——手冻得扎心般疼，受不了。那个冬天，他把扎麻袋口的活儿给包了。后来武继林把这招教给我，当时很快学会了，可下一次又忘了该怎么扎，每次都要向他再请教。他心灵手巧，喜欢帮助人。那年秋收，保管员只给每个人发了一个没有把的镰刀头，让自己想办法安个把。我历来手拙，从没有做成过什么像样的东西，便随便找了根木头要当镰刀把。正在往刀头上装，让武继林看到了，说：“哎，这哪儿成啊，一天下来你的手还不得磨几个大血泡呀！拿来，交给我了。”他当天到尖山子砍了一根黄菠萝树杈，细的一头去皮，握手处留下黄菠萝特殊的软皮，经过削砍、火烤、定型，做成了一个让许多人羡慕的镰刀把。他帮我把镰刀装好，说：“干活儿得有称手的家伙，省力，还不伤人。”

相互熟悉了，我问他为什么被判劳教，他坐在炕上，抽着烟说：“为什么？命！那年我高中毕业，考不上大学，暑假等着分配工作。有一天，我父亲请来一个瞎子给我算命。报了生辰八字后，瞎子说：要看住了这孩子，弄不好有牢狱之灾。我一听就急了，把瞎子轰出门去，心想：我这么好好在家待着，有什么牢狱之灾呀！一天到晚在家里头待着没事，我们几个差不多年纪的伙伴就商量到怀柔水库里打点儿鱼。事先说好了，万一让人发现，谁也不许承认。夜里，我们偷着打了不少鱼，分了分，各家都吃了。鱼吃了，鱼鳞可没吃呀，让人发现了。过了几天，警察找我问鱼的事，我不承认，死也不认账，直到判的那天我也没松口。过后才知道，那几个人早就坦白了……这倒好，人家说那些鱼有四百斤，就判了我四年。唉，这辈子算是完了！”

我说：“四百斤鱼也不至于判四年呀！”

他说：“理由不是鱼，是说我偷着打鱼，影响首长身体健康。人家说那水库里的鱼是给首长吃的！”

他为鱼判了四年，可他一直对打鱼有特殊的爱好。他觉得这里比不上兴凯湖，说那里鱼多，在稻田里干活儿，随便就能抓着鱼，好几斤重，能大吃一顿。他从兴凯湖带了一张渔网，一休息就到索伦河或者水泡子里打鱼。虽然打不了几条，鱼也小，但他总是高高兴兴的。我们宿舍门口老是晒着渔网，夕阳下，他坐在网前，拿着梭子认真地补网，成了我经常见的风景。

后来，他结婚了。再后来，我听说他回了北京怀柔，在那里卖肉为生。有一年我到怀柔的一个村里去看他，他得了半身不遂，说话时含混不清，明显老了。那天中午在他家吃饭，没有鱼。

第三辑

酸甜苦辣

登上珍宝岛

珍宝岛归虎林市管辖，却离饶河县更近些。我们从饶河的江边码头登船，逆乌苏里江而上，向着向往已久的珍宝岛出发。乌苏里江的水满满当当，好像随时要漫上岸。快艇的船头犁开浅褐色的江水，船尾处的扇形波浪向两边的江岸涌去。两岸景色差不多，都是大片的树林，有些树就长在江水中。俄罗斯那边的山较近，山上树木茂盛；中国这边的山较远，只能看到淡淡的山影。船舱中有些闷热，我来到甲板上，江风浩荡，顿时心旷神怡。

心里有些激动，思绪不由得飞到了四十多年前的北大荒……

1969 年 3 月 2 日，珍宝岛开战，中国和“苏修社会帝国主义”在乌苏里江中的这个小岛上真枪真炮地打了起来。消息传来，我几乎心花怒放，上阵杀敌、报效祖国的热血立刻沸腾起来，当天就找来剃头推子，让人给剃了一个光头，准备随时奔赴战场。黑龙江的农场已经组建成生产建设兵团，进入人民解放军序列，为的就是屯垦戍边，保卫祖国，我们经常唱的歌是：

“毛主席教导记心怀，一切交给党安排，笑洒满腔青春血，喜迎全球幸福来！”另一首歌的歌词更加带有求战的心切：“战士不离枪，军马不离鞍，子弹推上膛，刺刀光闪闪，我们随时准备打，杀得敌人心胆寒。杀！”生产队或者叫连队一片肃杀气氛，男知青大部分摩拳擦掌，女知青的态度不明确，拖家带口的老职工有些紧张。领导说，上头说一旦仗打大了，要放“苏修”进来，然后把侵略者消灭在人民战争的汪洋大海中。我们这里离珍宝岛直线距离不到一百公里，将来就是真正的战场。战云笼罩，传说要发枪了，这是多么好的事呀，我恨不得马上走进战争，好上阵杀敌，建功立业。

兵团立即行动起来，进行各种战备动员，我们这个北大荒的小村落好像就要成为保卫祖国的前线。连队领导派我值夜班巡逻。小锅炉和食堂的两口大锅夜里都要烧好开水，一台拖拉机打着火，发动机突突叫着停在路边，准备随时支援正在开往前线的解放军。

3 月初的北大荒还是冬天，夜里寒风刺骨，我开始在公路巡逻，头两天手里提着一根镐把，后来领导给我换了没有子弹的 79 式步枪。我很认真地执行着任务，不时站在公路上向南边张望，二十里以外的国防公路上雪亮的汽车灯一闪一闪，汽车一辆接着一辆向东方驶去。不时有绿色的信号弹在夜空中升起，把北大荒的莽原渲染得异常恐怖诡异。信号弹两年以前就开始有了，那时中国正处在“文革”内乱高潮时期，一到夜晚，或远或近，常常有绿色的信号弹腾空而起，搅得人心惶惶。这是一段悬案，几十年以来，没听说有哪一起信号弹事件被揭秘。

3 月 15 日珍宝岛又打了一仗，但后来战事没有新的发展，夜间国防公路上的车灯渐渐稀疏。积雪融化，快春播了，我的头发长了出来，巡逻也不再认真，常常泡在伙房里取暖。春播开始以后，连里让我停止巡逻——干活儿需要有人手啊。

5 月初，我们到宝清县城外的挠力河拉沙子，准备开始基建盖房子。那之前听说在珍宝岛战斗中牺牲的烈士安葬在万金山，装完沙子回来的路上，我们的轮式拖拉机停在万金山的山坡上，大家走进写着“珍宝岛自卫反击战烈士陵园”的简陋大门，立刻就看到顺着山坡隆起的一排排崭新的坟墓和一块块墓碑。碑上镌刻着阵亡者的姓名、年龄和阵亡时间，一共有五十多人（后来增加到六十八人）。坟墓旁是刚刚栽种下的松树，春风夹裹着原野的泥土味道。我向英雄们致敬，心中不由得涌起难以名状的复杂情感：如果中苏真的打起大仗，我如今会在哪里？

后来，在呼玛的吴八老岛和同江的八岔岛，中苏也发生过一些军事冲突。然而，战争并没有真的爆发。不久之后，中苏两国领导人决定谈判，不以枪炮解决问题，珍宝岛事件成为一段历史。

但是战备并没有因此而停止。各个连队抽人到离珍宝岛不远的五林洞去修战备山洞，到抚远去修国防公路。有一天早上，人们还没有起床，突然窗外响起几声爆炸，有人在高喊：苏修打进来啦！苏修打进来啦！人们惊慌失措，在紧急的哨声和锣声中，有的拿起棉裤往头上套，有的穿反了鞋，有的想带点儿值钱的东西，有的光着脚就往屋外跑……待跑出屋来，就听见大人叫小孩儿哭，连队住区乱成了一锅粥。指导员像一个将军似的站在公路上，指挥着披头散发衣冠不整的人们顺着土路向西边的草甸子疾走。等大家走进了草甸子，在里边瞎转了一圈，指导员才宣布刚才是一场演习。那几声巨响是他和一个外号叫“疯子”的哈尔滨知青点着的炸药。

连队除去正常的农业生产以外，又增加了军事训练，扔手榴弹，拼刺刀。没有枪，就一人手持一根木棍，在曾经当过兵的老职工示范下，一对一地打将起来。老柳身体不好，平时不活动都齁喽带喘，却偏偏愿意练拼刺刀。他双脚一前一后地站成弓字步，端着一根木棍怒视着对面的大宝。大宝不屑地斜视他一眼，撇着嘴，用手中的木棍轻轻一拨拉，老柳的棍子就被打落在地。老柳喘着气说：“唉，我的战备观念不强啊！”

这种情况一直延续了有两年。1971 年春节之后，有一天领导突发奇想，让所有人到住区北边的果园挖防空洞。铲开积雪，冻土层有七八十厘米厚，一镐下去地上只刨出一个白点，费了九牛二虎之力，每个人也不过弄出个拳头大的小坑。不知是谁开的头，把挖防空洞的地方向前挪了挪，在积满雪的排水沟里掏了个洞，于是大家便都在沟里的积雪中掏起洞来。我也掏了个雪的防空洞，坐在里面抽起烟。那年年底，在蛤蟆通水库工地大会战，好不容易第二天是个休息日，不知是怎么回事，有人晚上倡议，明天步行拉练到二三十里外的跃进山钢厂。年轻人争强好胜，我们九班和女知青班每人背着一床打成捆的被子，不走大路，偏偏选择无路可走的地方翻山越岭。山势陡峭，积雪没膝，杂树挡道，每走一步都要使出全身的力气，没走多远就已经满头大汗了。下山时没有力气了，大家就往雪上一坐，顺势滑下，弄得全身上下里外都是雪……

珍宝岛一直是我向往的神秘所在。1972 年营里组织宣传队，听说要到珍宝岛去慰问演出，着实令我们这些宣传队的成员兴奋了好几天。然而，大概是想登岛的宣传队太多，部队接待不过来，又决定不去了，大家不免觉得十分遗憾……

今天，几十年前的愿望就要实现了。

快艇逐渐减速，珍宝岛出现在左前方不远处。它只有 0.74 平方公里，一面鲜艳的五星红旗在绿色的丛林上空飘扬，岛上的军营哨所大门处，在庄严的国徽下“珍宝岛”三个大字金光闪闪，两侧墙壁上书写着红色的标语：提高警惕，保卫祖国。弃船登岛，当年的战火硝烟已经散尽，眼前绿树似盖，青草如茵，芦苇起伏，野花开放，一派祥和。

历史虽然过去，但不能遗忘。守岛的军人指着“英雄树”旁的雕像告诉我们，就是在这里，无后坐力炮班班长杨林带着战士们坚守在二号阵地，与苏军六辆坦克和五辆装甲车近距离肉搏，炸毁敌人一辆坦克和三辆装甲车，英雄也壮烈牺牲在这棵树下。现在，英雄和他的无后坐力炮已经凝聚成一尊雕像，永久地守卫在珍宝岛上。

一条不宽的水泥路逦迤通向东边的江岸，路边一块木牌格外醒目，上面有四个大字：雷区勿入。守岛的军人说，路两边的草木丛中现在还埋设着两千多颗地雷。来到岛的东边，滔滔的江水向北奔腾而去，江对岸茂密的丛林后面是连绵的群山，乌云低低地压在山顶，让人看不透远方的真实面目。站在江边，我眼前宽阔的江面仿佛突然冻结，上面覆盖着皑皑的冰雪，江水拍打岛上乱石的哗哗声，忽然变成了枪炮声在耳边隆隆呼啸，对岸的山林里仿佛有一只黑熊在觊觎……渐渐地，枪炮声停止了，冰雪融化，大江依然滚滚北去。

回想过去，是什么让我那时成为好战分子？第一，那时每天繁重的劳动不但折磨人，而且实在单调枯燥，不知道前途如何，也许一场战争可以改变现状；第二，北大荒农场已经改为生产建设兵团，为的就是备战备荒，随时准备打仗，而打仗对于年轻人总是富有吸引力的，全然不知战争是以人的生命为代价；第三，最重要的是伟人的教导——我们不但要解放自己，还要解放全人类——深信世界上还有三分之二的人生活在水深火热之中，需要我们去解救，让他们过上像我们一样的幸福生活。四十多年过去了，我从二十岁的无知好战青年，变成了珍惜和平生活年过花甲的老人。现在终于登上珍宝岛，在这里回望青春岁月，庆幸自己还活着，也庆幸那时的中苏两国领导人不是知青，他们决定坐下来谈判，使人民免遭生灵涂炭。

多少年后才明白这个道理：历来兵者是凶器，圣人不得已而用之。

我们曾经是扈娄人

我又一次站在北大荒的土地上。

记忆像一面历经岁月风尘的镜子，经过几十年的反复蒙尘又擦拭后，已经变得模糊。库容一亿多立方米的蛤蟆通水库既熟悉又陌生，我亲手修筑的七百米大坝横跨东西，连接着完达山那丹哈达拉岭的两座无名小山，再远处群峰起伏，远山含黛，由浓而淡地渐渐融入蓝天白云之中。大坝的背面原是一片沼泽湿地，岸边柳茅丛生的蛤蟆通河蜿蜒其中，现在是一个可供正规大型比赛使用的钓鱼场所。水库岸边停靠的汽艇和龙舟赛艇随波起伏不定，一些人坐在伸到水面的平台上悠闲地垂钓。好在水库的水面没有变化。站在大坝上放眼望去，越过波光粼粼看不见尽头的水面，记忆中的底片与眼前的景象渐渐重叠，我认定西南方向岸边丘陵上那两栋洋气十足的现代化宾馆，就在我们当年参加水库大会战时住过的地窝子的位置上。

真是沧海桑田啊！

地窝子也叫地窨子，是一种半地下居所。在我十年北大荒生活中，曾经住过几次地窝子，有修水利时住的，有伐木时住的，都是在冬天，对此有着难忘的记忆。据史书记载，三江平原这一广阔的区域先秦时为肃慎，西汉至两晋时为挹娄。挹娄部族“处于山林之间，土气极寒，常为穴居，以深为贵，大家至接九梯”。挹娄，与满语“岩穴”之义的“叶鲁”发音相近，因此，挹娄人便是穴居人，是其他部族对他们的称谓，久而久之成了族称。北大荒并非历来所说杳无人烟的亘古荒原，这里一直生活着一些少数民族部落，他们的居住方式因生存方式不同而有所区别。鄂伦春、鄂温克等民族由于在山林中游猎，居无定所，为搬迁方便，他们居住的是圆形“撮罗子”——在地面用几根木杆支撑，围以桦树皮或兽皮。五十年代开发北大荒的初期，条件的确非常艰苦，因国家急需粮食，以转业官兵为主体的垦荒人员贯彻“先生产，后生活；边开荒，边建设”的方针，住的是荒原上用原木、树枝和小叶樟搭建的马架子，四面漏风，铺底下流水。这也是临时性居所。地窝子则不同，它是一种定居的居住样式，这说明古代挹娄人的农业生产已经具有相当规模，不必随时迁居了。我不清楚挹娄人之后隋唐的靺鞨人，乃至辽金明清的胡里改人、兀良哈人和女真人是否仍然以地窝子穴居，但我们确实住过地窝子，穿越了一千多年历史，成为挹娄人。

蛤蟆通水库因河而得名。这条蜿蜒在完达山北麓沼泽草甸子里的河流，满语叫“喀穆图”，是“水滨”的意思，从源头到注入挠力河只有一百五十公里，系乌苏里江的二级支流，后来叫着叫着就成了蛤蟆通河，并因此而演绎出一些关于蛤蟆的传说。1957 年，北大荒刚刚开发，当时的农垦部长王震到这里视察，观察地形后指示要在这里的两山之间建一座大坝，拦住河水形成水库，建设米粮川、花果山、打鱼湾。1958 年，水库在“大跃进”高潮中动工，1959 年大坝合龙。但由于仓促开工，急于求成，没有预设溢洪道和输水洞，当年春汛产生洪水，大坝出现管涌，在水库即将漫坝时，不得已在大坝一侧炸开缺口泄洪，把库中的蓄水排空。水库工程于 1961 年下马，1970 年入冬后，搞万人大会战重修大坝。

我参加了那年的大会战。

那是上大冻以后的一天，连长让我带着九班先于大部队到水库去建点，搭建两个可供一百多人住宿的地窝子工棚和一个伙房，同去的还有由女知青组成的十一班。临去前，连里特地给这两个班每人发了一斤猪肉，让我们自己包饺子吃，可见领导非常重视这次大会战。

当坐着“尤特兹”的拖斗到达水库时，全团（也就是农场）七八十个连队的先遣建点人员大多还没有来。我们先到供建点人员住宿的帆布棉帐篷里放下行李，然后被人领到西南方向距水库大坝几百米远的丘陵慢坡上，那里已经有了推土机推好的大、中、小三个一米多深六米来宽的长方形土坑，我们的任务就是在土坑上面搭建男女住宿和充当伙房的地窝子。搭地窝子需要木料和小叶樟，男的负责伐木，女的负责打草。出发前连长嘱咐我，小叶樟可以在附近割，而伐木却要悄悄地到水库对面，千万别引起林权纠纷，因为树木以水库和蛤蟆通河为界分属于两个不同的农场。那以后的几天，我们一早就带着干粮，踩着积雪覆盖的水库冰面，到一两公里以外的山脚下伐木，而女知青们则在大坝背面的草甸子里打草，天快黑时回到帐篷食宿。材料备齐以后，连里派来了两个木工，他们负责搭建地窝子的木工技术活儿。

搭建地窝子并不复杂，比盖正规房子简单多了。我们按着木工的要求，把各种不剥皮的树材用“快马子”锯成长短粗细不同的木料，每隔三四米在土坑的中央埋进立柱，然后在立柱之间架上檩条，再在檩条和土坑边缘铺上椽子。这些活儿基本不用像盖房子那样砍凿榫卯，衔接的部位用扒锔子钉牢就行。椽子之间铺上一根根胳膊粗细的杨木杆，最后在杨木杆上铺一层厚厚的小叶樟，再压上一层土。“屋顶”留出几个方形洞，覆以玻璃作为天窗，否则地窝子白天也会一团漆黑。门开在地窝子背风的一头，门框粗笨，门板向里开，以免下大雪后推不开门。修几层土台阶通向地面，供人们上下出入。地窝子内部没有也不需要任何装饰，用各种原木在两侧各架起离地面一尺来高的一长溜通铺，铺上树枝和厚厚的小叶樟，过道上埋两个平躺的大油桶，作为烧柴取暖的炉子，把铁皮烟筒呈曲尺形捅出顶棚。至此，地窝子搭建完毕，可以住人了。

分散在山坡上和大坝后面草甸子里的全团百十个地窝子都搭好，各路人马就到了，差不多有上万人，大会战开始了。

白天，水库里、小山上和大坝背后红旗招展，人欢马叫，有采石的，有刨冻土块的，有挖土的，有推“轱辘马”（架子车）的，有抬筐的，有打炮眼准备第二天凌晨放炮的……风雪无阻。傍晚收工以后，人们就钻进地窝子，过起穴居的生活。

虽然干了一天活儿，浑身上下脏兮兮的，但没有人洗脸洗手，地窝子的门打开关上再打开，人们出出进进，急火火地去打饭。从伙房打饭回来，借着昏暗的电灯光，几十个人坐在自己的铺位上开始吃饭。晚饭照例是苞米面大饼子，只有一个菜，或炒大头菜（圆白菜），或炒萝卜条，或炒土豆片。地窝子里一片咀嚼声，夹杂着说话声。应该说北大荒那些年吃的主食不错，基本上是白面，而且没有定量，管够。但这一年不行，自秋天开始就基本吃不上白面，一天三顿不是大糙子，就是苞米面大饼子，三天才能吃上一顿馒头。据说这是因为全师的小麦产量上报高了，只好上缴作为口粮的小麦完成任务。天气冷，活儿累，又都正值年轻胃口好，四两一个的大饼子就着没有荤腥的菜，每个人吃三四个是正常的。那个年头基本没有什么娱乐活动，年轻人在一起总要找些乐子逗自己玩儿，以释放因苦闷而鼓荡的情绪。有一天，几个知青在吃饭时合伙恶作剧，一个劲儿夸赞不禁夸的哈尔滨青年老陈大哥，说他能吃，谁也比不过他，于是老陈大哥便上了当，在七嘴八舌的怂恿下硬生生吃下六个大饼子，吃得从鼻孔直往外冒苞米面渣子。大家看着他难受的样子哈哈大笑，老陈大哥却伸直脖子表示还能再吃。我怕他把胃撑破，出面制止了。

吃过饭以后，地窝子里一片“琳琅满目”，几十双被雪水汗水浸湿的棉胶鞋、毡袜子和长长的绑腿，用铁丝吊在铁皮烟筒下，散发着酸臭。在污浊的空气中，七八十个人有聊天的，有唱歌的，有看书报的，有写家信的，有争论什么事的，有坐着发呆的，也有靠在被垛上睡觉的，还有脱下绒衣绒裤顺缝溜抓虱子的……

有那么几天，睡在我旁边的心灵手巧的老职工陈善新，一直在用小刀刮削一段一尺来长、手指粗细、雪白带根的王八骨头。王八骨头是一种生长在水边的忍冬科小灌木，学名叫金银木，枝干坚硬，中心却有一圈牙签粗细海绵状的软芯。我问他在干什么，他只是笑，却不回答。过了几天，那盘旋扭转的树根被雕成一个海螺，他又开始用细铁丝一点一点地掏枝干中间的海绵状软芯。终于有一天晚上，他把半截铜子弹壳钉进树根被挖出的凹槽里，然后微笑着把它递给我："给，我给你做的。"原来这是一个非常别致的烟嘴！这个珍贵的烟嘴后来跟着我回到北京，可惜在一次搬家时它不知下落，丢了。

在天气不算太冷的晚上，我会走出地窝子，于夜色中坐在烧柴用的木头垛上静静地发呆。目光越过水库，对面是峰峦错落的那丹哈达拉岭，它是完达山脉的西南分支。一层薄薄的白雾缭绕在暗黑色的山腰，使群山显得无比神秘。空气洁净透明，幽蓝的夜空繁星闪烁，清晰的银河在山林的斜上方远泻而去，北斗七星和北极星格外明亮，在遥远的北方夜幕上指示着更遥远的北方。二三十米外，水库冰面凿开的为人们提供饮用水的冰窟窿旁，有几只水獭缩头探脑瞪着眼睛四下窥视，哪怕只是一点轻微的响声也会使它们受惊，立刻齐刷刷转身，一头扎进冰窟窿里。一年多以前，离这里几十公里的珍宝岛发生了战斗，无数军车、装甲车和坦克车就是从旁边不远的公路开往前线，虽然眼下枪炮声已经停止，但战争的气氛仍然笼罩并影响着人们。我那时是个"好战分子"——除去每天繁重的劳动，不知道前途通向何方，心里充满矛盾，青春的豪情与郁闷、茫然、疑惑共存，因而盼着战争能够扩大，大到我可以经历枪林弹雨，或者立功，或者牺牲殉国。和我有同样想法的知青大有人在，对战争的渴望和激情，成了处于准前线年轻人的精神慰藉。

那天水库工地放假，前一天我们就和十一班商量好搞一次拉练活动，为不定哪天就要到来的战争做准备。一早吃过早饭，我们就踏着积雪出发了。一行二十多个人，背着五颜六色打着捆的被子，在无数人的瞩目下走过七百米的大坝，走向目的地——深山里的跃进山钢铁厂。为了锻炼意志，增加拉练的难度，我们没有走公路，而是以高压线杆为路标指引直接蹚雪爬山。没有路，陡峭山坡上的积雪没膝深，我们拽着身边的树枝和枯草，从雪中拔出一只脚，踩进面前更深的积雪中，然后再从雪中拔出后面的那一脚，每走一步都非常艰难。大家气喘吁吁，汗水湿透了绒衣，甚至有的人棉衣都沁出了汗水。山势起伏不定，向上爬时虽然费力，但相对要安全，下山时由于坡度陡峭，便有人一脚踩空而滚到山沟里，成了一个雪人。在哄笑中女知青们却发现了一个下山的窍门——她们一个接一个坐在雪坡上，飞快地滑到山沟，虽然狼狈不堪，倒也省事省力。两个小时以后，我们发现山间的公路就在不远处，大家集体做了妥协，不再和自己为难，走上了蜿蜒盘旋的公路。当拖着累垮的双腿结束了一天的拉练，回到地窝子的时候，天已经大黑了。匆匆吃过伙房给留下的苞米面大饼子，我钻进被窝，马上进入了梦乡。在睡梦中，我一定经历了炮火硝烟的战斗……

边走边回忆，从大坝上下来，我沿着水库岸边向当年住过的地窝子位置走去，路上遇到一拨又一拨老知青模样的人，大家微笑着相互点头致意，不发一言却心领神会：咱们一定都是来这里捡拾青春记忆，寻找当年作为挹娄人曾经的居所遗迹，这里有我们蹉跎的岁月和逝去的青春。

转过年，1971 年的冬天，连长突然通知我，带一个班的人去“三不管”搭地窝子建点，为一个星期后五六十个人上山伐木做住宿准备。

“三不管”是一片山林，在团部（总场场部）的东边，顾名思义，这是一个管辖权不清晰的地方。我们到达的时候，山下已经有了不少人，都是来建点的。我找人问怎么有这么多人，人家告诉我，这一片山林归属有争议，兵团说归兵团，林业局说归林业局，争执日甚，为此双方还动过武，于是兵团方面决定先下手为强，把山上的树伐掉运走再说。

按着指点，我们扛着行李上山找到事先划好的宿营地，那里已经有了一个推土机推出的长方形大土坑。就地取材极为方便，几天过去，地窝子就造好了。因为是建在山腰的背风处，且树多林密，地窝子的门便开在中间，很有个工棚的模样。

伐木大军来了。

现在想起来，即便是不懂保护环境，不知道绿水青山就是金山银山，那年的伐木也简直是罪过。两三千人散布在山林之中，到处是此起彼伏的锯声、斧声和喊山声，成材的大树一棵棵倒下，马上被截成一根根原木，然后被一辆辆汽车和“尤特兹”运出山去。没有成材的小树被倒下的大树砸得东倒西歪，遍体鳞伤。还有许多树木——特别是柞树（也就是橡树）——

因为纹理竖直，被劈成柈子当木柴烧掉了。

伐木常常险象环生：扫堂腿，搭挂，打板子，回头棒……一个躲闪不及就会造成人员伤亡。伐树前要先看好树的倾斜方向，然后在预定倒下的那一面下第一锯，当锯到一半的时候撤出锯，再在背面高出第一锯几寸处锯第二锯，当两面的锯口相错时，树就按照预定的方向倒下了。那天大雪纷飞，雪花在空中粘成一团一团的，从树隙中无声飘落，在林间闪着晶莹的光斑。当一棵大树吱吱嘎嘎地倒下时，树身突然扭转，偏离了预定方向，而赵光久正站在大树砸下的位置。人们惊叫起来，赵光久抬头一看撒腿就跑，但为时已晚，大家眼睁睁看着他被巨大的树身拍倒在雪地上。我的头皮发奓，心往下一沉，霎时间就凉了。短暂的死寂之后，众人疯狂地喊叫着向出事的地方奔去，但奇迹出现了——就在大家以为悲剧绝对不可避免时，赵光久却斜侧着从树下褪出身，站了起来！他呵呵傻笑着，双手拍打浑身的白雪。原来就在倒下的大树即将砸到他后背的刹那，他一脚踩空，扑倒在一个雪坑里，居然大难不死，毫发无损！

夜幕降临后的深山地窝子里，生活是单调寂寞的。白雪覆盖着黑压压的森林，一片寂静，呼啸的北风从林梢上吹过，把这寂静变成了恐怖。人们很少走出地窝子——白天在森林中都会迷失方向，夜晚要是误入无边的林海，十有八九会找不到回来的路，大家只能待在地窝子里消磨无聊的时间，喝酒，聊天，争吵，唱歌……那时林彪事件已经过去两个多月，虽然还没有正式传达，但种种迹象表明“副统帅”出事了，各种版本的小道消息不胫而走，知青们本已茫然的思绪更加迷乱……

那天又是大雪纷飞，中午时分，大家刚从伐木地点回到地窝子门前，准备吃午饭，连队的“尤特兹”就突突突地喘着粗气开上山来，停在地窝子旁。它每天要来三四次拉木头，我们习以为常，因此连头都不抬，但拖斗里突然传出一阵高亢杂乱的鹅叫声，一下把大家的目光吸引了过去。只见一个人从拖斗里站起来，手里提着一只被捆着翅膀和双脚的白鹅，大声叫道：“给你们送好吃的来啦！”原来，连队养了七八十只鹅，领导嫌它们光吃不下蛋，决定杀掉，还给在山上伐木的我们分配了十五只，让大家改善一下伙食。五六十人发出一片欢呼，一拥而上，把那十五只雪白的鹅从车厢里抢了过来。雪下得太大，本来就不宜伐木，现在又有好吃的，于是几个班排长商量，决定下午不出工，杀鹅改善伙食！

看着扔在雪地上还在“哦哦”叫着的鹅，众人兴奋不已，可问题来了，这鹅该怎么杀呢？知青们杀过鸡，有的还杀过猪，却从来没有杀过鹅。有人说：“这还不简单？剁！把鹅脑袋剁下来！”于是便有人抓起一只鹅，一手攥着鹅腿，一手掐着鹅头，把鹅放到树桩上，另一个人举起剥离大斧，手起斧落，那鹅立时身首异处。抓鹅的人顺手把捆住鹅腿的麻绳解开，不想那没有头的鹅竟一下站了起来，耷拉着长长的脖子，晃晃悠悠地乱走，颈腔里流出的血在雪地上画出莫名其妙的图案。现在想来，那是多么残酷的景象啊，但当时竟然没有一个人觉得这有什么不妥！虽然那些鹅终归要被宰杀吃掉，但它们不应该被这样残杀！特殊年代，严酷的环境与现实让人们的灵魂变得麻木，善良和慈悲也许还深深地隐藏在潜意识当中，却不知道何时才能被唤醒。

在山林中的地窝子住了二十多天，数不清有多少大树被伐倒运出山去。突然有一天，我们接到通知：由于林业局向上报告，军区的一位副司令要来检查，让大家收拾行李马上下山。我们离开地窝子仓皇逃下山去，把大量已经伐倒的树扔在山上，多年后成了腐朽的“困山木”……

虽然在北大荒生活了十年，但当时年轻，再加上艰苦和烦闷，我对它并不真正地了解。离开北大荒四十多年，我一次又一次返回，去寻找失落的青春岁月；同时，随着这些年考古工作的推进，三江平原发掘出一个个汉魏时期挹娄人活动的遗址，我才对那一方神秘土地的历史有了进一步了解。我曾经到被茂密柞树林包围的凤林古城遗址参观，那是一处面积达一百二十万平方米、具有王城性质的古城，城中有九个区域，所有居所——包括一处六百六十六平方米的巨型屋址——都是半地下的地窝子。在凤林古城的正南，隔七星河相望的炮台山上，八个“天坑”标志着古代北斗七星和北极星的位置，是我国发现的首座以天文星座为形象的祭坛，也是迄今为止世界上最大的七星祭坛。站在这里，可以想象当年的挹娄人如何从凤林城的地窝子里走出，在族长和萨满巫师的带领下越过七星河，来到七星祭坛，且歌且舞，大声祷告，虔诚地祭拜主宰天地万物的神灵……后来，不知什么原因，挹娄人神秘地消失了，只留下三江平原上一千多处遗址。将近两千年过去，当年的挹娄人一定融入了之后生活在这一带的各个民族，而我们却在特殊年代与古代挹娄人无意中相逢，体验了他们的穴居生活。

知青的上山下乡经历不过是浩瀚历史长河的一瞬，随着时间的推移，可能会被一些人淡忘，但它一定也会像神奇的挹娄部族一样，在史册中留下不可磨灭的印记。

忏悔山林

这是二十多年前的一段思想记录。

金沙江被称为“天界神川”，江的这边是人的世界，江的那边是神居住的地方。汽车从离虎跳峡不远的桥上越过金沙江，进入更加雄伟的大山之中。公路依山而筑，高时，白云在脚下升腾，低时，湍急的山溪奔泻在身旁。那时这条通往云南迪庆藏区的公路还要经过以无比险峻著称的“十二栏杆”，险得让人头晕目眩，美景却也令人心旷神怡。在香格里拉——那时叫中甸——住了一夜，我们继续前行。此时山势愈加雄伟，大山连绵不绝，汽车如同一叶小舟在山与山的波涛间起伏。到白马雪山的垭口，司机停下车来，让大家休息一下。真是够累的——刚才几辆汽车都陷在积雪中，大家一辆一辆推过来，已经喘不过气了。这里的海拔是 4292 米。

几个月前，中日两国的十七名登山运动员在攀登梅里雪山时因雪崩遇难。这次我就是陪着遇难者家属前去祭奠他们的亲人。

下得车来，放眼四望，忽然觉得四周很熟悉。那是我第一次到迪庆藏区，为什么眼前的景物竟然似曾相识呢？大山，白雪，树木……是了，就是这些不知何时被伐倒，乱七八糟躺在山坡上的树木，使我回到了一个非常熟悉的环境。在北大荒，这些被伐倒而运不出去的树木叫“困山木”。那些年我在北大荒见的困山木多了。每次进山，路边、林子中、山坡上、沟壑里，到处都是东倒西歪的困山木。这些树说不清是哪年伐倒的，大多已经腐朽。最可叹的是那些桦树——被多少诗歌赞美的白桦，正应了那句俗语：桦树不剥皮，三年烂成泥。站在横断山脉上，我想，现在人们看到的北大荒的困山木，一定有不少是我当年伐倒的……

那是一个疯狂无知的年代。中国和中国人在进行自我摧残，同时也意气风发地摧残着大自然。唱着歌，高呼着口号，我们向山林进军，多少棵伟岸的大树轰然倒下，多少座山被剃成了光头！破坏山林的思想根源，是人们的无知和某些领导对权力的追逐。那时，生产建设兵团的各级领导想更进一步控制山林，同林业局不断发生摩擦，据说严重时还动用过武力。在这种背景下，我们这些兵团战士便被派往各处山中，对林木痛下杀手。在我们接受的“再教育”中，从来没有生态平衡、保护自然和保护人类生存环境这些内容，融化在血液中、落实在行动上的是“活着干，死了算”和“笑洒满腔青春血，喜迎全球幸福来”。据说曾有人不知是马虎还是故意，在大会上把“笑洒满腔青春血”说成了“笑洒满脸青春血”，我知道后先是大笑，随后心中不禁凄然：洒了满脸的“青春血”，那该是什么样子啊？！作为准军事化的集体，我们盲目而坚决地服从命令，豪情万丈地冲向完达山，冲向兴安岭，冲向在我国极为珍稀的平原森林，拉扯着“二人夺”大锯，抡起剥离斧，砍伐着漫山遍野的杨树、桦树、榆树、椴树、松树、柞树、水曲柳、黄菠萝、核桃楸、水冬瓜、暴马丁香……我数不清自己砍伐了多少树，是的，我记不清有多少绿色的鲜活生命死伤在我的斧锯之下！

夜深沉，没有月亮，天上的星星多而且大，几乎一伸手就可以碰到。三挂马车悄悄地进了山——我们奉命去偷砍杨木杆。杨木杆就是还没有成年的小杨树，从胳膊粗细到小腿粗细。人就是有能耐，摸着黑，我们找到了白天已经看好的那片杨树林。不用下令，大家自觉地分散开来，如狼似虎般扑进树林。我们两人一组，一个人扶着树，一个人抡起大斧。斧声惊动了宿鸟，它们扇动着翅膀，惊叫着逃进林子深处。不到一分钟，第一批小杨树倒了下来。紧接着，就是不断线的倒伏的声音。渐渐地，人们活跃起来，边砍树边聊天，有人还点上烟，红红的火头儿一明一灭。山林中充满了诗意，也充满了杀气。在这一片诗意和杀气之中，数不清的洋溢着生命力的小杨树变成了光秃秃的杨木杆。

两个钟头以后，兵团战士满载而归。

1971 年的冬天，林彪摔死的消息传来，知青当中弥散开一股迷茫的思潮。我们或是深夜独自思考，或是两三个人聚在一起窃窃私语。这世界还有什么可信？生活没有浪漫可言，现实并非像宣传的那样美好。就在这时，我们接到上级命令：再一次进山杀伐，目标是一个叫“三不管”的地方。连里让我带着一个班先上山建点，为大部队进山伐木做好宿营准备。我们坐了三个钟头的车来到“三不管”，全团（农场）各连的先头小队都已经到了。这里到处是白雪，柳茅子的枝条上挂着一串串冰凌，冻着冰的小河在山脚下蜿蜒，冰面上凿开了供人取水的窟窿，白色的水汽缭绕在荒野上。说实话，这个地方够漂亮的，但我们没有时间也没有雅兴欣赏大自然，下车后就立即扛着行李上了山。

找到事先划好的宿营地，把行李往雪地上一扔，我们立刻拿起斧锯，去附近的林子里伐木，为当天晚上宿营准备材料，第二天再为进山的大部队搭建地窝子。这是一片杂木林，什么树都有。我一声吆喝，四把大锯一起开干。几分钟之后，四棵大树先后轰然倒下，树干抖落和砸起的雪雾弥散在阳光里，使树林变得五光十色，也让我们更加兴高采烈。于是，一场未经号召的伐木竞赛开始了，高大的树木一棵接一棵倒下。伐木这活儿经常险象环生：搭挂，打板子，回头棒，扫堂腿……哪一项处理不妥都可能要了人的小命。一年前，也是冬天，也是我带着一班人到蛤蟆通水库工地建点。搭好地窝子之后，按照领导事先的安排，我们到水库对岸去偷伐。对岸的树林不属于我们农场，偷伐了木材就是占了大便宜。那几天，我们专拣好的树种伐：黄菠萝、水曲柳、核桃楸……不要杨树这类的“贱木头”。伐木要先确定树倒下的方向，这取决于树干和树冠的倾向，也要配合伐木人的经验。先下第一锯，锯到一半时，撤出锯换到另一侧，在高于第一锯两三寸的地方再下第二锯。待两个锯口相错时，那树就按照预定的方向倒下了。不想，那天伐一棵又高又直的水曲柳时，险些出了人命。也许是因为马虎，也许是因为兴奋，我们的第一锯锯得太深，过了树的半径许多，待锯第二锯时，两个锯口还未及相错，那树就突然劈开，打了板子，树干直落下来。和我一块儿拉锯的王学凯抬头看见这情景，呆愣在原地动弹不得，眼看那粗大的树干就要砸到他身上，我飞快地扑过去，搂住他向旁边滚开。只听惊天动地的一声巨响，我们满头满脸都溅上了雪粉。趴在地上抬头一看，那树就砸在王学凯刚才站着的地方！生死本就在转瞬之间，后来我和王学凯都没再提过此事。他是一个谁也不服的人，但从那以后他对我言听计从。一年后的现在，我们这些人早已把生死置之度外，胸中有股恶气，不知道来自何方，也不知道如何发散，当时中苏之间正仇人相见，知青中还有人因为绝望，而希望赶紧打响第三次世界大战呢。拼命干活儿，破坏，乃至自残，都可以让我们出一出闷在胸中的恶气。此时伐起木来，我们竟然在自己制造的假象里豪情盖天，只是害惨了那些无辜的树木。

天完全黑下来了，我们被迫停手，忽然想起来，还没给自己搭当天过夜的小地窝子呢！

只好露营了。大家扛来刚伐倒的最好的柞树，用锯截开，劈成三尺来长的柈子，在深山中点燃了篝火。一人多高的火苗像金蛇狂舞，烤得人直冒汗。火光映红了山林，也映红了我们的脸。大家把行李在火堆周围铺开，都扒了衣服，光着膀子站在篝火旁，谈天说地，嗷嗷乱叫。临睡前，我们往火堆上加了大量的柈子，然后集体进入迷失灵魂的梦乡。第二天醒来时，火堆早已经熄灭，我们躺在零下二三十度的严寒里，头上是夜霜凝成的冰粒，身下是皑皑的白雪，四周是寂静的山林。

那以后的二十多天，我们和后上来的大部队——全团总有两三千人吧——开始对这一带森林进行围剿。大批的树木被伐倒，不断地运往山外，还有不少树被当成木柴烧掉。突然有一天，上级一声令下，我们又连夜撤下山去，大批的原木被扔在山中，成了困山木。据说这是因为林业局紧急上报，一位军区的副司令要来检查，我们才被迫仓皇逃下山。

站在白马雪山的垭口，看着眼前的困山木，想起自己当年在北大荒的愚昧行径，我不由得对山林充满深深的忏悔。后来我多次到迪庆藏区，得知这一带林业局的伐木工人大多是从黑龙江调过来的，那些光头山和山上的困山木就是他们的“杰作”。所幸现在情况已经有了好转，迪庆藏区实施天然林保护工程，自然生态得到了保护，繁茂的山林正在恢复元气。

2006 年夏天我回北大荒农场，在那里见到了久违多年的大龙。大概是 1972 年的时候，我们听说调到钢厂的他在伐木时被树砸伤了，便相约到钢厂去看他。钢厂坐落在深山中，到处是遮天蔽日的森林。朋友们说，他们一天到晚伐木，用这些成材的树当木柴烧砖，好建造房子。当时大龙刚出院不久，头上缠着绷带，一只胳膊耷拉着。大家对他的伤势表示关切，他却淡淡地说：“也许这就是报应，我亲手伐了多少树啊！”他的颅骨被取下一块，右臂残疾，后来提前在农场退休了。2006 年我见到他时，正值他从北京回到农场，为多争取一点儿伤残补助金而四处奔走。我和他聊天，突然想起当年听说的那个“笑洒满脸青春血”的笑话。原来，洒了满脸青春血就是这个样子！

仁者乐山，智者乐水。愿我们大家都成为仁者智者，愿山林常青，愿绿水长流。

难忘的九班

1970年5月20日晚上，我从北京探完亲回到北大荒连队。这个日子之所以记得这么清楚，是因为17号那天去探望在赵光农场下乡的妹妹，中途在绥化转车时，记起17号是我的生日，便在车站前的饭馆要了两个菜，给自己过起生日来。吃完饭却猛然意识到我的生日是6月17号，这个生日过得整整提前了一个月！

回到连队，听说头天又来了一批六九届的天津青年。第二天，拿了几双从北京带回的松紧口懒汉鞋给托我买的人送去，又去食堂吃午饭，正排着队，站在前面的一个新来的女青年回头问我："同志，您还有革边鞋吗？"哈哈，她把我当成卖鞋的了！懒汉鞋的鞋边镶着一圈人造革，天津人管它叫革边鞋。就在那天下午，老连长找我，让我到九班当班长。

这是一个新组建的农工班，十来个人，清一色的知青，有北京的、天津的、上海的、哈尔滨的。我年纪最大，二十一岁，副班长袁军最小，只有十五岁半。没多久到了麦收时节，九班成了最能干活儿的农工班。

场院上最累的活儿莫过于扛麻袋。一开始，他们只能扛半麻袋小麦，还驼着背，弯着腰，累得气喘吁吁，没过几天，争强好胜的他们就跟我一样，能扛着一百八十斤的麻袋上三级跳板了。麦收结束之后，开始运粮，领导指定九班在场院扛麻袋装汽车。车没来的时候，我们和别的班一起往麻袋里灌小麦。汽车来了，我们打开车厢板，有伐肩的，有扛麻袋的，有在车上码垛的。这几样活儿没一样是轻省的。王志川是天津青年，外号“老道”，干部子弟，刚满十六岁，身体还没发育好，单薄精瘦，但他天生倔犟，一天到晚紧咬牙关、身子打晃地来回一次次扛麻袋。曲三建也是天津青年，外号“大赖”，人也瘦，总是咧嘴笑着，一声不吭地抢着干。陈家田是哈尔滨青年，更瘦，原来外号叫“排骨大队长”，后来因为他总是叫我“刘大哥”，反倒落了个新外号：老陈大哥。他扛起麻袋来就成了拼命三郎。张士伦是上海青年，白白净净，像个小开，虽然嘴里总是嘟嘟囔囔，但扛起麻袋来却像风一样。卞祖发也是上海青年，不吭不哈，闷头扛麻袋，从不偷懒。天津青年袁军长着一双大眼睛，外号“大眼儿”，他还不到十六岁，每天扛完麻袋，回到宿舍洗脸都弯不下腰……我和哈尔滨的王学凯基本是在车上码垛，这个活儿除去要双臂有力外，还要配合默契，四只手提溜起麻袋一扔，正好到位，否则挪来挪去，又费力又耽误时间。解放牌汽车载重量是四吨，车厢两边各码六垛，每垛横着放三个麻袋，中间的四垛竖着码，也是每垛三个麻袋，最后再在车厢尾塞进两个麻袋。这是五十个麻袋，一袋一百六十斤，正好是四吨。有一天，我们从清晨干到晚上九点，一共装了五十四车！

九班之所以能干活儿，在于团结。用现在的话来说，团结在于大家的基本价值观趋向一致。

那是一个大搞形式主义的年代，每天除去繁重的体力劳动之外，还要开会，学习，讲用，忆苦思甜，进行革命大批判……凡此种种，不一而足。年轻人总是要做出一些反叛行为，以表达对现实的不满。珍宝岛中苏开战刚过去一年多，备战的彤云还笼罩在头顶，连队要求一切行动都要军事化——这当然是上级的指令——每天早上以班为单位列队上工，下工时也要列队。我天生不愿受拘束，讨厌各种毫无意义的形式。于是，那天在场院干完活儿，下工时看到别的班都排成一路纵队出场院，我突然冒出了一个恶作剧的念头，对大家说："他们排纵队，咱们排横队走。"全班人反响热烈，一致表示同意。十几个人迅速站成一排，迈着整齐的步伐，横着向场院大门走去。出了场院，来到住区，这支与众不同的队伍吸引了许多人的注意，无数双眼睛盯着我们看。我们更来劲儿了，一个个表情庄严，目不斜视，步伐愈加整齐。回到宿舍，大家忍不住哈哈大笑，觉得好玩极了。不想第二天连里开大会，指导员在会上批评道：在提倡"三八"作风、创"四好"的大好形势下，九班排着横队下工，说轻了这是不严肃，说重了这是破坏革命化和军事化！会后，老连长找到我，说：你们班干活儿没的说，可你能不能别带头捣乱？我说：能干活儿不就成了吗？老连长说：你以后少惹事！

那时正在创"四好"，争"五好"，创建"四好连队""四好班集体"，争做"五好战士"。至于"四好"和"五好"都是什么内容，现在已经记不起来了，总之政治思想好是排在第一位的。同在一个排的九班和八班在这种形势下形成两个极端。八班班长老柳是个特别讲究政治学习的人，工间休息时学语录、读报纸，雷打不动，偏偏副班长老刘是个出身有点儿问题而又努力争取进步的文化人，两个人对上了脾气。凭良心说，他们干活儿也卖力气，但这二位班长的身体都差点儿意思，不能起带头作用，于是八班干活儿永远也没有九班强。为此，老刘强调突出政治才是第一位的，干活儿是第二位的。我常常和他发生争论，争来争去，连队为我俩专门开了一次辩论会。会上，老刘说读毛主席的书、学习毛泽东思想要落实到突出政治上。我说那是空对空，要落实到干活儿上，学习再好，地里的庄稼也不会自己跑到场院上，得好好干活儿才行。辩论没有结论，两个班还是各行其是。然而连续两年，九班都被评为“四好班”。看来大家私下都同意，无论怎么突出政治，干活儿才是最重要的。

我们九班有一个“一帮一，一对红”的结对子班——十一班。这是一个女工班，全部是女知青。在班长宋玉梅和副班长陆红珠的带领下，这个班也非常能干。她们怎么能干我就不说了，只说一件我们九班对不起她们的事。

这得从我的脸盆说起。

正是初冬，我的脸盆坏了，于是从分场商店买回一个新脸盆，豆绿色，比一般的脸盆大，而且样式新颖。我很喜欢它，买回来后放在火墙边，准备第二天洗脸用，可到第二天早上醒来一看，新脸盆里竟然满满的一盆尿！宿舍里住了十二个人，我问是谁干的，都笑着不说话，看来除我之外，那十一个人一定是集体作案。我能说什么呢？不就是把我的新脸盆当成尿盆了嘛，我用你们的脸盆洗脸就是了。于是，这个新脸盆名正言顺地成了大家的尿盆。

水利大会战即将开始，连里领导派九班和十一班去蛤蟆通水库工地打前站建点。水库因蛤蟆通河得名，其实那河早先并非叫“蛤蟆通”，而是叫“喀穆图”，是满语“水滨”的意思。临行前，连里发给每人白面、猪肉各一斤，没冻坏的大白菜一棵，让我们自己包饺子吃。一个男工班和一个女工班，“理所当然”应该是女同胞包好饺子，我们坐享其成，不料十一班却先出声让我们包饺子，她们只负责在自己宿舍等着送上门来的佳肴！男人——特别是男青年——最怕女人耍赖，我们只好答应下来。于是乎，我们和面的和面，剁馅的剁馅，擀皮的擀皮，包的包。饺子下到大锅里以后，我突然想到，该用什么物件盛上这么多饺子给女同胞们送去呀？这时，大家一齐把目光投向了那个豆绿色、样式新颖的大盆。就这么定了！有人赶紧用炉灰把它使劲蹭了一遍，然后用清水涮了又涮，大盆光亮如新，恢复了本来面目。

我们用这个大盆和另一个蹭干净的一般式样的脸盆，盛上刚出锅的热腾腾的饺子，踏着铺满月光的雪地来到女宿舍。女同胞们早已经拿着筷子在等了，一见饺子端来便执枪上阵，叉起饺子飞快地往嘴里送。真是女人比男人更凶残啊！上海知青卞祖发在一旁一本正经地问：“饺子香吗？”

“香，太香啦！”女同胞们嘴里含着饺子，异口同声地回答。

没吃出异味，香——这就行了！

退出女宿舍，我们一路大笑着回自己宿舍吃饺子去了。这个秘密被我们一直保守着，今天公之于众，算是对真实的历史有个交代。

我在九班当了两年班长，和这些弟兄一起爬冰卧雪，顶风冒雨，在完达山伐过木，在挠力河挖过沙子，在排水沟里喝过满是绿蒲的积水，在草甸子里挨过蚊虫叮咬，在刚熄火的土窑里搬运滚烫的砖，在每一块地号上春播、夏锄、秋收，在大宿舍里度过一个个既有趣又无聊的夜晚……后来大家有的上了机务，有的回城上了大学，有的干了其他工作，再以后就都返了城，回到各自的家乡。但是，我们的友情一直延续至今，九班的人无论在哪里见面，都显得格外亲热，因为大家拥有一段共同的历史——我们难忘的青春。

2017 年 6 月下旬的一个傍晚，正值夏至时分，我又一次返回北大荒，站在抚远的黑龙江边，看着如火的绚丽晚霞把大江染得通红，不由得想起十年的上山下乡岁月，想起那些现在已经是老人的荒友，酸甜苦辣搅成一团堵在胸口，只觉得眼前一片苍茫。回到宾馆，仍然思绪万千，心中惆怅不已，便随手填了一首《满江红》：“霞染龙江，极目处，寥廓寂远。风微动，波光潋滟，鱼跃鸟唤。落日余晖投水面，彤云多彩垂空幔。看天幕，暮色正苍茫，真奇幻。　忆年少，青春献。风雪骤，行经惯。猛回头，难说无悔无怨。人老常觉身体倦，心痴不舍家国恋。抬眼望，浩荡满江红，乾坤转。”回到北京是 7 月初，四十多年的好友么树森发来一首《江城子》，纪念自己上山下乡四十九周年："旷野长河万里行，历磨难，披朔风，岭外残阳，荒野月溶溶。难忘凛冽严冬夜，迎烟炮，踏寒冰。　用苦难照耀人生。辨真理，明世情，远路峥嵘，看山水纵横。四十九年匆匆过，青山在，晚霞红。"

我把这两首词送给令人难忘的九班弟兄们，愿大家晚年安康。

奶牛的悲剧

好像是1970年，北大荒的连队来了两头黑白花奶牛。以前，连队只有一头黄牛，和十几匹马喂养在一起，平常没什么活儿给它干，像个干部——跑运输拉东西有四挂马车，那些马是劳动模范。不过，连队的干部也不能一点活儿不干，黄牛有时也架上车，到猪号拉拉粪肥，给地里干活儿的人送送饭，或者脱坯和泥时牵它到泥塘里踩踩稀泥。奶牛来了，成立了牛号，黄牛被分配去和相貌不同的同类一起生活。老王负责喂养它们，一个外号叫“洋耙子”的妇女负责挤奶。奶牛很争气，奶的产量很高，一天差不多能出两三水桶牛奶。

牛奶在北大荒是个新鲜事物，虽然卖得很便宜，夏天五分一斤，冬天一毛钱一斤，但大多数老职工并不接受，一来喝不惯那股味儿，二来家里收入少，负担重。于是，喝牛奶几乎成了知青的专利。每天下工以后，大家拿着搪瓷茶缸或者小饭盆争先恐后地奔向牛号，交上五分一毛钱，打一斤牛奶，回到宿舍在炉子上煮开，放上点儿白糖，一口一口地喝下肚去。我坚持喝了很长时间牛奶——那才真叫牛奶哪！煮开稍稍放凉，牛奶上面就皱起一层淡黄色的奶皮，泛出一股浓浓的奶香。

和奶牛几乎同时来的，是兴凯湖劳改农场的几个“清边人员”，他们都是北京人，因为各种各样的罪名被判过劳改或者劳教，刑满或解除劳教后留场就业。和“苏修”在珍宝岛打过仗之后，他们被认为不适合在边境生活工作，便被清理到离边境远些的地方。开始，我们拿他们当异类，时间长了，干一样的活儿，吃一样的饭，大家也就相互接受了。可是，有一天连队开大会，有人大声说那几个“清边对象”居然也喝牛奶，这是阶级斗争的新动向！我心里不以为然，却不好站出来说话，“阶级斗争”可不是好玩儿的，中国有无数人就是倒在这四个字的下面。然而，当事者王国琴却一下站了起来，梗着脖子，大声嚷嚷着：“‘清边对象’怎么了？‘清边对象’就不是人了？一样交钱，我们为什么不能喝牛奶？偏喝！就喝！”所有人都被她镇住了，没有一个人出来反驳。那天傍晚，王国琴拿着搪瓷缸，雄赳赳气昂昂地到牛号打了一斤牛奶。

挤牛奶的“洋耙子”随着丈夫回了湖南，老郑调到牛号喂牛，老王改挤牛奶。他们都是1959年来的山东支边青年，一个老家在文登，一个在招远，都属于胶东地区，都是领导阶级——贫下中农。招远人老王是个老班长，是大家公认的老实人、好人，不但能干活儿，而且不笑不说话，对所有的人都非常和善。文登人老郑个头不高，走路总是侧着身子，一个肩膀在前，一个肩膀在后，有一只眼睛有“玻璃花”，看东西斜着眼，外号叫“瞎子”。时间不长，连队里开始传说这二人不和。究竟为什么不和，也没有人过问，人和人在一起闹矛盾是再稀松平常不过的事了，谁有那闲心管它呢。

但是，出事了！

突然有一天，正是麦收时节，产奶量更高的那头奶牛有一个乳头被割掉了！奶牛淌着血痛苦地嚎叫，那个乳头被发现在碎草中。连队迅速成立专案组侦查破案，分头找老王和老郑谈话。老王说不知道是谁干的这缺德事，老郑说是老王下的毒手。大家凭着平时对两人的了解，一致认为老王不会干这种事。那么老郑呢？虽然没有证据，不好妄下结论，但人们觉得他的嫌疑最大。理由有些奇怪：他长的模样就不像好人。

连队领导经过研究，也认为老郑作案的可能性大，便不让他继续喂牛，放到我们农工九班，一边干活儿一边交代问题。

九班的成员清一色是知青，在连队以能干活儿出名，我当班长。老郑一来，大家都很兴奋，纷纷跟我说要开老郑的批判会，让他交代问题。我说开会没用，对他这种平时干活儿偷奸耍滑的人，就得用干活儿治他。于是我对老郑说：你来九班要跟大家一样，我们怎么干，你也得怎么干。他点头答应。那时场院上正忙，九班主要负责扛麻袋入囤。一个麻袋灌满小麦整整一百八十斤，九班的小伙子们像玩儿一样扛着麻袋飞跑，上下三级跳板，往来如风。老郑从来没这么干过，大麻袋往肩上一压，他的腰就弯了，走起路来晃晃悠悠，上了跳板东倒西歪，好像随时都会掉下来。开始两天他咬牙坚持，到第三天头上，他把我拉到一边，说：“我实在受不了啦，我交代，那奶头是我割的。”我问他为什么，他说老王总让他多干活儿，他气不忿，便割了奶牛的奶头想栽赃给老王。

我向领导做了汇报，连里开大会批判了一下老郑，事情便算了结。老郑在九班又待了一段时间，我也不让他像我们一样扛麻袋了。不久，他调出九班，去道班维修公路，每天扛着把铁锹在路上溜溜达达，反而比以前喂牛更轻省了。

那头奶牛乳房的伤口肿得老大，再也挤不出牛奶，生生给憋死了。

前些年，老王退休回了招远老家，那里是一个有名的金矿。我到那个名叫玲珑金矿的地方去看过他，全家生活很幸福。

老郑的儿子长大以后结交了坏人，有一年秋天的夜里，他伙同外面的几个人到场院里把打更的老知青佟连友给绑了，然后装了一车大豆到外面去卖钱。佟连友冻了一夜，手脚都坐下了病。后来，老郑的儿子被抓捕归案，判了刑，在监狱里受不了苦，吃玻璃碴子死了。再后来，老郑回了文登老家，前几年他得了病，越来越沉重，他让家人把他送回农场，死在了北大荒。

打　猎

先讲个一拳打死一只老虎的故事，是在宝清县城边挠力河看守沙坑的张格题讲的，我至今不知道是真是假。

在山林和草甸子相接的边缘，一辆马车行走在小道上。车上有两个人，甲对乙说：你赶车慢慢往前晃着，我下去解个手，完事就追你。说完他跳下车，蹲到草丛中。乙让几匹马放慢速度，马车慢慢在草甸子里晃，二十分钟过去了，还不见甲赶上来，便圈回马车顺原路来迎甲。

走到甲下车的地方还不见人影，他大声叫着甲的名字，却没人回答。乙有些慌了，停下马车，跳下车来，到甲蹲下的地方去看。这一看不要紧，眼前的景象把他吓了个半死，只见甲仰面朝天和一只老虎躺在草丛中。乙本能地扭头就跑，跑出老远站住，半晌却不见有任何动静。于是，他奓着胆又走了回来，蹑手蹑脚探头向草丛中看去，甲和老虎还一动也不动地躺在那里。乙定了定神，揉揉眼睛再看，只见甲紧闭双眼，面无血色，他的半截胳膊被老虎吞在嘴里，而老虎面露狰狞，瞪着两只凶狠的黄眼珠。老虎死了？乙虽然心里这么想，却不敢造次，他用手里的鞭杆捅了捅老虎，那虎毫无反应。乙提着半个心上前，伸手在甲的鼻子下试了试，人还在喘气，又把手放在老虎的鼻子处试了试，虎已经没有了呼吸。

救人要紧。乙把甲的胳膊从老虎的嘴里拽出，把他拖出草丛，抱到马车上，赶着马车跑到县城医院，然后领着人到草甸子里把老虎运了回来。

甲在医院醒了过来，对人们说，他刚蹲下就听到背后有动静，回头一看，一只老虎向他扑来，他抬手向后一挡，然后就昏了过去，什么都不知道了。人们对那只老虎进行了详细检查，发现它瘦得皮包骨，虎毛干枯，嘴里的牙齿全部脱落……这是一只既老又病且饥饿的老虎，它在垂死的一刻使出全身力气张嘴扑向甲，吞下甲的胳膊，而甲的拳头却堵住了它的喉咙。老虎再也没有力气了，活活让一只拳头给憋死了！

八五二农场早先是军队师的建制，场长黄振荣是参加过长征的老红军，在朝鲜战争时就是铁道兵的师长。1968 年成立生产建设兵团，农场变成了三师二十团，降了一格，成了县团级。农场地处宝清县，总场的场部南横林子是个镇，下面的七个分场都是乡，我所在的五分场叫索伦乡，缘于境内的大小两条索伦河。“索伦”是满语“狩猎的围场”，可见以前这片荒原曾经野兽禽鸟众多。

我刚到北大荒的时候正是秋天，前脚到了没多少天，大约是 9 月下旬，佳木斯狩猎合作社的三个猎人也来了，住进了我们隔壁的单身宿舍。他们都穿着土黄色的衣裤，打着高高的绑腿，腰间插着带鞘的猎刀，显得非常精神。老胡岁数最大，四十岁左右，沉默寡言，黄眼珠，我怀疑他是中俄混血的“二毛子”。老徐三十多岁，公鸭嗓，爱和人唠嗑，是个场面上的人。另一个人印象不深，现在连姓什么都记不起来了。他们到的第二天就各背着两支枪出去打猎了，一支步枪，一支猎枪。我们则是到地里去割大豆，不是一个方向。晚上收工还没到宿舍，就闻到一股浓浓的肉香。刚进屋，老徐就在窗外嚷嚷上了：“来呀，上我们屋吃狍子肉呀，已经烀好啦！”一群人便拥进了猎人的屋里。大家纷纷从锅里捞出带着骨头的大块肉，站在当地啃了起来。那是我第一次吃狍子肉，也是到北大荒后第一次吃到荤腥，虽然都是瘦肉，但那香味终生难忘。

国庆节后的一天，我们到东边五六里之外的老六号地去掰苞米。大家每人背一个苞米筐上了路，出生产队住区没多远，小路的两边就都是一眼望不到边的大草甸子了。此时羊草和小叶樟都已经黄了，微风吹来，金黄色的草浪起伏不定。不知道为什么，近在身旁的这些草甸子没有开垦，而远在五六里之外的老六号地却成了农田。三四十分钟以后，来到老六号地的地头，统计员拿着一面铜锣对大家说，到中午的时候听见锣响就出来到这儿吃饭。我第一次掰苞米，进了苞米地，老班长简单教了一下，就掌握了要领，顺着垄沟掰了起来。这个活儿确实简单，用铁钎子把苞米皮破剖开，再把苞米皮撕开，掰下苞米扔到背着的筐里，待筐装满把苞米倒到垄沟里就行了。刚干了也就半个钟头，猛然听到身后响起一连串锣声，难道是中午饭送到了？正疑惑着，就听见有人大声喊：“快出来呀！都到地头来！”我跟着人群在急切的锣声中向地头跑去。出了苞米地，并未看到送饭来的马车。大家都一头雾水，互相询问是怎么回事。这时统计员拿着锣跑出苞米地，气喘吁吁地说：“那几个打猎的昨天晚上在东边的小树林下地枪打黑瞎子，刚才去看，枪响了，地上一摊血，黑瞎子却不见了！”周围的气氛立刻紧张起来，我却好奇心大盛，拔腿要去看热闹，被老班长一把拉住：“别乱跑，一猪二熊三老虎，你不要命了？！”他的话刚说完，苞米地里连着传来两声枪响，嘈杂的人群立时安静下来。有人在苞米地里大声喊：“打着啦，打着啦，下地接着干活儿吧！”我和另外两个青年不顾一切地钻进苞米地，深一脚浅一脚地向刚才枪响的地方跑去。大概跑了半条垄远，就看见老胡和老徐站在一片倒伏的苞米地里抽着烟，他们身旁仰面朝天躺着两头面目凶恶的黑熊。那头更大些的熊龇牙咧嘴，胸口还在向外淌血，染红了胸前的一片白毛。

老徐见来人，便说：“昨天晚上我们俩在树林里下的地枪，今天早上来一看，黑瞎子蹚响了枪却不见了影，就顺着血迹找，找到这儿看见这头母熊死了。刚要喘口气，就听见背后的苞米地一阵乱响，这头公熊冲着我们就扑了过来。我抬枪就打——这是虚招儿，那熊一下站了起来，舞扎着爪子向我扑来，老胡端枪朝它胸口开了一枪，这不，两口子倒一块儿了。”他说得轻巧，我却听得汗毛竖了起来，后背一阵阵发凉。

中午送饭的马车来了，返回时装上了两头黑瞎子。

傍晚下工回到生产队，大人小孩儿一片喧闹，纷纷端着盆奔向食堂。来到宿舍前，只见外墙上钉着两张巨大的熊皮。有人兴奋地说：“今天晚上吃国宴，炖熊掌！”打到黑瞎子，猎人高兴，无偿地让生产队的人来割熊肉，熊掌交到伙房，他们只留下了熊皮和熊胆。后来，每张熊皮三十块钱被人买了，两个熊胆用细绳拴着挂在他们住的宿舍墙上。隔了几天，我上工去得晚，看到徐医生蹑手蹑脚进了猎人的房间。我好奇地趴窗去看，只见徐医生拿着注射器正从熊胆里抽取胆汁。第二年春天流行红眼病，徐医生给得病的人眼睛里抹一点儿熊胆汁，第二天眼睛就不红了。

我觉得熊掌并不好吃，腥腥的，黏糊糊，嚼不动。熊肉就更别提了，吃在嘴里不是味道。

除这两头黑瞎子以外，那年猎人们还打了几十上百只狍子。狍子肉两毛钱一斤，我们因为和猎人住隔壁，吃狍子肉基本不花钱。我花十块钱买了一张狍子皮，一面是厚厚的油板，一面是黄色的针毛，垫在褥子下，既隔潮又保暖。这张狍子皮陪着我在北大荒度过了十年。

以后几年的秋天，老胡和老徐都会从佳木斯到我们这里来打猎。有一天是工休日，我一早起来，见他们背着枪出了宿舍，便不顾没吃早饭，远远地跟了上去。天晴得很好，西北方向的尖山子在平原上突兀耸立，山上的树红一片、黄一片、绿一片，五彩斑斓。走出二里地，过了七支沟，面前是大片已经变黄的草甸子。草长得茂盛，人在其中只能露出脑袋，我看不见猎人在哪里，心想坏了，这上哪儿去找他们呀?

猛然一声枪响，不远处一群十几只狍子从草甸中蹿起，一起一伏地在草海中显现，白色的屁股分外惹眼。又响了两枪，狍群逃远了，一切归于寂静。顺着枪响的方向，我看见了两个猎人，便嗷嗷地高声喊着，蹚进草甸子，扎煞着双手向他们走去。来到近前，老胡瞪着黄眼珠子，吼道：“你来干啥？”

“我来玩儿，看见你们就过来了。”

“扯淡！一个人到草甸子里有啥好玩儿的！”

老徐赶紧打圆场：“还是个孩子呢，既然来了，就让他老实跟着吧。”

老胡也就不再说什么，从腰间抽出猎刀，弯下腰去。这时我才看到地上躺着一只还在抽搐流血的狍子。老胡把猎刀向狍子的胸前扎去，一用力把兽皮划开一个三寸来长的口子，鲜血立即从口子中涌了出来。他蹲下去，趴在狍子身上大口大口地喝起血来。我看得有些恶心，不知道该说什么好。

老徐告诉我，他们猎手从来不吃早饭，打着东西就先喝血，这玩意儿养人。

老胡喝够了，站起身抹抹嘴上的血，老徐又趴在狍子身上喝起血来。喝完血，老徐到旁边草丛中又拖来一只死狍子。刚才响了三枪，打着两只狍子。

我等着看他们如何打猎，两个猎人却一人扛着一只狍子来到排水沟旁，把狍子放在沟坎上，坐下来开始卷烟。

我问：“怎么不进草甸子找狍子打呀？”

老徐抽着烟，说：“不用找，狍子这东西傻，好奇心重，刚才响了几枪被吓跑了，过一会儿还会回来，要看看是怎么回事。这儿地势高，老远就能看见它们。”他把手里的烟头掐灭，扔到地上又上脚踩了踩，说：“都说这狍子傻，可有的人比它还傻。”我问人怎么会比狍子傻，他给我讲了一个故事——

有一个人省吃俭用，逮只蛤蟆都恨不得攥出尿来，好不容易攒了一百八十块钱要买辆自行车。临去县城前，他怕钱放在衣裳兜里不保险，就把钱塞进一个四尺来长的干粮袋里，用针线把装钱的部位两头缝住，然后将干粮袋系在腰上。那时正是冬天，快走到县城了，来到一条河边，他看见一只狍子站在河上的冰窟窿旁喝水。这在北大荒是常见的事，他并没有在意，可就在刚走上桥时，那只狍子喝完水要离开，却因为蹄子上沾的水冻成了冰，在冰面上一迈步一出溜，两条前腿跪在冰上站不起来。这人想：这可是天意，这只狍子归我了！他快步跑下河岸，来到冰上，抓住了狍子的角。狍子用力挣扎，他使劲抓住狍子角不放，人和狍子在冰面上滑来滑去。这个人一眼看见岸边有块石头，就想用石头把狍子砸死。他伸手却够不到石头，便用力拉狍子到岸边，可是鞋在冰上打滑使不上力。这时他低头看见了腰间的干粮袋，便解下干粮袋拴在狍子角上，拽着干粮袋来到岸上，伸手捡起了石头。他一手举着石头一手把狍子拉到岸边，正要把石头砸向狍子，那狍子的前蹄踩到了土地，拼命一挣，干粮袋从这人的手里脱出，狍子一下蹿出老远，撅着白腚跑了。这个人登时懊丧地泄了气，他娘的，白费了半天劲，煮熟的鸭子又飞了！他来到县城商店，看好了自行车，伸手去解干粮袋准备付钱，这才想起那一百八十块钱让狍子给带走了！

我不信他的话，正要争辩，老胡却嘘了一声，示意向西边看。我顺着他的目光看去，真的看见十几只狍子探头探脑、东张西望地出现在草甸子里。老徐让我在原地别动，他们潜进草甸子，猫着腰向狍子靠近。我站在沟坎上向草海里眺望，只能看到时隐时现的狍子头和两个猎手的脑袋。突然，一声枪响，狍子们受惊，抬起头来张望，却没有马上逃跑。又一声枪响，一只狍子跳了一下，摔倒在草丛中。狍子们醒过神来，一蹿一蹿地向草甸子深处逃去。紧接着又响了几枪，两只狍子摔倒在逃跑的途中。那个秋天，生产队的墙上到处钉着晾晒的狍子皮，一只只剥了皮的狍子被马车拉到分场去卖。

再后来，随着开垦出的土地越来越多，草甸子越来越少，野兽也随之变得稀少，不再有成群结队的狍子，老胡和老徐也不再来了。

连队里没人有猎枪，也就没人打猎，有些人也只是在春秋两季下夹子夹个大雁，夏天到索伦河打个鱼，冬天抓个野鸡什么的。分场场部有人打猎，特别是汽车排的司机，大老王、何大拿和小方都有猎枪。有时我到分场去，碰到热情的大老王，他会笑呵呵地说："走，到我家去吃狍子肉！"

1963 年来的北京知青梁占山在分场学校当老师，他有猎枪，我好几次碰到他背着猎枪进入分场北边的树林。有一次我和赵光久、周达在公路上见到他，正是冬天，他背着双筒猎枪，皮帽子的帽翅斜着系在脑后，脚上穿着翻毛大头鞋，腿上打着绑腿，棉裤和棉衣都显得极为单薄。我们站在公路上说了会儿话，我问他穿这么少冷不冷，他拍着上衣说："这裤子和衣裳里面絮的不是棉花，是一层泡沫塑料，既保暖又轻便。"我将信将疑。

梁占山是一个满怀浪漫的理想主义者，曾带着一群学生在大索伦河边办起一所农业中学。我不知道他打猎的成果如何，但前些年看过他在博客上写的小说《完达山猎人》。如果没有打猎的切身体验，是写不出这样的文字和内容的。二十多年前，他因颈椎病动手术出了问题，双腿瘫痪，写《完达山猎人》应该是他对青春岁月和北大荒那片土地的一种怀念。

如今他已经是七十七岁的老人了。前几年，坐着轮椅的他由儿子开车，从北京远征一千八百公里，回了一次北大荒。面对那里的土地和山林，他一定会感慨万端吧。

鸡丝面条

有一年，大概是夏末秋初的农闲时候，到总场（那时叫团部）参加师里举办的创作学习班。那些天学了什么写了什么现在都忘了，却只记住了一件与吃有关的事。我问过好多那时参加过此类学习班的知青朋友，和我一样，他们能记住的也大多是与吃有关的事。比如，有一年到佳木斯参加兵团的一个学习班，是关于如何写人物通讯的，有省出版社的编辑老师来辅导。具体的学习内容现在早就忘到了九霄云外，能记住的只有两件事。一是正当春天开化，我们集体到松花江边看“跑冰排”——本来冻得严严实实的江面四分五裂，憋了一冬的江水驮着无数巨大的冰块汹涌澎湃，冰块横七竖八地漂浮在江面，互相撞击着、挤压着，一路向东奔去。因为跑冰排的景象实在是太壮观，所以才记住了。那年是“文开江”，据说若是“武开江”就更是壮观，冰块叠压碰撞，有雷霆万钧之势，所到之处摧枯拉朽。第二件记住的事情是每顿饭都有一盘马哈鱼子，一粒粒黄豆般大小，吃起来又腥又咸。学习班主持人说，一粒马哈鱼子的营养相当于两个鸡蛋。天哪，两个鸡蛋！我每顿饭都要吃二三十粒，这得是多少鸡蛋呀！我们在下面的连队别说吃不到马哈鱼子，就连肉也很少见到，七尺肠子里刮不出二两油。但是，这么高营养的东西并未引起我太大的兴趣，倒是那些肥肥腻腻的大鱼大肉更受青睐。

还是说在总场参加学习班的事。

人不太多，大约有十几个人。中午吃饭的时候，到饭厅一看，大家都有些失望——桌上虽然摆了六七个盘子，可差不多都是素菜，有点儿肉，却很少。心里不免有些埋怨：团部就是比不了师部，更比不了兵团，就给这么点儿肉呀！再一想：知足吧，总比在连队吃的好多了。于是，狼吞虎咽，风卷残云，众人也吃了一个高兴。下午学习结束，傍晚又去饭厅，桌上一如中午，还是同样的饭菜，心中不免有些郁闷。刚坐下，饭厅的门开了，进来两个人，前面是一个看上去有五十多岁的老军人，气度不凡，旁若无人；后面是一个年轻的军人，英俊威武，精明强干显露无遗。老军人在离我们四五米远的一张桌子前坐下，年轻军人向后厨走去。有人冲老军人努努嘴，轻声说："那是兵团的任政委。"

我心中不禁肃然，知道任政委叫任茂如，和第一副司令员颜文斌（司令员由省军区的司令汪家道兼着）都扛过少将军衔，是黑龙江生产建设兵团的当家人。大家和我一样，都不免向任政委那边多看了两眼。颜副司令我没见过，却听说过关于他的许多传说——一个经历过长征的武将，脾气大，爱骂人，却只骂干部不骂职工，特别是不骂知青。而眼前的任政委虽然穿着军装，却一脸儒相，庄严肃穆，温文尔雅。据说上头让他来兵团当政委，就是为了平衡颜副司令火暴脾气的。这时，炊事员在年轻军人的引导下端来一个冒着热气的不锈钢盆，走到任政委的身边，把那盆放到桌子上。炊事员退下，年轻军人用筷子从盆里捞起面条盛到碗里，放在任政委面前。任政委拿起筷子挑起面条吃了一口，颇有赞许之色，这时他注意到我们，冲大家笑了笑，问："你们是干什么的呀？"有人回答了。他点点头，看看我们的饭桌，用手中的筷子指着那个盆说："你们没有面条？来嘛，都来吃嘛！"

话音刚落，有人就站起来，拿着碗走了过去。他盛了半碗面条，走回来坐下吃一口，兴奋地小声说："呀，鸡丝面！"大家一听，心里都一激灵，鸡丝面条可不是容易吃到的！相互一使眼色，全都拿着碗站了起来，争先恐后地抢到任政委桌子前，数不清的筷子一齐伸到盆里。一眨眼的工夫，盆里的面条被捞光了，那个年轻军人直朝我们瞪眼。

我吃了一口面条，又喝了一口鸡汤，闭上眼享受着，真鲜真香啊！吃完面条，我们接着吃自己桌上的饭菜。年轻人吃饭快，吃完，大家马上离开了饭厅，不知道任政委下面的饭是怎么吃的。

既然是文学青年，又好不容易凑到一起，吃完饭总要散散步，谈谈文学，说说创作什么的。我们顺着公路向北走去，边走边高谈阔论，什么李瑛的诗集《红花满山》怎么好啦，"三突出"怎样突出主要英雄人物啦，早已经忘记了首长的吃饭问题。公路的东边是著名的南横林子，密密匝匝地挺拔着高大隽美的白桦。西边的远处是渐渐隆起的慢岗，夕阳正在落山，把房屋和山林映成了剪影。身旁的白桦林树梢被染成了金红色，鸟儿已经归林，在黄昏中唱着自己的歌儿。一路走，一路说，走了一程，快到工程营水库了，我们反转身又往回去的路走。脚步踩在暗红色的砂石路上发出沙沙的响声，伴着七嘴八舌的高谈阔论，北大荒的黄昏愈加显得空旷寂寥。暮色中，对面走来两个人，走近时才认出是任政委和那个年轻的军人。双方相错时，任政委主动向我们打了个招呼，然后向前走去。不知怎么回事，我们这些人做出了一个集体无意识的决定：一齐转过身，在离任政委身后十几米的距离，一声不响地跟了下去。那个年轻的军人马上发现了身后的情况，他把右手迅速移到了屁股后面，那里露出了手枪的枪套。这时，我可以确定他是任政委的警卫员。恶作剧在年轻人当中是最大的乐趣，大家互相看了一眼，都点点头做着鬼脸，谁也不说话，就这么跟着前面的两个军人，保持着应有的距离，一步不落地走着。我一直盯着警卫员放在屁股后的手，想笑，却没有笑出声。终于又快到工程营水库了，任政委转回了身，向我们走来。大家又一次集体无意识地，一齐转身加快了脚步，很快把任政委和警卫员甩在身后。当回头看到已经拉开一定的距离后，我们互相看看，爆发出一阵戏谑欢快的笑声。

第二天晚上，那盆鸡丝面条又端到任政委的桌上，没用首长招呼，我们蜂拥而上，把盆里的面条都捞到了自己的碗里……

抽烟与戒烟

说来惭愧，我抽烟的历史超过半个世纪了。

有过上山下乡经历的男知青，应该有一多半人抽过烟。只不过有的人浅尝辄止，有始无终；有的人半途而废，戒掉了；有的人坚持到底，终身与香烟为伴。但正如一个叫诺亚·艾森伯格的外国人所说：“尽管反吸烟主义盛行，但作为一种文化标签，一种表达浪漫和反叛、内省和欢乐的重要手段，吸烟不会从我们身边消失。”

我清楚地记得抽第一支烟的情景。那天是割大豆，左手的五根手指被豆荚扎得渗出点点血迹，腰酸背疼，我直起腰眺望浩荡无际的北大荒原野，不知道还有多长时间能割到地头，一位老职工把一支香烟递到我面前，我毫不犹豫地接了过来。那确实是一种反叛，父母远在三千多里之外，再没有人管束我了，凭什么不抽一支烟呢？抽烟不是长大成人的标志吗？不是独立自主的体现吗？老职工划着火柴，把小火苗藏在双手握成的小窝窝里，我凑上前把香烟点着，深深地吸了一口，又苦又辣，被呛得大声咳嗽起来。老职工说：“小点儿口抽，慢慢来，习惯就好了。”我很快就习惯了，开始自己买烟抽。

我至今记得北大荒各种香烟的牌子和价格，从低到高：“经济”，九分；“握手”，一毛五；“紫藤”，一毛六；“大羚羊”，一毛七；“蝶花”，两毛；“葡萄”，两毛六；“迎春”，两毛八；“哈尔滨”，三毛（锡纸包装的三毛二）；“太阳岛”，三毛三（锡纸包装的三毛五）……因为烟瘾不算太大，又不喝酒，我主要抽紫色烟盒葡萄牌的，它劲头儿大小适中，不太贵也不太便宜。当然偶尔也会抽其他牌子的香烟。

闲茶闷酒无聊的烟。在北大荒抽烟却并非出于无聊，它有许多理由。累了，可以解乏。困了，可以提神。冷了，可以驱寒。愁了，可以解忧。高兴了，可以助兴。蚊虫扑面，可以少挨叮咬。感冒了，老职工还说抽根烟可以压压咳嗽！总之，抽烟是驱灾避邪的灵丹妙药。

抽烟是要花钱的。北大荒虽然有工资，但得省着花才行。刚学会抽烟时我的工资是农工下延一级，每个月二十五元，伙食费要用十元到十五元，还要添置衣服、鞋子、牙膏、肥皂等，有时还要给父母寄点儿钱，抽香烟就成了一种奢侈的生活方式。在生产队里，除去几个工资较高的领导干部，老职工们几乎都自己用纸卷旱烟抽。旱烟主要有两种：“琥珀香”和“蛤蟆头”。“琥珀香”烟叶较大，颜色焦黄，劲头儿不算太大，抽到嘴里虽然辛辣，却有一丝淡淡的香味。“蛤蟆头”烟叶小，形状像个蛤蟆脑袋，颜色黄中带着一分灰绿，劲头儿奇大，又辣又苦，抽一口能把人顶个跟头。囊中羞涩时（经常的），我也抽过旱烟，但嫌麻烦，还是以抽香烟为主，有时抽不起两毛六的“葡萄”，就抽两毛的“蝶花”、一毛五的“握手”，或者九分的“经济”。九分的经济牌烟实在不好抽，不但没有烟味儿，还呛嗓子燎嘴。下地干活儿时曾经有过大家各种烟都没有的情况，我用纸卷过多种树叶和草叶充当过烟草。那简直不是个味儿，酸苦辣俱全，只是没有香甜。

凡抽烟者都有过戒烟的经历。

那时我和吴长宝、张悦住一个宿舍。三个人都抽烟，又都不会过日子，也就都常常发生经济恐慌。张悦人老实，烟瘾奇大，兜里的烟断顿了，便逢人把食指和中指举在面前来回摩擦着说：嘿，来一颗，你丫给来一颗！时间长了，大家一见他的面就学着他的样子，摩擦着食指和中指：“来一颗，你丫给来一颗！”有一天傍晚开支后，吃完晚饭，我们一块儿到小卖店各买了一条烟，回宿舍的路上，边走边算账，越算那钱越不够花。进了宿舍点上烟，抽着抽着，吴长宝说：“一开支就发愁，干脆戒烟得了！”我马上举手赞成。张悦说：“说戒就戒！”他把刚买的一条烟一盒一盒拿出来都搓碎了，我们两个也跟着行动，把另外两条烟也都毁掉扔到地上。这还不解恨，又上脚踩了又踩，直到把每一根烟卷都彻底毁坏。真是豪情万丈高，心如磐石坚。

然而，不说戒烟还好，一说戒烟，抽烟的欲望却加倍强烈起来。看着满地俯身可拾的破损烟卷，我浑身上下五脊六兽，但看看另外两位宣布戒烟者，他们似乎满不在乎，我只好把想抽烟的欲望强压下去。吴长宝说：“咱们不能看着这些烟，得出去遛遛。”这是个好主意。我们从自己的宿舍出来，来到其他宿舍。不想情况更加糟糕，那屋里烟雾弥漫，各种香烟的味道混合在一起扑面而来，我们只好退出另寻出路。但是，每一个宿舍、每一个公共场所都飘散着烟味儿，闪烁着烟头的亮光。我们只好返回宿舍提前睡觉。

睡到半夜，我被一阵哗啦哗啦的声音扰醒，睁眼一看，他们两个人蹲在地上，手里拿着纸条正在卷烟呢！我二话不说，翻身爬起，跳到地上，从报纸上撕下一条纸，捏起地上的烟丝也卷起烟来。他们俩咯儿咯儿地笑了起来。

唉，本来没有半夜抽烟的习惯，但那以后的半个月里又添了一个新的毛病——每当半夜醒来，我都会抽上一支烟。

几十年以来，我不敢再轻言戒烟。如果再说戒烟，那就一定会戒了！

西哈努克救了我一命

首先在此声明，我和西哈努克并不认识。他先是一国的国王，后来放弃王位，当国家元首，但还是亲王，再后来又当了国王。一句话，他是血统高贵得不能再高贵的贵族，而我只是一介平民，特别是当我和他发生联系的时候，只是一个在北大荒“战天斗地”的知青，或者说是一个青年农民。

要说我和西哈努克亲王的联系，得先说煤气，也就是一氧化碳。

以前，北方人对煤气都比较敏感，因为冬天要烧煤取暖，当煤燃烧不充分时会产生一氧化碳——煤气，而人如果大量吸入这种气体就会中毒。轻者，头疼脑涨，眩晕呕吐；重者，就是一命呜呼。早年间，北京的楼房还少，住平房的——除去那些国家专门派人给烧锅炉供应暖气的深宅大院——大家冬天都要烧煤生炉子取暖。于是，每年冬季便有不少人煤气中毒，有死里逃生的，也有丧命的。为了预防煤气中毒，人们加倍小心，晚上封上炉子以后，临睡前把房门打开一道缝，以备空气流通（好在那时贼不多，可以夜不闭户）。但是，这办法不是每天都可以实行的，也不是每家都可以这样做的。院内住户可以，临街的人家就不行（多少有些安全上的考虑）；一般天气时可以，起大风时就不行。另外，人都有关起门来过日子的习惯，说不定哪天就忘了留一道门缝而煤气中毒。因此就有了“风斗”。风斗是用木棍或竹篾扎个架子，糊上纸做的，像个簸箕似的。把它安在卸下玻璃的窗户上方，以保证屋里空气流通。风斗在商店有售，但不少人家为了省钱，就自己动手做，扎个架子，糊上报纸，一样管用。

北大荒没有风斗。

北大荒的冬天难过，太冷！有多冷？不太好形容。这么说吧，吸一口气，你能觉得有一把尖锐的小刀直扎肺管子，会觉得肚子里有冰碴子沉了下去。这还是风平浪静的时候。要是下完雪刮起烟儿炮，狂风卷起积雪，搅得周天寒彻，人们只好待在屋里。屋里也不好受。有时候天太冷，炉子里也有火，可屋里却能上冻。因此，北大荒的房子不安风斗——为了不透风，窗户缝都用纸糊得严严实实，甚至在窗外挡上用草扎的或用牛皮纸糊的帘子，怎么能安风斗呢？为了保暖，每年都有人煤气中毒，那里叫“中煤毒”。我有好几个老熟人就死在这上面。一个是上海知青盛黎明，最活跃的一个人，他最想回上海，却在“大返城”风起云涌的时候中煤毒死了。再一个是老连长的大女儿李瑾，一个说话就脸红、不笑不开口的好姑娘，在给第二天就要从远方归来的丈夫包好饺子以后，做着团圆的梦，却中煤毒离开了人世。还有路顺元，从山东支边来这里，能干活儿，不会持家，孩子多，从来没有吃过一根直溜黄瓜，在一天夜里和即将长大的儿子一起死在热炕上……家里养的猫狗也中煤毒。阿利有一只猫跟他一起中了煤毒，主人缓了过来，猫却留下后遗症，全身哆里哆嗦，走路东倒西歪。老郑家的狗中煤毒以后，落下一个不停摇头的毛病，人送外号：宾努。这有点儿不恭敬——西哈努克身边有个亲王总是不断摇头，就叫宾努。

该说西哈努克了。

那是 1970 年的 3 月下旬。3 月 18 号那天，柬埔寨亲美国的朗诺和施里玛达（好像也是一个亲王）发动政变，把正在国外访问的国家元首西哈努克给废黜了。当时这是国际上一件大事，我国政府反应强烈。那天晚上，或许听了宿舍里小喇叭强烈谴责这一政变的广播，或许没有听，总之，我睡得很不舒服，在梦中总是想不通他们为什么搞政变，为什么把长得挺精神的西哈努克亲王搞下台呢？我在北大荒的梦境里替西哈努克着急，替他不平，可又想不出什么好办法，把我焦虑得……醒了。一霎时，我觉得头疼欲裂，胸中有一股一股的东西向上涌。支起身来，头更疼了，我知道大事不妙：中煤毒了！多亏当时还算清醒，我不停地叫着：“哥儿几个，哥儿几个，起来，起来呀，中煤毒啦……”东西两条大炕上的另外九个弟兄都醒了，一个个捂着脑袋呻吟不止。我说：大家快穿好衣裳，出去，到外边去！于是，大家开始穿衣裳，动作非常缓慢。史学义动作快，第一个穿好衣裳，艰难地下了地，扶着炕沿走到门口，一把推开门，然后扑通一下倒了下去。大家一声惊呼，要下地扶他，却一个个东倒西歪、人事不省了。

等我醒来时，已经躺在别的宿舍，脑仁儿疼得我直想大声号叫。

还好，我们十个人都活了过来，只是误了两天工。

一直到现在，我常想，那天夜里要不是梦到西哈努克，要不是他被政变整得不能回国，也许我的命——还有那九个人的命——就交待了。

感谢西哈努克！

偏方治病

有句老话：偏方治大病。

一天下工之后打篮球，我跳起落地时感觉左脚底一阵钻心的锐痛，脱下鞋一看，前脚掌长了一个鸡眼。找连队医生要了鸡眼膏，连贴了不少日子，根本不起作用，鸡眼越长越大。晚上用热水泡脚后拿铅笔刀剜，鸡眼周边的角质抠掉了，但鸡眼却抠不下来。人说那里面有须状的根扎在骨头上。那些日子我很是受了些罪，常常走路时鸡眼被小石子或者硬土块硌一下，马上就一阵剧痛。当鸡眼长到像两分钱硬币一样大时，我决定到营部卫生所去治疗。

卫生所所长李华堂是 1958 年转业的军医，他看了我的鸡眼之后直嘬牙花子，说你早点儿来就好了，现在长这么大，得到总场医院去做手术才行。我穿上鞋正准备走，接生员孙大姐在一旁说：“小刘，你怕不怕疼？”我说不怕。她说：“不怕疼就好，我知道个偏方，给你治治看，不好再去总场医院做手术。”孙大姐让我洗了脚，躺在床上，用枕头把长鸡眼的脚垫高。她拿来一盏酒精灯点着，用酒精给鸡眼消毒后，从针盒里取出一根三棱针，说："我把这根针从鸡眼中间的小孔扎进去，一直到扎不动了，然后用酒精灯烧这针。十分钟以后我拔出针，要是带出一疙瘩黑血，过几天鸡眼就会自行脱落；要是不出血，你就去总场医院手术吧。"三棱针从鸡眼的小孔中刺入，在扎不动的那一瞬间确实很疼，仿佛扎到了骨头，但也不过就同石头硌鸡眼时差不多，我完全可以忍受。我欠起身，看着酒精灯渐渐把那根针烧红，本来准备忍受剧痛，却一点儿感觉也没有。十分钟以后，孙大姐挪开酒精灯，用手术钳把针拔出，说："好了，出了一疙瘩黑血！"

几天之后，那点儿鸡眼果然自行脱落，脚掌上留下一个挺深挺大的洞。渐渐地，新肉长了出来，那个洞平复了。

后来我离开北大荒，1982 年回去时听说孙大姐结婚调走了，我再也没有见过她。

1971 年或者 1972 年夏天，麦收还没开始，我们在场院做准备工作。正干着活儿，我突然感觉两边肋部奇痒无比，掀开衣服一看，左右两肋处各有一块不大的凸起的红斑。我以为是让蚊虫叮咬了，便挠了挠，虽然还痒，却无大碍，又去干活儿了。两三个小时以后，红斑消失，不再痒了，身上没有留下任何痕迹。

谁承想，第二天我的腹部两侧又同样起了两块凸起的红斑，奇痒难忍，几个小时后又自行消失。以后的每一天，特别是傍晚的时候，我身体的所有部位——前胸、后背、胳膊、腿、脖子……都会出现对称凸起的斑块，而且越来越多，甚至连成一片。连队医生给我服用强的松片，竟然一点儿作用也没有。麦收结束，病情依旧，我到营部卫生所去治疗。

李华堂所长问过病情后说：你得的是荨麻疹，打一针肾上腺素试试，另外回到连里让罗医生给你用用自血疗法。那一针肾上腺素注射液真是让我永生难忘，虽然护士在注射前告诉会很疼，但没想到竟然会那么疼，一针下去让我腿瘸了半个小时。

回到连里，按照李所长吩咐，罗医生开始用自血疗法对我进行治疗，就是从我的静脉抽出血来，马上再注射到臀部的肌肉深处。但是没有用，我的病情越来越奇怪，每天肚子剧烈疼痛，罗医生说这是肠胃过敏。后来，伴着肠胃疼痛我的脸也开始肿胀，眼睛肿得只剩一条缝儿，嘴唇厚得就像非洲黑人。我的食欲大减，身体一天天消瘦，体重从一百四十斤掉到一百零五斤。

我到总场医院——那时叫团卫生队——去求医。医生查看病情之后收我住院治疗。那时特别讲究中西医结合，我每天吃激素类西药，还要自己去熬中药喝。

我住的是个大病房，大概有七八个病人，其中两个病友特别有意思。一个是六分场的老职工，不知道得的是什么病，他每天夜里睡觉时总会在梦中发出两只狗疯狂咬架的声音。一只声高，一只声低，就像两只狗互不相让厮打在一处。两三分钟之后，叫声停止，他安静地睡去。第二天问他是怎么回事，他却茫然不知道夜里发生了什么。另一个病友姓李，是医院的宣传干事，得的是精神病。在没发病时他告诉我，他是当年抗美援朝参的军，坐火车刚一到朝鲜，就赶上美军大轰炸，从那以后他就开始精神错乱，但正常的时候多，犯病的时候少。1958

年他转业到北大荒，在医院当宣传干事。最近犯病多了，领导让他住院治疗。我见过他几次犯病，不打人也不骂人，只是把一只旧皮鞋往病房的地上一扔，开始对着鞋打电话，胡言乱语。他“打电话”的内容都是向中央领导同志汇报工作：“喂，是周总理吗？我是李 ×× 呀，现在向您汇报一下这里的情况，麦收已经结束了，是个好收成。秋收作物长势喜人，又会是一个大丰收，请您放心，我们一定……”诸如此类，一天要打好几次这样的“电话”。

我和李干事相处得非常和谐，在他不犯病的时候，常常陪着他在医院附近遛弯，和他聊天解闷。后来他的病情愈加严重，医院决定把他转到北安精神病医院去治疗。院方派了一辆苏制嘎斯牌卡车送他，但李干事坚决不上车，同医生护士们大吵大闹，惹得一大群人围观。有个护士看到我，说：你跟他关系不错，劝劝他上车吧。于是我上前小声对李干事说：“你不是有情况向中央领导汇报吗？现在车来接你了，赶紧上车去吧。”他愣了一下，说：“那好，情况紧急，我马上就走！”说完就把手提包扔到车厢里。负责送他的人让他坐进驾驶室，他却爬上车厢，敲着驾驶室，让汽车快开走。汽车缓缓开动，李干事向车下的人频频挥手，大声呼喊：“再见，等着我的好消息吧！”

住了二十来天院，我的病情似乎有所减轻，便主动申请出院。但回到连队之后没几天，病情又开始加重，每天几次过敏，在全身各处部位转移，腹部的疼痛让我死去活来，饭量减到最小，身体也虚弱到极点。不久秋收开始了，医生虽然让我休息，但看着大家早出晚归地干活儿，我不想赖在宿舍，也跟着众人下地，能干多少是多少。10 月中旬，一场大雪从天而降，积雪没到膝盖，人们蹚着雪水在地里收苞米。一天下工，我从地里往回走，竟然没有力气从排水沟爬上公路。

所有的手段都用了，我对治疗彻底失去了信心，甚至有过轻生的念头：每天这样活受罪，不如死了拉倒！就在这时，我无意中在一本 ×××× 部队的赤脚医生手册中看到一段文字，说耳后静脉放血可以治疗皮肤过敏。我马上找到卫生员张顺娣，让她给我放血试试。小张疑惑地问：“行吗？”我说：“死马当活马医吧。”于是小张用三棱针在我两个耳朵后面各刺了几下，又用力挤了挤，说：“挤出血来了，黑紫黑紫的。”那以后三天，我每天早晚让小张给我在耳后放两次血，不想到第四天时，竟然整天都没有过敏。又坚持了几天，我的病真的彻底好了！

那几个月里我忍受着痛苦，但在与父亲的通信中丝毫没有透露病情，怕父母为我担心。待到回北京探亲时，已经有将近一年没有犯病，我才对父亲说起这次得病和治病的经过。父亲说，街坊老果头儿在监狱里用破碗碴儿给人割耳后的黑筋放血，治好过皮肤病。老果头儿，我小时叫他果爷爷，因为当过一贯道的坛主，五十年代初被判刑，劳动改造。前几年，他的孙子从澳大利亚回北京，我去看他，说起这段往事，他说确有其事，此法传自千芝堂药店。当年老爷子和千芝堂的掌柜是好朋友，有一天在药店里聊天，有人来对掌柜说：我身上的癣好多了，求您再给治治。那掌柜顺手把一个茶碗摔到地上，捡起破碗碴儿在那人耳朵后面划了几下，放出几滴血。

后来我查资料得知，耳后静脉放血是针刺疗法的一种，早在《黄帝内经·灵枢》中就有记载。耳廓后方有三条浅表静脉，左右共六条，是经外奇穴。刺破放血，可“泻之万全”，有活血化瘀、清热泻火、消肿止痛、解毒止痒等疗效。

偏方虽然治好了我的病，可我至今不知道当年的过敏原是什么。

那几只记忆中的狗

我喜欢狗。

刚到北大荒时生产队里有两只狗，一只叫黑狸，一只叫狐狸。

黑狸是老谭家的狗，黑褐色的皮毛，两只眼睛的上方各有一颗黄色的斑点，像是长着四只眼睛。老谭家就在我们宿舍后面的那栋房，他在房前用碎砖和木板给狗搭了一个窝。我在北京没见过狗，便想和黑狸接近，但它总是向我龇牙咧嘴，低声咆哮。我不死心，就把周达刚刚从北京探亲带回来的猪油抹到手上去诱惑黑狸，它闻到了猪油的香味，禁不住诱惑，上前伸出舌头急速地舔我的手。我开心极了。从那以后黑狸不再对我龇牙咧嘴，但也只是摇摇尾巴，和我并不亲近。

狐狸是 1963 年来的北京青年孙年有养的狗，一身红黄色的毛，瘦长的身子，尖尖的嘴，四条长腿，长得就像只狐狸。这是一条温顺的，甚至有些喜欢向人献媚的狗，只要有人叫它的名字，它便会甩着尾巴扭动身体向你走来。孙年有在生产队当兽医卫生员，离群索居地住在公路另一边的宿舍，和我们很少来往。而狐狸却常常自己到大宿舍来，吃些剩饭剩菜。

一个深秋的傍晚，我们发现在土晒场上有一只真的狐狸在溜达，便叫狗狐狸去追真的狐狸。狗狐狸在我们的唆使下像箭一样向真狐狸奔去，我们也边喊叫边跟了上去。真狐狸扭头就跑，狗狐狸紧追不舍，终于它在晒场南边的地里追上真狐狸，跃起身扑了上去。我们以为这下可以有所收获了，却只见那真狐狸一下仰面朝天倒下，狗狐狸猛地转身，耷拉着尾巴跑回来。那真狐狸翻身跃起，向远处逃走了。我不明白刚才这一幕是怎么回事，有人说，那只真狐狸情急之下放了一串屁，狗狐狸受不了那股味儿。

我一直想养一只属于自己的狗。

1967 年的一天，我到分场办事，傍晚往回走的时候，基建队的一个老职工送了我一只小狗崽，我把它揣在怀里带回了宿舍。小狗黑毛多白毛少，我顺口就给它取了个名字：黑子。

这是一只欢快而听话的小狗，同宿舍的吴长宝和张悦也喜欢它。每天，食堂开什么饭，它就吃什么饭，和所有单身汉的伙食一样。我们去上工，它就趴在宿舍里；下工了，它就跟着我到处走；夜里，我们三个上炕睡觉，它就卧在炕下一声不吭地睡去。

不久，我和吴长宝从小树林抓到一只小喜鹊带回宿舍，黑子和喜鹊相处得非常好，经常在一起玩耍。每天傍晚，我们到食堂去打饭，黑子在前面一扭一扭地带路，小喜鹊一蹦一跳地在后面跟着。喜鹊后来长大了，能飞了，我们便不让它进宿舍，它在房上站了几天之后，飞走了。黑子的情绪低落了好些日子。

10 月中旬，祖父去世，我第一次回北京。临行前，我对吴长宝千叮咛万嘱咐，让他一定养好黑子。那次探亲我严重超假，两个月以后才返回北大荒。到生产队时天已经黑了，我跳下马车向宿舍走去，大声喊着："黑子！黑子！"突然，一个巨大黑影向我扑来，差点儿把我撞倒，紧接着两只大爪子搭上我的肩头，热乎乎的舌头舔着我的脸。这是黑子吗？两个月不见，它竟然长得这么大了！黑子不断地又蹿又蹦，扑打着我的全身，嘴里发出吱吱的欢快叫声。吴长宝告诉我，这两个月他每天到猪号去捡死小猪，砍下肉来喂狗，黑子眼看着一天大似一天。

第二年，"文革"闹派性，我被"群众专政"，住进了"牛棚"，门口有人站岗，黑子总是在外面转来转去，欲进"棚"和我亲近却不得入内。有一天，我正在场院干活儿，黑子垂着尾巴跑来，站定后嘴里发出吱吱的叫声，用一双哀伤的眼睛看着我。我发现它的头上有一块毛是湿的，伸手一摸，沾了一手血。这一定是让谁给打的。我的行动不自由，便叫来吴长宝让他给黑子治伤。过了不长时间，黑子头裹着白纱布来到场院，静静地卧在一边看着我干活儿。很快，它的伤口愈合，但头上留下一块斑秃。后来我发现，一向对所有人都极友善的黑子，只在见到一个人时狂吠着扑上去要咬，那人被它吓得扭头便跑。我知道他一定是打伤黑子的人。

1969 年 3 月，中苏两国军队在珍宝岛打了仗，兵团加紧备战，一道命令下达，所有的狗都要打死。军令如山，谁也不能违抗，黑子的生命走到了终点……前些年我在小说《荒凉友情》中写过一条狗，便是以黑子做原型，给它取了一个俄国名字“达瓦力士”。

1970年初夏，第二批天津知青来了，他们到连队不久，不知道从哪里抱来两只小狗，一黄一黑。大家管黄狗叫黄子，黑狗叫黑子。这两只狗形影不离，得到所有男知青的喜爱。当它们长到半大时，一天放假，几个知青带两只狗去总场玩，不知怎么回事把黑子给弄丢了，黄子成了大家的唯一宠物。一年多以后，那几个天津知青休息日出去玩，回来时带回一只巨大的黑狗，像只藏獒一样。他们说，这只狗见到他们以后显得特别兴奋亲热，由此可以断定就是丢的黑子。这时黄子跑了过来，两只狗相互闻了一下，立刻欢快地又蹦又跳，戏耍在一起。黑子失而复得，很让知青们欣喜。可过了几天，连里来了一个人，自称是六分场打猎的，来寻找丢失的狗。黑子见了他十分亲热，一直跟在他身边不肯再离开。那人说，这只狗是他一年多前捡的，后来跟着他打猎，十分凶猛，敢跟狼单打独斗，希望知青们让他把狗带走。知青们虽然喜欢黑子，但也通情达理，知道一只好狗对猎人意味着什么。黑子跟着那人走了，黄子站在公路上看着朋友远去，神情显得非常失落。

黄子渐渐长大了，是条好狗，不但对人友善，而且还承担了夜班饭的护送任务。

每年麦收秋收之后，都要翻地耙地，为来年的春播做准备，拖拉机手要打夜班，地号远，不能放空车回连队，就要有人往地里给他们送夜班饭。北大荒的原野莽莽苍苍，一望无际，人烟稀少，各种野兽出没，一个人走在路上不免提心吊胆，白天尚且如此，夜晚就更不用说了。因此，这项工作虽然轻省，却不是每个人都愿意干的。一个人挑着饭篓和热水，提着马灯深一脚浅一脚走在无边的黑暗中，不知道身边四周会潜伏着什么野物，遇到狼的事时有发生。但没有人干又不行，打夜班的拖拉机手总要吃饭啊。不知道从什么时候起，黄子开始在夜里护送起送夜班饭的人。地号近的，打夜班的女炊事员负责送饭，地号远的，就要专门派人去送。

每天深夜十点多，炊事员把饭做好了，水烧开了，黄子就出现在伙房，静静地蹲在地上等候。负责送夜班饭的人担子一上肩，它马上站起来，人挑担出门，它便紧紧跟上，陪伴着送饭人走入茫茫黑暗中的荒野。俗话说狗壮夙人胆，此话在这时再恰当不过，有黄子在身边陪着，无论是走拖拉机轧出的田间道，还是草甸子里的小路，送饭人便胆子大了许多，不再反复地瞻前顾后。朝着远方闪烁的拖拉机灯光走，二三里、四五里后，渐渐听到机车的轰鸣声，黄子欢快地向前奔去，人也走到了地头，把马灯高高举起晃着，几台拖拉机先后开了过来。拖拉机手吃饭的时候，总要丢些饭菜给黄子，感谢它一路的护送。吃过饭，送饭人挑起空饭篓和空水桶，黄子摇着尾巴向拖拉机手告别，又踏上了返程的路。

但是，有一次黄子却不知道为什么闹起了情绪。

正是深秋，拖拉机抢在上大冻前翻地。那天夜里是吴守芳送夜班饭，地点是离连队最远的老六号地，中间要经过一大片草甸子。老吴是贵州人，投奔铁道兵转业的哥哥来了北大荒。白天杀了猪，夜班饭是肉包子。老吴很高兴，自己先美滋滋地在伙房就着热水吃了五个包子。黄子一直蹲在他的身边，眼睁睁地看着他吃，一声也不吭。炊事员把包子装进饭篓，开水灌进水桶，说四台车八个人，每人五个包子。老吴答应一声，抄起扁担挑起饭挑儿，提着马灯开门走出伙房，没走几步就发现狗并没有跟着出门，便大声叫："黄子！黄子！"狗出现在门口，却蹲着不动。老吴无奈，伸手从饭篓里拿出一个包子，掰了半个扔给狗。黄子一口吞了，站起身来。老吴挑着担子在前面走，黄子在后边跟着。走了没多远，老吴回头一看，狗又蹲了下来，他便把手里的半个包子扔了过去。黄子吃下包子，又跟着老吴走了起来。可没走多远，黄子又站住不走了，老吴只好又从饭篓中拿了一个包子扔过去。强劲的秋风吹着草甸子，黑夜中的草浪翻滚，发出一阵阵呼啸，老吴头皮发奓，心惊胆战，不时回头看那狗是否还跟着自己。黄子走不远就停下来，老吴只好再扔一块包子过去。如此反复了不知道多少次，终于走到了老六号地。老吴放下担子，举起马灯向拖拉机晃动，黄子却在这时扭头向来路跑去。老吴大声地叫它回来，它却义无反顾，跑得没影了。

四台拖拉机开到地头，八个人围了过来，一听老吴说有肉包子吃，便发出了一阵欢呼。但吃着吃着，饭篓里的包子没有了。有人便问老吴带了多少包子，老吴说每人五个。拖拉机手们有的说自己吃了三个，有的说吃了两个，根本不够数。老吴说那些包子都喂狗了。拖拉机手们大怒，说没吃饱，让他回去取。老吴蹲在地上不说话。吵了一会儿，拖拉机手们只好上车，要继续翻地，老吴站起身也要上拖拉机，说狗跑了，自己不敢一个人走夜路回连队。拖拉机手们没吃饱，心里有气，坚决不让他上车。

那一夜，老吴抱着扁担在地头一直蹲到天亮。回到连队，他找领导说再也不送夜班饭了。

1974 年，北大荒闹口蹄疫，上级通知要把所有的狗都打死。炊事员们说黄子不能打，必须得留下来，否则就不做饭了！为此，连队的领导班子专门开了一次会，做出决议：因为工作需要，黄子可以继续活下去……

荒原上的爱情故事

凡是有人群且有男女的地方，必然会有爱情故事。北大荒当然也不会例外，特别是知青到来之后，各种爱情故事也就随之而来。

我刚到北大荒时才十六岁，在这方面还是个懵懵懂懂的少年，好奇多于探求。那时大批知青还没有来，而我们生产队的十个北京来的青年人都是男的，队里有三五个未婚的女人，基本名花有主，再说由于出身背景不同和文化差异，相互也看不上眼，恋爱的事情便没有发生过。

正是冬天的一个中午，我们宿舍来了一个人，是 1963 年第一批北京青年，吴长宝告诉我，他叫王天豹，是一分场三队的。他头戴狗皮帽子，身穿蓝色棉制服，神采飞扬。都是北京青年，大家对他热情款待，从伙房打回饭来请他吃。吃饭时王天豹说，他一早走了十多里路才搭上车到五分场，然后又步行二十里到这里。和他熟悉的人问他要到哪里去，他说趁着放假两天，到三分场四队去看小杜，明天还要赶回去上班。我知道从一分场三队到这里有七八十里路。吃过饭，王天豹立刻要上路，赵光久对他说：你走公路去那里得拐一个 U 字形的大弯儿，差不多二十多里地，要是从我们这里蹚草甸子直接过去，也就是十里地多一点儿就到了。王天豹说：反正是冬天，雪冻得挺瓷实，我走草甸子吧。说完，他按照指点向西边走了下去。我们几个站在公路上看着他的背影渐渐远去，我问他要去看的小杜是谁，赵光久说是他的女朋友。

两三年之后有消息传来，王天豹和小杜分手了。再后来听说，他和 1968 年来的一个北京女知青发生了惊天动地以至引出一个奇异案件的爱情故事。这个故事过于曲折复杂，在这里无法写出来。

前几年我参加第一批北京知青去北大荒五十周年的纪念活动，在纷乱的人群中看到王天豹和小杜坐在一个角落里，正埋头静静地谈着什么。他们都已经是快七十岁的人了，王天豹依然神采奕奕，而小杜却面露病容，神情憔悴。我没有过去打招呼，怕打扰他们的谈话。

这之后两年多，我在知青网站看到一条讣告，小杜因病去世了。

回到 1967 年的夏天。一个星期日，吴长宝急匆匆来到宿舍，对我说：赵光久的女朋友小皮球来了，你还不去看看？我惊讶，怎么没听说过赵光久有女朋友？吴长宝说：我们刚到农场时在总场先学习了半年，那时候就传说他们两人有意思，但谁也不知道到底是不是真的。我来到赵光久的宿舍，只见周达正陪着一个女青年说话，赵光久却不在。我打了个招呼退出房间，周达也跟着出来，对我说："人家走了二三十里路来看他，他却照了一个面就走了，你赶紧把赵光久找回来。”

我挨着宿舍去找，都不见赵光久的踪影，当找到食堂的时候，看到他正蹲在大门旁边，聚精会神地看郭瞎子飞针走线地缝鞋呢！郭瞎子是游走在农场荒原上的修鞋匠，因为烂眼边而眼神不好，落下这个远近闻名的外号。我抬脚踢了赵光久屁股一下，说：“周达让你赶紧回宿舍。”他回过头来，假装不明白：“让我回宿舍干吗？”这时吴长宝也赶了过来，大声说：“你别这么不像话啊，人家大老远来找你，你却在这儿看老郭掌鞋，走，回去！”赵光久还是不站起来，我和吴长宝生拉硬拽把他拖回了宿舍。

赵光久回到宿舍后一直有些羞涩，坐在炕沿上局促不安，手足无措，顾左右而言他，小皮球却很大方，有说有笑的。那时没有什么东西招待客人，周达便到老职工家要了几个鸡蛋和豆油，做了一个炒鸡蛋，我到伙房打回些菜和馒头，大家在一起吃了一顿饭。

小皮球走后，周达冲赵光久发火：“赵光久，人家冲你来的，你却躲出去看郭瞎子掌鞋！”赵光久不好意思地嘿嘿笑着，嘴里嘟嘟囔囔不知道说了些什么。周达也笑了，说：“我知道你是不好意思，可你也不能这样呀！”

当然，这个有可能的爱情故事没能继续下去。

也是在那个纪念上山下乡五十周年的活动上，我见到了小皮球，说起这段往事，她笑着说：“我知道他是不好意思，其实我也一样，下了好长时间的决心才到你们生产队去的。那时的我们多年轻多单纯呀，根本就不懂这方面的事，更别说如何处理了。”

大批知青来了以后，领导严防死守，怕他们在恋爱时一旦出事不好收拾。知青们年纪也还小，男女之间自然而然好像有一条红线，很少来往，甚至有的人在同一个连队好几年从未说过一句话。

随着年龄的增长，身体里的荷尔蒙激素增加，偷偷恋爱的事开始出现。为了避开人们的耳目，他们的约会相当隐秘，或者相约天黑以后到公路见面，在黑暗中边走边谈心，或者相约先后到“堡垒户”家串门，算是无意中的偶遇。曾经有过这样一件事：两个哈尔滨知青暗中相爱了，他们在天黑以后到公路见面，这时正是冬天，天气太冷无处可去，便向女方工作的鸡号走去。一位领导发现这两个人影，也许是出于警惕性吧，他悄悄地在后面跟了上去。鸡号离住区有一段距离，养着几百只鸡和几十只白鹅。两个青年人进了鸡号的饲料间，保持着一定的距离分别坐在两个麻袋上。两个人都很羞涩，话题还没开始，门却被打开了，一道手电光扫过他们的脸，那位领导说：“原来是你们呀，我还以为有人偷鸡蛋呢。”说完，他转身走了。两个年轻人心里慌慌的，无心再继续待下去，也站起身走出饲料间，一前一后回自己的宿舍了。

再后来，知青们真的长大了，一对对谈恋爱的多了起来。同时，为了让他们安心边疆建设，领导适时地提出一句口号：看知青们安不安心，扎不扎根，就看是不是在这里安家。据说妇女连副连长专门给女知青开了一个会，说：你们如果看上了谁，觉得这个人不错，又不好意思开口，就跟我说，我来给你们搭桥。知青的恋爱可以公开进行了，热心的老职工特别是大嫂们开始做起了红娘。

老杜曾经想把他的小姨子介绍给我。

老杜是 1959 年从山东省东阿县支边来的，他本人没有文化，但妻子却是高中毕业。传说他没结婚时回山东老家探亲，想在家乡找个老婆。那时他在农垦师水利大队，便谎称自己在北大荒是水利局长，结果后来成为他妻子的女高中生跟他到了北大荒。这个传说不知真假，但老杜的外号真的叫“局长”。老杜和我在一个班，有一天锄地时，我们两个并排，他小声对我说：“我山东老家的小姨子可漂亮了，长长的辫子，大大的腚锤儿，又能干又会过日子，你要是愿意，我让老婆写信让她来。”我当然不愿意，却又不好断然回绝他的好意，便没说话。后来他又几次向我提起此事，翻来覆去还是这几句话，我只好向他表示感谢，说自己还没有想这方面的事。

知青们的恋爱，有人成功了，现在已经当了爷爷奶奶，有人分手了，如今还是好朋友。无论结果如何，那些荒凉而多彩的岁月里的爱情故事，在他们的心中一定都是不可磨灭的美好记忆。

我所知道的荒原上最浪漫的爱情故事，发生在 1959 年。

1975 年夏天，我受兵团政治部宣传处派遣，到农村读物出版社编辑《上山下乡知识青年创作选·北大荒卷》。同来北京的有三个人，四师宣传科的文化干事老陈是领队。到北京没几天，他年轻漂亮的爱人也来了。厮混熟了，老陈向我讲述了他们的爱情故事。

1957年，老陈在解放军某总部，是个年轻的中尉军官。“五一”劳动节在天安门广场的联欢晚会上跳集体舞时，老陈和一个高二女学生相识了。他们互相留下联系方式，鸿雁往来，有时也约会见面，逐渐建立起恋爱关系。

第二年，领导有意要保送老陈到北京大学做调干生深造，正在这时部队发出了号召，鼓励军人去开发建设北大荒。老陈对我说，“北大”和“北大荒”一起摆在他的面前，犹豫了几天，心中激荡的热血终于战胜了个人主义，他选择去北大荒。于是，多了一个“荒”字，老陈的命运就彻底扭转了。当他把自己的决定告诉女朋友时，对方给予他坚定的支持。

老陈随着大批的转业军人到了北国，开始了艰苦卓绝的垦荒岁月。那时的北大荒真是荒凉，千里荒原渺无人烟，而他所在的那个地方四面环水，是一个沼泽密布的大草甸子。每天繁重的劳动之余，坐在简陋的马架子里，就着马灯的光亮，他给远在北京的女朋友写信，用华丽的词藻和抒情的笔调，描绘着北大荒壮阔的景色和年轻人无比豪迈的心情，同时也倾诉对她的深深思念。老陈说，虽然总能收到女朋友充满柔情的回信，但他也常常陷入沉思，这里的条件和北京相比真是有天壤之别，为了她好，或许应该结束这种感情羁绊。于是，他在信中隐约透露出这种意思。

有好长时间，他没有收到她的回信。

1959年夏天，有个战友跑来告诉老陈，上级机关来电话说有人要见他，让他到运送人员和物资的码头去接。于是老陈和战友划着一条小船顺着弯曲的河道出发，当船拐过河湾，他们看到在原木搭建的码头上站着一个姑娘，她身上“布拉吉”的裙裾在微风中轻轻飘摆。老陈的心好像一下停止了跳动，呼吸也屏住了——那是日夜思念的她啊！

小船靠上河边，老陈跳上码头，站在女朋友面前一句话也说不出来。姑娘微笑，指着身旁的一堆行囊说：“我高中毕业了，来找你了！”

船太小，装上姑娘的行囊后只能再坐下两个人。战友说：你们坐在船上吧，我下水推船回去。蓝天白云下，小船在弯弯曲曲的河道里缓缓前行，船上的两个人互相凝视，千言万语不知道从何处说起。姑娘打开琴箱拿出手风琴，琴声响起，老陈的心不禁一震，那是两年前他们在天安门广场跳集体舞时的《青年友谊圆舞曲》！前奏过去，姑娘随着琴声放开歌喉：

蓝色的天空像大海一样，
广阔的大路上尘土飞扬。
穿森林过海洋来自各方，
千万个青年人欢聚一堂……

几天以后的一个傍晚，垦荒者们燃起篝火，为老陈和他的妻子举行了一场盛大的荒原婚礼。天苍苍，野茫茫，星光点点，篝火熊熊，《青年友谊圆舞曲》回荡在北大荒的夜空：

拉起手唱起歌跳起舞来，
让我们唱一支友谊之歌……

风雪中返城

1975 年 12 月，我在北大荒已经待了十年零三个月，习惯了，也认命了，哪儿的黄土不埋人呢？我准备在那里度过一生。可就在这时接到父亲的来信，说北京有了新政策，家中多子女上山下乡的可以“办”一个回京。他说：家里准备把你“办”回北京。事情来得太突然。夏天的时候，受兵团政治部宣传处委派到农村读物出版社编辑《上山下乡知识青年创作选·北大荒卷》，我曾在北京待了两三个月，家里并没有说起过回北京的话题。读完父亲的信，我的第一个反应是妹妹也在北大荒，应该先把她“办”回北京，而我就留在这里了。于是给父亲写了回信，说明意思，我心无旁骛地继续在荒原上的连队里该干什么还干什么，根本没有要回北京的打算。然而，十天以后，父亲却把“办”回北京的手续寄来了。据说，为谁回北京的事，家里人专门开了一次家庭会议，最后举手表决，除父亲以外，其他家人都主张让妹妹回北京，但父亲却不尊重民意，行使了独裁权力，否决了一次难得的家庭民主。

在北大荒我既不是扎根派，也不是动摇派，而是听天由命派。过去的几年，先是有几个高级干部子女当兵走了，后来有的人被选送上了大学，另有几个人通过关系转移插队去了其他地方，还有的干脆回了城就再也不回来，这些对我都没有任何影响，我只想听从命运安排，在这片已经习惯并产生了感情的黑土地上生活下去。而命运却在这一刻出现转机，我面临着选择，拿着返城的手续在犹豫。朋友们羡慕我，也在鼓动我，大宝说："你傻呀？要是我，什么也不要就赶紧走了。"张悦说："别瞎耽误工夫，你要是不走，那手续就作废了，家里人得多失望呀！"是啊，父亲身患多种疾病，母亲半身不遂，我是家中长子，应该多为他们着想啊。于是，我拿着困退材料去找指导员。

指导员刚刚调来不久，他看了看材料，说："哎呀，前些天团里林副政委还说起你，说你的组织问题该解决了。你看你是在这里入党呢，还是回北京呢？"我心里想：我如果没有拿返城的材料来找你，你会对我说入党的事吗？这明摆着是一种交易。于是我说："到八十岁也能入党吧？"他说："那当然，入党是一辈子的事嘛。"我说："我回北京就现在这一会儿的事，你给我签字吧。"指导员还是通情达理的，马上给我在材料上签了字。

同一时间接到困退材料的还有两个北京女知青，一个决定回北京，一个正在和当地青年热恋，决定留下来。决定返回北京的赵西景约我一起到团部军务股去办手续。

第二天早上七点，我们分别向老职工借了自行车，出发到七十里以外的团部。天上下着小雪，小风飕飕的，很冷，大概有零下三十度。公路上的积雪冻得梆硬，自行车的车轮在路面上滑来滑去，掌握不好方向。我们奋力骑着车，一会儿就满头大汗气喘吁吁了。先到二十里以外的营部找劳资干事盖了公章，再接着骑车上路，一共用了三个小时，在十点钟的时候到达团部，身上的棉衣已经被汗水浸透。锁好车，直奔军务股办公室，不想却出了问题。一个干部看了一眼我递过去的材料，说："你们来晚了，刚才九点钟的时候接到师里电话通知，所有返城的手续都停办了！"

黑龙江生产建设兵团属于解放军序列，军令如山，我们只好怏怏地退出办公室，准备找地方吃点儿饭后返回连队。虽然快煮熟的鸭子飞了，但我似乎并不特别懊丧，不能回北京，一切还都保持原样，认命就是了。

然而，马上又柳暗花明。

走在路上，迎面碰到军务股的关股长，他跟我打招呼，问我干什么来了。我说明来意，他说："确实九点钟时接到师里的通知了，不过……"不过什么？你是戴领章帽徽的现役军人，能违背上级命令给我办吗？关股长说："走，你跟我去办公室，我给你办手续，时间填写昨天的。"我一时愣住了，如果我不认识关股长，如果没有走这条路而走了其他的路，不在路上碰到他，如果……真是天无绝人之路！

拿到关股长给办好的返城手续——户口关系、粮油关系和密封好的个人档案，我走出办公楼，迎面碰到团副政委苗磊。他是从部队转业的抗战老兵，是1965年初冬来农场的，比我晚到北大荒两个月，我们打过一些交道。听我说刚办完返城手续，他双手叉着腰大声说："好啊刘进元，你这是逃跑！"我笑着，不知道怎么回答他。我说："我手里有组织批准的正常手续，这怎么是逃跑呢？"但是，面对这个腰杆挺得笔直的老领导，我赶紧从他的面前"逃跑"了。七年之后，我作为知青作家回访团成员回到农场时，在同一个地方又碰到了苗磊。他已经老态龙钟，但腰杆依然笔直，说出我的名字以后，他说："知识青年差不多都走了，农场和以前不一样了，欢迎你经常回来看看。"

在三食堂吃了点儿饭，我和赵西景又骑着车走上了回程的道路。雪已经停了，天好像没有那么冷了，路似乎也没有那么滑了，全身充满使不完的劲儿。这时我才知道，原来自己心里是真想回北京啊！

我开始向大家告别。当与这些相处十年的人告别时，内心确实是依依不舍，甚至有些酸楚。我十六岁来到这里，从一个屁事不懂的少年，成长为一个大老爷们儿，我们一起经历了多少酸甜苦辣啊！这些老职工绝大多数是那么纯朴，那么憨厚，那么有人情味儿。几个老班长手把手教我干活儿，大嫂们给我拆被子洗衣服，周殿阁家里做了好吃的必定让我去改善伙食，栾升同在春节时悄悄让山东的亲人给我家寄花生米……我要走了，但十年来一起打打闹闹的大宝、张悦、赵光久、周达，还有一百多个知青兄弟姐妹还将在这里生活，不知道今后何时才能见面。

我把曾经住过的每一栋宿舍都看了一遍，我在这里度过了三千多个日夜，留下了无数啼笑皆非却刻骨铭心的往事。

我在公路上走来走去，看着路两旁的杨树，十年前它们只有碗口粗，现在已经又高又大了。公路向南一直伸向完达山，向北通往三、七分场。西北方向十里以外是突兀隆起在平原的尖山子，十年来我天天能看见它，并且知道夏天时只要山顶一被乌云笼罩，大雨一准会在一个小时之内来临。东北方向越过广袤的原野有一座孤零零浑圆的大孤山，隐隐约约可见林木密布，由于太远，我们谁也没有去过。公路两旁的排水沟积满了白雪，再过三个月桃花水就要下来，积雪就会融化，顺着排水沟叮咚作响地流向远方，流入索伦河，然后汇入挠力河，注入乌苏里江。两条索伦河之间已经开垦出的土地，被编了号码，从一号地到十六号地，每一个地号都有我的脚印，我的汗水……

我来到场院，看着耸立的巨大粮囤和铺满白雪的晒场。十年间，我在这里干活儿的时间最长，春天用剧毒的六六粉和赛力散拌种，夏天秋天摊场，翻场，扬场，抢场，收场，扛麻袋，入囤，倒囤，装车，冬天在零下三十多度的深夜里选种，为即将开始的春播做准备……

积雪太深，路不好走，否则我会到草甸子去看看。再过半年，大片的草甸子将绿浪滚滚，鲜花盛开，獐狍野鹿奔突，狐狸野狼出没，大雁天鹅回旋，各种鸟儿飞翔着鸣唱在其间……

那几天我常常想起鲁迅的散文《从百草园到三味书屋》：“总之，我将不能常到百草园了。Ade，我的蟋蟀们！Ade，我的覆盆子们和木莲们！”

老职工用了些一寸多厚的水曲柳板子钉成一个大箱子，让我装东西。我的行囊很简单，除去衣物，能不要的就不要了，但书是要带走的。前几个月我向一位知识分子老领导借了一本民国时期出版的《辞海》，我拿起这本厚厚的书准备还回去，大宝说："别费那个事了，你既然喜欢，带走吧。"说完，他把《辞海》放进了箱子里，然后用十几颗两寸长的大钉子把箱子盖钉上了。刚钉完，那位老领导来了，向我索要《辞海》。我说已经装进箱子，这样吧，等我回到北京再取出给你寄回来。大宝也在一旁帮我解释，并承担责任。而老领导坚决不答应，让我马上把《辞海》还给他。没办法，我和大宝只好费了九牛二虎之力把钉好的箱子又撬开，取出了《辞海》。这是我临离开北大荒发生的唯一不愉快的事，并不是因为撬坏了木板，而是因为老领导对我的不信任。当然，现在我能理解他爱书的心情。

一切就绪，只等着出发了。但带着两百多斤的大箱子到一百二十里以外的迎春站去坐火车，并不是一件容易的事，只能等着来连队拉粮去迎春的汽车。连续等了三天没有车来。第四天傍晚，天空飘起了雪花，眼看着又没有希望了。在学校当老师的北京知青马士芬找到我，说她和贺瑞琚给探亲回家的老职工看房子，刚蒸上一锅大米饭，来一起吃吧，算是给我送行。在温暖如春的屋里，一边吃着热腾腾的大米饭和香喷喷的辣椒炒土豆丝，一边聊着天儿，马士芬说："你多好啊，回北京了，我也来了七年多，不知道这辈子还能不能回北京。"正说着话，大宝跑来，着急地说："到处都找不到你，场院来拉粮车啦！"

饭没吃完，我放下碗就往宿舍跑，叫上几个人一起抬着大木箱直奔场院。这是一辆解放牌汽车，发动机没有熄火，盛满大豆的五十个麻袋已经装上车厢，有人跟司机李迷糊打好了招呼，专等我和赵西景的到来。众人七手八脚把两个大木箱抬上车，放到麻袋上面。驾驶楼里已经有一个搭车的人，我让赵西景坐进驾驶楼，自己爬上车厢坐到麻袋上。汽车鸣了一声喇叭，缓缓地开动，我向车下的人挥手告别，他们也向我挥着手，大声喊着：一路平安！

汽车开出场院，车灯正好照着十年前我到这里住过的第一栋宿舍，一瞬间时光仿佛倒流，我看到我——一个十六岁的少年从马车上跳下来，站在房前一动不动地向远方眺望……

天色已经完全黑了，汽车将沿着我十年前来这里的路，一步不差地把我送到当年刚到北大荒时下火车的迎春站。这条路就是我人生的一个特殊的世界，我从这里经过，与许多人有缘相遇，它伴着我走过了十年宝贵的时光，将在记忆中永存。我侧身坐在麻袋上，借着汽车的灯光，看到飞舞的雪花扬扬洒洒地从夜空飘落，一片片，一团团，飘飘荡荡地落到我的身上，落到苍茫辽阔的北大荒。我的双眼不禁涌出了泪水，再见了，我的北大荒！

三天以后，我回到了北京。那天的日子特别好记：

1975 年 12 月 26 日。

别样的乡愁（代后记）

2010 年夏天，中国文字著作权协会委托我约几个北大荒知青作家重返北大荒，我给剧作家李龙云打电话邀请，他正准备随六师宣传队的战友出发回访建三江。我以为他不能与我同行了，心中不免遗憾，但他说：“能不能这样？你们把日程往后推些日子，等我从建三江返回歇几天，然后再跟你们走一趟。”我说可以，咱们能一块儿去最好。他笑了，说：“进元，这种事还带赶场的，咱们对北大荒的劲儿怎么这么大呀？！”

是的，我们对北大荒的“劲儿”真的是很大。返城差不多四十年了，无数北大荒知青都回过北大荒，有的还多次回去。那是一片怎样的神奇土地啊，竟然具有这么大吸引力！无论当年在那里吃过多少苦，受过多少累，爬冰卧雪，蚊虫叮咬，住马架子地窝子，半年吃不上新鲜蔬菜，身处多么艰难的境地，甚至经受过屈辱和折磨，北大荒却成了我们难忘的第二故乡。

当年在北大荒时，我们的乡愁对象是各自过去生活的城市，是对父母、亲人、家庭的思念，是女宿舍的窃窃私语和男宿舍的豪饮狂欢。特别是每逢大年除夕的夜晚，寒星闪烁在冰雪荒原，淡黄色的灯光点亮每个宿舍，女知青们说着说着就掩面而泣，甚至集体哭出声来；男知青喝着喝着就放声狂歌，一醉方休。我不会喝酒，除夕之夜常常独自一人背诵闻捷的诗《思念北京》：“我殷切地思念北京，像白云眷恋着山岫，清泉向往海洋，游子梦中依偎在慈母的膝下……”还有更具画面感的情景。吴长宝对我说，有个大年三十的晚上，他见王志川一个人坐在宿舍里，划根火柴点着面前的蜡烛，然后吹灭，再点着，又吹灭，以此来排遣思乡的孤独和寂寞。后来大家返城了，回到父母亲人的身边，随着时间的推移，另一种乡愁却油然而生，模糊而怅惘，北大荒成了我们的乡愁对象。正像席慕蓉所说：离别后，乡愁是一棵没有年轮的树，永不老去……

2005 年，和我同一个连队的北京、上海、天津、哈尔滨的知青们相约回北大荒。物是人非，沧海桑田。汽车驶进连队住区，在欢迎的鞭炮声中，我们一下车便被等候在那里的老职工们包围，大家紧紧地握手拥抱，互相打量着，半天说不出话。有的人一见面就叫出了名字，更多的人是面对面却不相识，一旦说出名字便马上拥抱在一起：哎呀，真认不出来了！只不过是一声简单的问候，泪水已经涌出了眼眶，好像失散多年的亲人终于又团聚了。大家五个一群，七个一伙，说着，笑着，流着眼泪，不停地交换着位置重新扎堆儿，继续说着，笑着，流着眼泪。上海知青徐永泰平时像条汉子，可一见到拖拉机老车长魏明昂，立刻拉着手哭了起来，惹得老魏也泪水涟涟。哈尔滨知青邵信芝当年是个“铁姑娘”，当过女工排长，她和那些大嫂见面格外亲切，一只手紧紧地拉着对方，另一只手不停地擦拭着眼泪。我和大宝与老职工们更熟悉，一见面就互相叫起了对方的外号，问候还没结束就开始说起当年的糗事，互相揭发各人的老底儿，开着只有我们才懂的玩笑……

集体欢聚渐渐散去，知青们有的被“堡垒户”拉到家里，有的去看当年住过的宿舍，我和几个人走向场院，那里是我们这些农工打交道最多的地方。看着空旷的场院，我沉浸在回忆当中：春播，麦收，秋收，大家在这里选种，拌种，扛麻袋，摊场，翻场，收场，扬场，抢场，入囤，装车……我们的汗水浸润过这里的每一个角落，每一寸土地。

大家站在场院上东一句西一句地聊着，回忆当年在这里发生的事，我猛一回头，看见哈尔滨知青文淑琴背对大家，双肩在不停地耸动，她一定是哭了……十年的北大荒生活，不管在什么境遇下我没有流过一次泪，可1982年我第一次返回连队，在这里住了三天，当我一个人的时候，走到红砂石铺就的公路上，漫步在场院中，站在当年住过的宿舍门前，眺望无边的原野，回想起当年的往事，无论是苦还是甜，都让我情不自禁地泪流满面。我走到文淑琴身边问：怎么哭啦？她毫不掩饰自己的感情，说：“一下想起了当年的许多事，心里觉得有说不出的委屈。你知道，我那时候特别瘦，大家都叫我麻秆儿。割麦子，割大豆，锄地，扛麻袋，我确实干不过别人，可我也真的使出了拼命的劲儿了，就这样还老是挨批，让人看不起。”我十分理解她此时的感受。当年知青们有谁不想受表扬？有几个在干活儿时真正偷奸耍滑呢？但在现实中，人们确实把能干和不能干作为评判一个人的先进与落后的标准。我说：你别哭了，想想高兴的事，现在不是挺好嘛。她红着眼睛说："你说怪不怪，当年离开的时候心里恨透了这里，发誓这辈子再也不回来了。可时间长了，我倒想念这个地方了。今天站在这儿，却又想起了当年好多心酸事。"

我知道，这种感情太复杂，说不清，剪不断，理还乱。

四年以后的2009年，我们二十多个知青又相约回到北大荒，大家去看望老排长王殿太。他是1959年从山东招远支边来的，一直当农工排长，是个纯朴实在、认真负责的人。当年，每天早上他都到知青宿舍窗前吹哨子，叫大家起床。说实话，头天干了一天活儿，累得贼死，年轻人的觉又多，谁愿意天刚亮就起床呀！那时我们真是腻味他那个哨子。但王殿太确实是个好人，知青们并不腻味他，甚至挺喜欢他，愿意和他开玩笑。如今他七十多岁，老了，听说有些痴呆，大家要去看看他。

来到他家，王殿太正坐在门前晒太阳。他的老伴李云香听到动静从屋里出来，一把抱住了我，爽朗地笑着说："好家伙，你们来了这么多人啊！"然后和每一个知青拉手，一一问候。王殿太却一直耷拉着脑袋坐在凳子上，一言不发，他的头发全白了，脸上泛着不太正常的红光。李云香指着他说："傻了，抬不起头，也站不起来，他这么胖，我就这么每天把他挪来挪去。"马秀荣蹲下身，问："老排长，还认识我吗？"王殿太稍微抬起头来，直勾勾地看着她，脸上有了笑容，含混不清地说："你是马秀荣。"又有两个知青凑上前让他辨认，他抬手指点着说："这个是李斌，这个是傅江。"看着他的样子，有人背过身去擦拭着流出的泪水。王殿太把自己的大半生都贡献给北大荒，岁月催人老，可人老了为什么是这个样子呀？！我拍拍王殿太的肩膀，说："抬起头来，和大家照张相吧。"他艰难地把头抬了起来，大家纷纷凑上前与老排长合影……

天津知青王志川，1970 年上山下乡，1973 年推荐上学返城。虽然在这里只有短短的三年时间，他却十分怀念北大荒，但因为工作关系一直没有回去过。我总对他说：你什么时候要回北大荒，我一定陪你。终于，2015 年他抽出时间了，我陪他和他妻子一起回了北大荒。我们在佳木斯租了一辆汽车，一路上他兴奋至极，看着辽阔的原野不停地感叹："哎呀，终于又回来啦，又回来啦！"当回到连队的时候，他领着妻子到处走，到处看，不停地告诉妻子这是什么地方，这里发生过什么事，这儿是他住过的飞机场宿舍，现在塌了一半，那时他们和好几百只鸡住在一块儿，某某人用黄豆把鸡引进宿舍，然后杀掉炖着吃了……王志川一下回到了当年，把所有的事都回忆了起来，仿佛一切都那么甜蜜。那几天，我们开着车走了许多地方，到了千鸟湖、雁窝岛、蛤蟆通水库、乌苏里江畔的饶河和虎头，饱览了雄阔的北国风光，看到了北大荒的巨大变化。王志川的妻子杨玲是位优秀的中学教师，她说：以前只听志川老说北大荒怎么怎么样，没想到这里这么美，这么漂亮，我一定要让我的同事们到这里来看看。

是啊，北大荒竟然这么美，这么漂亮！说实话，以前在这里并没有这种感觉。繁重的体力劳动、年轻人的浮躁和特殊年代的压抑心情，使我们失去了对大自然的审美意识。而当我们老了以后，体察大自然的心却变得细腻了，以前见惯的北大荒的蓝天白云、朝霞夕阳、江河山林、草木花朵……都具有了无穷魅力，让我们仿佛回到了故乡，感到亲切和留恋。

我必须承认，北大荒是我的第二故乡，因为那里有我青春的足迹，有我用汗水甚至鲜血浸润过的土地，有我朝夕相处的战友——他们不仅是战友，也是亲人，是我永生不会忘怀的荒友。

“荒友”不是一个简单的称谓，它包含着许多内容，有共同的青春记忆，有相似的人生足迹，更有经过反思之后对那一段历史不尽相同的认知。返城以后，我们回到各自的城市，甚至有人远去异国他乡，但只要相聚，叫一声荒友，大家的距离一下就拉近了，仿佛又回到青年时代，回到辽阔苍茫的黑土地。荒友是一杯烈酒，辛辣而浓香。荒友是一股清泉，清冽而甘甜。它是一种不时袭上心头的感动，一种永不老去的情怀，一种陪伴终身的记忆。就历史而言，那个特殊年代是荒谬的，而就个人的生命而言，我们的青春也曾经有过美好。

爱你，怨你，思念你——我的北大荒！

图书在版编目（CIP）数据

爱你，怨你，思念你：我的北大荒 / 刘进元著．-- 北京：作家出版社，2021.1

ISBN 978-7-5212-1024-8

Ⅰ．①爱…　Ⅱ．①刘…　Ⅲ．①随笔－作品集－中国－当代　Ⅳ．①I267.1

中国版本图书馆 CIP 数据核字（2020）第 111681 号

爱你，怨你，思念你：我的北大荒

作　　者： 刘进元
责任编辑： 杨新月
装帧设计： 孙惟静
出版发行： 作家出版社有限公司
社　　址： 北京农展馆南里 10 号　　　**邮　　编：** 100125
电话传真： 86-10-65067186（发行中心及邮购部）
86-10-65004079（总编室）
E-mail: zuojia@zuojia. net. cn
http: // www. zuojiachubanshe.com
印　　刷： 北京盛通印刷股份有限公司
成品尺寸： 142×210
字　　数： 220 千
印　　张： 10.25
版　　次： 2021 年 1 月第 1 版
印　　次： 2021 年 1 月第 1 次印刷
ISBN 978-7-5212-1024-8
定　　价： 48.00 元